Méfiez-vous du vieux qui porte une casquette à carreaux sur la tête

SERGE BOUDOUX

Méfiez-vous du vieux qui porte une casquette à carreaux sur la tête

(Je sais : « Sur la tête » est sans doute une précision inutile ou pour le moins superflue, mais le titre me plaît ainsi. Vous allez vous y faire !)

ISBN : 979-10-326-3597-1
Dépôt légal : juin 2020

Introduction

Jean-Paul

… Quelqu'un gravit des marches d'escalier qui craquent, pourtant il n'y a pas d'escalier dans ma maison. On frappe à la porte de ma chambre, j'ouvre les yeux, ma femme n'est plus couchée contre moi, un rayon de soleil traverse les persiennes et illumine une pièce que je ne reconnais pas immédiatement, la porte s'ouvre, mon cœur s'accélère et atteint un rythme semblable à celui occasionné par une belle tachycardie.

Ma mère, morte en 1975 à Morestel, ville de l'Isère située à quatre cents kilomètres de l'endroit où j'habite en 2018, entre dans ma chambre, une tasse de café fumant à la main.

— Tu n'es pas trop fatigué ? demande-t-elle.

Emmanuelle

Charles–Henri souleva sa casquette pour se gratter le crâne et me dit :

— As-tu déjà entendu parler du paradoxe de Fermi ?

— Ce nom m'évoque quelque chose, Fermi est une marque de vêtements, non ?

Il rit pendant une longue minute le corps secoué de soubresauts :

— Presque, il y a bien une marque italienne de prêt-à-porter de luxe qui se nomme « *Fendi* », mais « Fermi » est un physicien nucléaire qui a participé au projet Manhattan, nom de code du projet de recherche qui produisit la première bombe atomique pendant la Seconde Guerre mondiale. Lors d'un repas avec des amis, Fermi demanda pourquoi l'humanité n'avait jusqu'à présent trouvé aucune trace de civilisations extraterrestres alors que le Soleil est plus jeune que beaucoup d'étoiles situées dans la galaxie. Selon lui, des civilisations plus avancées auraient dû apparaître parmi ces systèmes planétaires plus anciens et laisser des traces détectables depuis la Terre, par exemple des ondes radio. Il n'avait pas tort, quand on pense que vous êtes passés en cent ans de la traction hippomobile à la conquête de l'espace, imagine quel niveau de technologie pourrait avoir atteint une civilisation plus âgée de mille, dix mille ou cent mille ans, ce qui n'est rien dans un univers vieux de près de quatorze milliards d'années. Cette civilisation aurait sans doute appris à utiliser toute l'énergie de son étoile ou de sa galaxie et découvert le moyen de voyager plus vite que la lumière.

— Et alors ?

Alors sa conclusion fut :

— **Les extraterrestres devraient être là. Pourquoi ne sont-ils pas là ?**

Pour me venger d'avoir ri de moi je répétai en me moquant ostensiblement :

— Oui, c'est vrai, pourquoi ne sont-ils pas là ? Je regarde tous les soirs sous mon lit et il n'y a personne.

Il me fusilla du regard.

— Fermi fut peut-être lauréat du Prix Nobel de physique et un grand savant en regard de vos petits esprits d'hominidés sous-développés, mais pour une fois il se trompait lourdement : **ils sont là depuis bien longtemps !** Ils vous observent et vous étudient comme on observe et étudie le comportement des animaux dans un zoo, et moi je suis **le gardien du Zoo** !

Manifestement, il avait un problème dans la tête. Je me levai pour partir, il m'arrêta d'un geste et répéta :

— Je suis le gardien du Zoo et après avoir assisté au grand confinement pour rien au monde je ne voudrais manquer le spectacle du grand affrontement.

— Le grand affrontement ?

— Oui, ou si tu préfères : l'Apocalypse. Religions contre religions, jeunes contre baby-boomers, pauvres contre riches, provinciaux contre Parisiens, actifs contre retraités, hommes contre femmes, humains contre virus. Du ciel est venu celui que Nostradamus appelait « *le grand roi d'effrayeur* ». Bientôt votre univers sera à feu et à sang. Tout commencera par l'assassinat du Président français suivi de la mort du pape François. Pour rien au monde, je ne voudrais manquer ce spectacle !

Cédric

Tétanisé et impuissant devant mon écran de télévision, j'ai relu la prédiction du vieux Charles-Henri. « *Le sniper appuiera sur la gâchette de son fusil DAN.338 et le crâne du Président s'ouvrira telle une pastèque trop mûre !* »

… Le Président se racla la gorge, esquissa un sourire triste en forme de rictus puis commença son discours :

— Je suis ici, à vos côtés, pour dire aux terroristes que jamais la France ne céd…

À ce moment précis, comme frappé par la foudre, son crâne s'ouvrit telle une pastèque trop mûre.

Dans la fraction de seconde qui suivit, le tonnerre d'une détonation me parvint puis le hurlement de la première dame me glaça.

La caméra s'affola, cherchant en vain d'où pouvait provenir la détonation puis en désespoir de cause elle se fixa sur le vieillard tout de blanc vêtu. Assis sur son pliant en toile il paraissait très à l'aise bien que sa casquette soit couverte de sang.

Je ne sais si ce fut l'effet d'une mythomanie naissante, un délire de mon imagination ou un éclair de lucidité, mais il me vint à l'esprit l'idée étrange que le doigt d'honneur provocateur et triomphant qu'il adressa à la caméra m'était destiné !

Vous ne me croirez jamais lorsque vous lirez ce que je vais écrire… Vous penserez qu'il s'agit d'une fiction !

Vous ne me croirez jamais puisque **CE QUI S'EST PRODUIT NE PEUT PAS SE PRODUIRE.**

C'est impossible, matériellement impossible, absolument impossible, tous les gens équilibrés et rationnels vous le diront !

Pourtant c'est arrivé.

À cause de lui !

On ne se méfie pas assez des vieux qui portent une casquette à carreaux sur la tête…

Avertissement

Il est à craindre que les esprits impatients, les intelligences trop rationnelles, les intellects dénués d'imagination et les cerveaux portés à croire uniquement ce qu'ils voient n'apprécient pas ce livre.

Sa lecture est interdite :

- Aux individus hargneux et violents (mâles ou femelles) ;
- Aux imbéciles qui supposent la Terre plate. Elle est cubique comme chacun sait ;
- À ceux qui ont pollué la planète, endetté les générations futures et affirment sans rire : « *C'était mieux avant* » ;
- À celles qui croient que tous les cochons sont des porcs ;
- Aux machos qui qualifient chaque femme libre de « salope » en regrettant qu'elle n'en soit pas une ;
- Aux racistes de toutes couleurs et homophobes de tous

sexes. Si l'intelligence n'a ni couleur, ni sexe, ni débordements hormonaux, il semble que la stupidité, la méchanceté et l'intolérance en soient largement pourvues ;

- Aux sots juvéniles et baby-boomers insensés qui se traitent réciproquement et alternativement de jeunes ou de vieux cons, prouvant ainsi que « *le temps ne fait rien à l'affaire …* »
- Aux lâches et répugnants bourreaux de femmes ou d'enfants ;
- Aux paranoïaques qui voient des complots partout et m'invitent régulièrement sur les réseaux sociaux à partager leur bêtise. Je les en remercie, mais la mienne me suffit amplement ;
- Aux ahuris qui s'imaginent pouvoir gagner plus vite les félicités célestes en égorgeant ou écrasant les passants et ambitionnent, à tort espérons-le, être reçus là-haut à bras divins ouverts et cuisses virginales écartées.

L'ami Georges aurait dit à ce sujet :

« L'imam de chez nous, grand barbu suspicieux
Doute que ces sauvages parviennent jusqu'aux cieux
Mais qu'en sait-il le pauvre et qui donc lui a dit :
Il n'y a pas de salopards en paradis ? »

Si j'étais le Créateur, il me semble que je n'aimerais pas que l'on me tue mes créatures, mais les voies du « Saigneur » sont, paraît-il, impénétrables. (Contrairement aux filles de

Loth, héroïnes selon la Bible d'une histoire édifiante que je vous conseille vivement de lire),

- Et plus généralement, aux traîtres à l'humanité qui tentent d'installer l'enfer sur terre tout en s'autoproclamant investis d'une mission divine.

À la relecture de ce qui précède, je fais une constatation plutôt rassurante : beaucoup de gens sont aussi, et souvent, plus bêtes ou méchants que moi, ce qui jusqu'à ce jour ne m'était pas apparu aussi clairement !

Tous les autres sont les bienvenus.

Le nombre des lecteurs potentiels se trouvant ainsi considérablement réduit je m'expose à ne plus pouvoir manger que des pâtes, tant pis, c'est bon les pâtes.

Quelques pensées préliminaires réjouissantes avant votre immersion en lecture profonde ?

(Les préliminaires sont les allumettes qui mettent le feu à nos désirs)

« *Pour mon éternité j'hésite encore entre enfer et paradis, j'ai des amis et des ennemis dans les deux endroits.* »

« *La vie est trop courte, dites-vous, mais quel intérêt la terre a-t-elle de voir se prolonger notre existence ?* »

« *Vivre sans folie n'est pas très sage ! Alors soyons sages, donc fous, donc sages …* »

« Les philosophes sont morts, tués par les réseaux sociaux. Dieu agonise, trahi par les religions. Et moi, blessé par le temps qui passe, je ne me sens pas très bien. »

« La vie est la première maladie sexuellement transmissible. »

On dit : « *Un bon steak de bœuf, un rôti de bœuf bien tendre, mais quand le bestiau est malade c'est la vache qui est folle.* »

Épitaphe lue sur une tombe : « *Ci-gît ma femme qui aima beaucoup le sexe, mais très peu le mien. Pour son repos éternel et ma tranquillité d'esprit ici elle est bien.* »

« La bêtise humaine et l'univers sont infinis. Pour l'univers, je n'en ai pas encore acquis la certitude absolue. »

« L'Homme est l'espèce la plus insensée, il vénère un dieu invisible et massacre une nature visible, sans savoir que cette nature qu'il massacre est ce dieu invisible qu'il vénère. »

« Si Adam avait été homosexuel, vous ne seriez pas là pour lire ce livre. »

« Je ne pose jamais les questions dont je n'ai pas envie d'entendre les réponses. »

« Fidélité en amour n'est peut-être que paresse du désir ? »

« Quand je lui montrais la lune, elle ne regardait que mon doigt !
...Ou peut-être regardait-elle les étoiles ? »

« Si mes goûts sont parfois discutables, mes dégoûts sont très sûrs. »

« Il faut être économe de ses mépris tant les nécessiteux sont nombreux. »

« Certains attrapent la grippe ou une infection sexuellement transmissible. La Terre a attrapé l'Humanité, depuis elle tousse et ça brûle quand elle fait pipi. »

L'identité des auteurs de certaines citations volées peut être retrouvée sur Internet, vous ne pensiez tout de même pas que j'eusse pu tout inventer ?

Si ? Vous me surestimez... Continuez, j'aime bien ça !

Première partie :
La Maison du malheur

Pourquoi chercher le bonheur partout alors que le malheur est à portée de main ?

I

L'utilisation de chiffres romains et non de chiffres arabes en début de chaque chapitre n'est pas consécutive à un quelconque racisme, mais due simplement au fait que l'emploi de signes d'une langue morte me paraît bien convenir à l'ambiance générale du livre.

Montauroux, Pays de Fayence (Var).
Septembre/décembre 2019.

Emmanuelle

Depuis l'adolescence, je tiens un journal dans lequel mes petites misères et mes grandes joies sont consignées.

Mon ambition suprême était d'écrire un roman à succès, mais faute de talent et d'inspiration je me résignais à ne rédiger que des banalités quand il m'est tombé sous les yeux, tout à fait par hasard, un récit qui m'emporta au-delà de ce que vous pouvez imaginer.

Ce fut sans doute l'histoire la plus folle que j'ai pu vivre, la plus hallucinante qu'il vous sera donné de lire et la plus difficile à raconter. Une seule chose est certaine, même dotée d'une imagination prodigieuse, aucune romancière n'aurait osé concevoir un tel scénario. Malheureusement, il n'était pas possible pour moi d'en sortir intacte, car jusqu'à la dernière phrase, l'ultime seconde, j'eus la sensation d'être manipulée.

Sensation ou réalité ? Lorsque vous découvrirez la nature de celui que je soupçonnais d'être l'âme de cette manipulation, il est fort probable que vous tomberez de votre chaise.

Restez assis, c'est une image.

Manipulée ou non je n'avais aucune chance (et n'eus nullement la volonté) de m'en sortir !

Mon prénom est Emmanuelle. Mes parents qui s'étaient rencontrés à l'âge de quinze ans pour ne plus jamais se quitter sont morts il y a maintenant cinq ans. Ils paraissaient très en forme, indestructibles même, pourtant à trois mois d'intervalle ils se découvrirent un cancer très (trop) avancé et métastasé, cancer du sein pour ma mère, de la prostate pour mon père. Ma mère qui adorait pourtant faire tourner les tables avec ses amies et interroger le pendule chargé de la gestion de son avenir n'avait rien vu venir, la communication avec les esprits n'est pas à l'abri d'un bug. Hospitalisés presque le même jour en urgence dans des services différents ils moururent sans s'être jamais revus, me laissant seule face au monde. Chienne de vie !

Ma seule consolation fut qu'ils ne surent jamais que j'avais « viré ma cuti », vieille expression, signifiant « changer son orientation sexuelle » ! Ils n'auraient pas aimé ça, je crois, comme ils n'auraient pas apprécié le fait qu'après leur disparition je bascule définitivement dans le camp des consommateurs réguliers de « substances récréatives », appellation pudique des opiacés, alcools, ecstasy, cannabis, cocaïne, doux produits permettant d'oublier pendant quelques instants la misère de notre condition humaine.

Le prénom Emmanuelle signifie, paraît-il, « Dieu est avec nous » en hébreu. Prénom mal adapté en la circonstance, Dieu ayant les homosexuels de tous bords en horreur et les tenant en abomination d'après les livres sacrés, Sa Divinité s'est toujours tenue loin de moi.

Le « Saigneur » (version sanguinaire et schizophrène de Seigneur) est volontiers bougon envers les créatures sortant des sentiers battus et il n'hésite pas à inspirer à certains radicaux libres déséquilibrés l'idée saugrenue d'égorger les passants pour acquérir le mérite insigne de le rejoindre plus vite en son enfer.

Ses représentants terrestres, nommés « les religieux » ayant généralement conservé un esprit sectaire - comportement somme toute normal puisque les religions sont des sectes ayant réussi à imposer leurs idées - sont fermement incités par le patron à ne montrer officiellement aucune sympathie pour les vices auxquels ils sont censés ne pas succomber.

Heureusement, en privé ils sont plus cools avec les homos, moins tatillons avec le règlement et souvent d'humeur caressante avec les petits garçons.

Après une adolescence un peu agitée ma vie affective avait démarré comme celle de beaucoup de femmes de mon âge : petits amis - flirts plus ou moins appuyés - bel amoureux - passion vraie ou idéalisée – mariage avec un homme se révélant plus intéressé par sa console de jeux que par le corps de sa femme - ennui conjugal… Et arriva ce qui devait arriver, mais à la puissance dix :

Entrée en scène d'Isabelle, quarante-deux ans, grande bourgeoise raisonnable, fille unique d'une grande famille de soyeux Lyonnais - révélation de ce que je crus être ma vraie nature, homosexuelle donc - dévastation sentimentale - premier divorce suivi d'un second mariage dans le cadre d'une disposition légale nommée bizarrement « mariage pour tous », appellation qui suggérerait à tort pour des esprits tordus la pratique d'une sexualité de groupe.

Le 16 mars 2019, jour de mes trente-trois ans, Isabelle, la nouvelle passion de ma vie a donc répondu « oui » à cette question posée par un maire d'arrondissement lyonnais très mal à l'aise :

— Voulez-vous prendre pour épouse Madame Emmanuelle M… ici présente ?

S'aimer entre femmes à la vue et au su de tous dérange encore beaucoup de personnes, on se demande bien pourquoi, malgré cela nous étions fermement disposées à vivre notre amour au grand jour comme tout le monde.

En août, grâce à une part de l'héritage venu de sa grand-mère maternelle richissime qui s'était enfin décidée à interrompre une existence qui s'éternisait un peu trop ici-bas, notre rêve put enfin se réaliser : quitter Lyon et vivre en Provence... ou presque et nous consacrer uniquement à nos passions : Isabelle avait un vrai talent de peintre et j'allais pouvoir me consacrer à l'écriture de mon roman pour peu que l'inspiration veuille bien me visiter.

Par chance, ravi de se séparer à bon compte d'une collaboratrice dont les mœurs le révulsaient et lui ôtaient tout espoir de la voir rejoindre le cheptel de son harem, le beau patron de l'agence de pub dont j'étais salariée signa sans trop discuter une rupture conventionnelle qui me permit de percevoir une petite indemnité de départ et de bénéficier des droits au chômage pendant vingt-quatre mois.

Contrairement à une idée communément répandue, les cochons ne sont pas tous des porcs !

Une précision me paraît nécessaire sur l'emploi du terme « vivre en Provence ou presque » : le pays de Fayence est une « singularité » comme diraient les astronomes, situé trop au sud pour se croire encore en Provence et trente kilomètres trop au nord pour prétendre faire partie de la snobissime Côte d'Azur.

On nous avait mises en garde sur le niveau élevé des prix de l'immobilier de cette belle région du Sud de notre douce France, heureusement cette inquiétude budgétaire fut rapidement dissipée, l'élégante maison provençale que nous avons achetée, ou plus exactement qu'Isabelle a achetée grâce à son héritage n'était vraiment pas chère. Son prix plus que raisonnable s'expliquait très simplement : les acheteurs ne se bousculaient pas pour acquérir celle que les gens du village nommaient « la maison du malheur » et les héritiers que nous n'avons jamais rencontrés, la transaction se faisant par l'intermédiaire de nos notaires respectifs, étaient pressés de tourner la page.

Ne pas être superstitieux permet parfois de réaliser de belles affaires. C'était vraiment une très belle affaire et le fait que la région présente un taux anormalement élevé de suicides depuis quelque temps ou que les anciens propriétaires, sans doute devenus fous, se soient empoisonnés l'an dernier ne nous inspirait aucune crainte ni angoisse métaphysique, notre couple fusionnel de femmes soudées par les épreuves n'avait plus peur de rien.

Le véritable amour se révèle dans l'adversité comme les étoiles dans la nuit, dit-on. Depuis cette rencontre coup de foudre qui nous conduisit à tout quitter de notre ancienne vie « normale », nous avions connu maintes vicissitudes et surmonté bien des écueils : débarquements intempestifs de mon ex-mari, à toute heure, accompagnés d'insultes et menaces, regards hostiles des honnêtes gens de notre immeuble de la Presqu'île, rires gras et agressivité de la racaille macho de la « rue de la Ré », comportement méprisant de certains commerçants ou artisans du quartier de la Guillotière, second mariage, homosexuel celui-là, célébré à regret par un maire d'arrondissement offusqué et réprobateur pour qui le concept d'union entre gens du même sexe était manifestement scandaleux. Tout cela nous avait forgé une solide carapace, résilience 110 sur une échelle de 0 à 100.

Il serait néanmoins malséant de nous plaindre de ces désagréments mineurs, dans plusieurs pays les LGBT (lesbiennes, gays, bis, transsexuels) sont poursuivis et condamnés comme de dangereux criminels ou considérés comme des sous-humains. Pourtant ils ne font que s'aimer... différemment, chacun devrait être libre de faire ce qu'il veut avec son cœur et ses fesses.

Génial troubadour adulé par mon père, Brassens, face à l'intolérance de quelques contemporains heureusement minoritaires, aurait sans doute chanté :

Je me demande pourquoi, Bon Dieu
Ça vous dérange qu'elles vivent un peu...

Le lendemain de la signature de l'acte définitif de vente, le camion de déménagement est arrivé. Installées sommairement, nous avons commencé à ouvrir les cartons, émerveillées par le charme de cette magnifique demeure : murs et cheminée ronde en pierres, vue sur l'Estérel, aperçu de la baie de Saint-Raphaël, piscine, un demi-hectare de terrain arboré de vieux oliviers, arbousiers et mimosas, vigne accrochée aux murs extérieurs d'un petit mas indépendant pouvant servir de remise ou de maison d'amis. Les anciens propriétaires étaient vraiment de grands malades mentaux, comment peut-on habiter un tel endroit et finir par s'empoisonner ? J'allais bientôt apprendre à ne jamais porter de jugement sommaire.

En nettoyant la cave pour y déposer quelques bouteilles

précieuses de vin de bourgogne et de champagne rescapées de la noce ou de ma convoitise, Isabelle, mon épouse, qui est aussi mon mari selon l'humeur coquine du jour, a découvert sous une dame-jeanne posée sur la terre une petite boîte en plastique transparente dans laquelle se trouvait une clé USB entourée d'un morceau d'essuie-tout, sans doute en protection contre l'humidité.

Chez les hétéros une sorte d'équilibre comportemental s'établit naturellement, l'homme et la femme ayant des qualités et des défauts différents ils se complètent et se régulent souvent réciproquement, a contrario un couple homosexuel étant une entité très particulière qui exacerbe les caractères et les capacités propres à chaque sexe je crois bien que nous étions excessives en tout, surtout en curiosité.

C'est sans doute pour cela que, laissant tout tomber, nous nous sommes précipitées pour lire la clé USB en la connectant à l'ordinateur.

Ce qui y était écrit est sans conteste l'histoire la plus hallucinante qu'il m'ait été donné de connaître.

Malheureusement, je n'en suis pas sortie intacte, mais qui aurait pu voir ce que j'ai vu, apprendre ce que j'ai appris et continuer sa vie comme si rien ne s'était passé ?

Personne ...

II

Contenu de la clé USB.

Tout au début figuraient les photos de trois articles du quotidien *VAR-matin,* journal régional dont j'avais vaguement entendu parler dans notre microcosme lyonnais.

Le premier article, daté du 10 mai 2018, était un avis de recherche : « *Une adolescente de 14 ans, la petite M…, originaire de Saint-Raphaël, en camping sauvage dans l'Estérel avec trois amies et son frère s'était évaporée dans la nature depuis deux jours. Fugue ou enlèvement ?* », se demandait le journaliste.

Le deuxième, paru le 12 mai, conviait la population à se joindre aux gendarmes pour effectuer une battue dans les bois environnants.

Le troisième, daté du 16 mai, était dramatique. Le corps dénudé et sans vie de la jeune fille avait été retrouvé tout à fait par hasard par un randonneur près du Mont Vinaigre -

petit sommet de l'Estérel culminant à 614 mètres, ressemblant plus à une colline qu'à une montagne - enfoui sous des pierres au sein d'une forteresse naturelle formée par d'immenses rochers. Violée et étranglée, le moment probable de sa mort avait été fixé au 8 mai dans la matinée selon le médecin légiste.

Après les trois articles, l'histoire commençait ainsi :

Montauroux, le 15 août 2018

Je lance cette bouteille à la mer !

Einstein et Schrödinger avaient raison.

Je me prénomme **Jean-Paul**.

Vous entendrez sûrement beaucoup de mensonges sur moi, bien que le mot « mensonge » n'existe plus, remplacé par ceux de contre-vérité et vérité alternative, aussi je vous supplie de me croire lorsque j'écris la « seule vérité vraie » bien qu'il n'y ait plus de place pour elle dans notre monde depuis que Donald Trump et les réseaux sociaux l'ont conceptualisée ainsi : « *La vérité, c'est ce que je dis !* »

Notre société n'a plus de sens critique, il suffit qu'une information, souvent sortie de son contexte, ait été révélée par un journaliste ou postée sur un réseau social pour qu'elle devienne parole d'évangile, personne ne se souciant de contrôler sa véracité, de savoir qui se cache derrière ou de l'analyser en tenant compte de son environnement.

À celle ou celui qui lira peut-être un jour mon histoire, je conseille :

Carpe Diem ! Cueillez le jour. Ne vous préoccupez ni du passé ni de l'avenir et surtout méfiez-vous du vieux qui porte une casquette à carreaux sur la tête.
(*ανώτατο θηρευτή Παίζει να διαβάζει το μέλλον, αλλά στην πραγματικότητα το οργανώνει*)

Pourquoi se méfier du vieux qui porte une casquette à carreaux sur la tête ? Lisez la suite.

III

Vous êtes-vous dit au moins une fois : « *J'aimerais pouvoir recommencer ma vie en sachant ce que je sais aujourd'hui* » ? Ou vous êtes-vous cassé les dents sur cette autre fine énigme inaccessible à la compréhension des *Anges de la téléréalité, Les Marseillais : Asian Tour* ou locataires de *La Villa des Cœurs Brisés*, ces ados attardés à moitié nus, qui vivent comme des ragondins d'élevage près d'un point d'eau appelé piscine, jouant à s'aimer en se regardant le nombril (qu'ils ont fort beau d'ailleurs) et croyant vivre une grande aventure : « *L'univers dans lequel nous vivons aurait-il pu être différent ? Pourquoi est-il exactement ce qu'il est ?* ».

Si la réponse est « non », cela révèle sans doute que vous passez beaucoup trop de temps devant vos écrans ou êtes dénués de toute curiosité, contrairement à moi qui suis maladivement curieux.

Si elle est « oui », n'en tirez aucune fierté ! Cela signifie simplement que vous avez, comme moi, le don de poser des questions idiotes qui n'auront jamais de réponses.

Jamais ? C'est ce que je croyais.

Un certain jour, une certaine personne a croisé notre route, à un carrefour nous avons décidé de bifurquer à gauche plutôt qu'à droite… et notre vie a basculé.

L'univers serait-il vraiment identique si nous n'avions pas rencontré cette personne ou avions pris une autre décision, un autre chemin ? Qui le sait ?

Moi …et je le regrette amèrement !

Je m'étais toujours demandé qu'elle aurait été mon existence si un lundi de mars 1965 la pluie s'était abstenue de tomber ou si j'avais ce jour-là oublié mon parapluie ! ?

Au lieu de perdre mon temps en supputations ou conjectures hasardeuses et dangereuses, j'aurais mieux fait de cultiver mon jardin comme écrivait Voltaire qui faisait montre parfois d'une grande sagesse, mais ce brave homme ne pouvait pas avoir connaissance de ma propension à m'attirer des ennuis…

D'AUTANT QUE VOUS NE ME CROIREZ JAMAIS LORSQUE JE VOUS RACONTERAI CE QUI M'EST ARRIVÉ.

Vous ne me croirez jamais puisque ce qui s'est produit ne peut pas se produire. C'est impossible, physiquement impossible, absolument impossible, tous les gens équilibrés et rationnels vous le diront !

Pourtant c'est arrivé ! Einstein et Schrödinger avaient raison.

Qui pourrait continuer à vivre après ça ? Personne.

Aussi, après avoir écrit le mot « fin » au bas de la dernière page de cette histoire de fou, je rejoindrai Martine déjà inanimée et me coucherai près d'elle. Prenant sa main, uni ainsi pour l'éternité à la femme de ma vie, je m'injecterai le poison à mon tour.

J'aurais préféré qu'elle ne m'accompagne pas dans la mort, elle n'est pas responsable de mes délires, mais héroïquement elle m'a dit à l'oreille : « *Avec toi, j'ai eu le meilleur, alors je ne t'abandonnerai pas face au pire…* »

Je ne méritais pas une telle femme ! C'est à l'approche de la mort que l'on regrette tout ce que l'on a gâché.

IV

Martine et moi, Dauphinois d'origine, avons fait bâtir cette belle maison provençale sur ce grand terrain déjà planté d'oliviers, mimosas, grenadiers et amandiers, tout près du centre du joli village du Pays de Fayence dont nous sommes tombés amoureux au premier regard : Montauroux.

À quelques centaines de mètres de chez nous vit un très vieil homme. Je n'avais jamais soupçonné son existence jusqu'à ce que quelques semaines après notre aménagement il sonne à mon portail et me demande de lui rapporter son pain, une demi-baguette.

Nous avons rapidement sympathisé, assis sur l'antique banc en pierre placé sous sa tonnelle nous parlons pendant des heures, quelquefois de tout et souvent de rien.

Quand je dis « nous parlons », en réalité c'est surtout lui qui radote et me raconte sans fin des histoires du passé… des autres. Il dit :

— Arrivés à un certain âge la plupart des humains revisite sans cesse en pensées leurs jeunes années. Avec le temps, les faux souvenirs prennent souvent le dessus sur la réalité : le cancre est sûr d'avoir été premier de la classe, le gringalet se souvient parfaitement de ses performances d'athlète de haut niveau, le timide maladif énonce ses innombrables conquêtes amoureuses… imaginaires !

Moi, curieux comme un chaton, je vis tourné vers l'avenir et considère que « le seul charme du passé est d'être passé », mais un jour ou l'autre la vieillesse me fera sûrement changer d'avis.

Mon nouvel ami se prénomme Charles-Henri. Plus bavard qu'un présentateur de *BFM TV*, il est intarissable sur l'histoire de l'humanité et semble avoir côtoyé des tas d'hommes célèbres. Les vies d'Akhénaton, Toutânkhamon, Moïse, Jésus, Judas, Mahomet ou Louis XIV n'ont pas de secrets pour lui ; peut-être était-il professeur d'histoire dans ses jeunes années ? Ses discussions ésotériques et compliquées d'une époque révolue sont quelquefois difficiles à suivre, vous ne tarderez pas à en juger ; aussi bien souvent, je l'écoute distraitement en ayant l'impression de faire une bonne action.

Le matin du vendredi 25 mai 2018, jour à tout jamais maudit, il a insisté pour entrer seul dans le petit mas en pierres qui nous sert de débarras, désir curieux, mais facile à satisfaire. Pour me remercier, il m'a invité à le rejoindre chez lui après déjeuner pour boire un coup.

En arrivant je lui ai donné une accolade et lui ai serré la main ce qui le mit très en colère. Il m'a littéralement hurlé cette mise en garde :

— Ne me touche pas, ne me touche pas, pour ta sécurité il ne fallait pas me toucher.

J'ai bredouillé quelques excuses hypocrites en pensant que la sénilité le guettait.

Le calme revenu, après quelques discussions sans grand intérêt nous avons évoqué son âge. Son visage terriblement ridé éclairé par un beau regard bleu paraît vraiment très vieux. En soulevant un peu la casquette à carreaux toujours vissée sur sa tête, sans doute pour s'aérer le cuir chevelu, il m'a dit :

— J'ai cent vingt ans… ou peut-être cent cinquante, je ne sais plus trop et chaque année je crains de voir fleurir mon ultime printemps.

Il se moquait de moi, non ? Raillerie talentueuse, certes, mais il exagérait. Ses yeux clairs presque transparents me fixèrent étrangement lorsque j'objectai :

— Charles-Henri, vous devez vous tromper, personne ne peut vivre aussi longtemps.

— Qu'en sais-tu ?

— Aucun homme n'a jamais vécu plus de cent vingt ans.

— Moi si, et te rencontrer était mon destin… et le tien !

Après un long moment de silence, il m'a posé une question curieuse :

— Certains croient que le destin de chaque humain est déjà écrit à la naissance. Qu'en penses-tu ? Crois-tu que la destinée de chacun de vous est gravée dans le marbre ?

Indécrottable cartésien rationaliste, il y a bien longtemps que les histoires de fatalité, prédestination et autres élucubrations entraient dans mon oreille gauche avant de ressortir par la droite, sans avoir établi de connexions durables dans mon cerveau.

— Je ne sais pas.

— Excellente réponse. Reconnaître que l'on ne sait pas est une preuve d'intelligence.

Sa réflexion était flatteuse, mais l'intelligence n'avait rien à voir là-dedans, la réalité était que je me moquais totalement de ce sujet nébuleux qui ne me passionnait pas outre mesure, ma curiosité étant encline à se passionner pour des thèmes plus concrets. Par politesse, je l'ai interrogé sans intention d'apporter à sa réponse plus d'attention que nécessaire :

— Quelle est votre opinion sur la question ?

Adossé au mur, le regard dans le vague, ses lèvres esquissèrent le sourire gourmand de celui qui sait et s'apprête à le montrer.

Accrochez-vous, ce n'est qu'un moment d'intelligence à passer.

Il a soulevé une seconde fois sa casquette pour se gratter le crâne et répondu :

— Deux thèses s'affrontent, soit le destin de chaque être humain est déjà écrit et quelle que soit la direction prise il arrivera au même but : **ce monde** dans lequel vous vivez. Chacun d'entre vous, même celui dont l'existence paraît insignifiante, serait alors aussi indispensable à votre monde visible que l'est un pion dans une partie d'échecs, une ligne dans un programme informatique, la plus petite partie du code source d'un algorithme. Sans toi, votre monde n'existerait pas, ce serait une autre version du présent, c'est pourquoi dans cette première hypothèse ton destin devrait se réaliser comme il aurait été prévu sinon le bug qui en résulterait peut-être aurait des conséquences inimaginables.

Ouf ! Ça démarrait très fort. La longueur de sa réponse me faisait un peu regretter de lui avoir demandé son opinion sur la question, d'autant que c'était loin d'être fini, une fois parti, personne ne pouvait l'arrêter :

— Un problème se pose alors, gérer autant de destins nécessiterait une organisation fabuleuse dirigée par une puissance supérieure capable d'anticiper l'influence de **chacune** des actions de **chacun** de vos aïeux depuis les origines de votre race pour qu'enfin vous existiez et accomplissiez cette prédestination.

J'avoue n'avoir rien compris de ce qu'il venait de dire, sans doute un défaut de concentration de ma part. J'avais surtout retenu cette notion étrange, il disait : « vos aïeux, votre monde dans lequel vous vivez, votre race… », comme s'il ne faisait pas, ou plus, partie de ce monde.

V

Je fis un effort pour écouter ce qui suivit. (Faites-en un également pour lire la suite sinon malheureusement vous passerez à côté de l'essentiel, mais ne vous inquiétez pas, votre patience sera récompensée.)

— Tu vas comprendre. Pour accomplir ton destin, tu devais naître. Ta naissance a nécessité la rencontre de tes deux parents. Pour que tes parents naissent, il fallut que leurs propres géniteurs, tes grands-parents paternels et maternels, existent et se rencontrent, ce qui nous donne sept destinées à gérer en trois générations. Tu me suis ?

— J'essaie.

— Les homo sapiens sapiens étant apparus il y a deux cent mille ans, soit environ huit mille générations, pour que chacun de vous existe aujourd'hui il aurait été indispensable d'organiser la rencontre des pères et mères de tous vos ancêtres, sans jamais rompre la chaîne même une seule fois, depuis l'origine jusqu'à la huit millième génération. La seule dixième génération en partant de toi représentant selon moi deux élevé à la puissance dix, soit mille vingt-quatre individus, je te laisse calculer le nombre de la huit millième génération : deux élevé à la puissance huit mille, moi je n'y suis jamais arrivé.

Ouh là, ça devenait chaud ! J'ai posé la question à la calculette de mon portable, mais le nombre obtenu en multipliant le chiffre deux, huit mille fois par lui-même, était si démesuré qu'elle déclara forfait. Deux puissance trente aboutissant déjà à plus d'un milliard, manifestement son raisonnement était erroné, moi j'aurais plutôt envisagé le calcul inverse huit mille puissance deux, mais cette formulation débouchait sur le fait que chaque humain aurait été doté de soixante-quatre millions d'ancêtres à l'origine, résultat tout aussi délirant.

Force était de reconnaître qu'étant manifestement plus littéraires que matheux nous avions tout faux. Malgré tout, obstiné, il a poursuivi :

— Sinon selon une autre thèse le hasard ferait très bien les choses, tu aurais très bien pu ne pas exister, ton inexistence créant alors simplement **un autre monde** issu d'une multitude de possibilités **ne se rencontrant jamais**. Imagine un univers dans lequel Jésus n'est pas mort sur la croix, Grouchy arrive sur le champ de bataille de Waterloo avant Blücher. Un monde dans lequel le 28 juin 1914 à Sarajevo Gavrilo Princip n'assassine pas l'Archiduc François-

Ferdinand, de ce fait deux très beaux conflits ne se déclenchent pas : la Première Guerre mondiale n'a pas lieu, la seconde non plus. Sans cette régulation intelligente, la Terre supporterait aujourd'hui beaucoup trop d'habitants, sans doute plus de dix milliards d'habitants, et la France serait peut-être une super puissance prospère non endettée ne souffrant pas de cette maladie honteuse que sont vos huit millions de pauvres, mais qui le sait ?

Ma tête tournait, j'avais de la peine à le suivre. En réalité, il commençait un peu à me fatiguer avec ses vieilles histoires et j'avais peur qu'il me raconte encore la guerre de 14. À ce sujet, pour la première fois cette réflexion très déstabilisante me vint à l'esprit : pour participer à cette saloperie de guerre que curieusement il qualifie de « beau conflit » et « de régulation intelligente », ce qui me laissa perplexe, Charles-Henri aurait dû naître entre 1894 et 1899, il serait alors âgé de cent vingt à cent vingt-cinq ans ! ! ! Il est bien connu que le climat de la Côte d'Azur a toujours façonné de nombreux centenaires, mais tout de même …

Quand il a rajouté :

— Crois-tu que ta vie pourrait être différente de ce qu'elle est ? Quel est d'après toi le moment crucial où ton existence a basculé et abouti à ce que tu es aujourd'hui ?

Mon esprit s'est enfin éveillé, le sujet devenait intéressant puisqu'il parlait de moi (oui, vous avez raison, je suis un peu égocentrique, mais pas plus que tout un chacun). Il ne me fallut qu'une seconde pour répondre :

— Il me semble que tout s'est joué pour moi le premier

mars 1965, date facile à retenir. C'était un lundi, j'avais dix-sept ans et habitais alors une petite ville de l'Isère nommée Morestel. Le matin et en début d'après-midi, le soleil brillait, mais de gros nuages noirs apparurent subitement sur le coup des 17 h et en quelques secondes un vrai déluge se mit à tomber. Je me trouvais sur la grand-place nommée « place Saint-Symphorien », sous mon parapluie j'ai accueilli un ange, une inconnue de mon âge en détresse. Sa petite frimousse dégoulinante d'eau m'a fait craquer, j'ai couru à sa rescousse pour lui proposer mon aide. Elle a pris mon bras, nous ne nous sommes plus quittés et elle est devenue ma femme. Grâce à elle, j'ai réussi dans la vie et réussi ma vie, je crois. En partageant mon parapluie avec elle ce jour-là j'ai gagné mon paradis. S'il n'avait pas plu, je n'aurais sans doute pas osé l'aborder, et mon existence serait vraisemblablement très différente. Pas mieux, mais différente.

— Aimerais-tu revenir en arrière pour le savoir ?

Il titillait mon point faible, ce maudit besoin maladif de tout savoir. J'ai soupiré :

— Bien sûr, vous connaissez ma curiosité intellectuelle, mais vous savez bien que c'est impossible : le passé ne reviendra plus, l'avenir n'existe pas encore, seule la seconde que nous vivons est un cadeau de la vie c'est pourquoi nous l'appelons un présent, mais ce présent n'est qu'un leurre, à peine venue au monde, cette seconde est déjà morte, le temps et notre vie ne sont qu'illusions. D'autre part, si cela était possible j'imagine que les conséquences seraient désastreuses, non ?

Se levant péniblement il s'est traîné jusqu'à sa cuisine, a rapporté deux verres emplis de ce qui me sembla être du jus de pomme puis, se rasseyant, m'a répondu malicieusement :

— Le passé ne reviendra plus ? Homme de peu de foi, tu ne sais pas à qui tu as affaire, malheureusement si c'est possible c'est fait, si c'est impossible cela se fera. Quant aux conséquences, c'est à toi de voir le prix que tu es prêt à payer pour assouvir ton fameux appétit irrésistible de connaissance, maintenant tu fais comme tu veux !

Que voulait-il dire ? Oubliant le respect dû à son grand âge je l'ai défié :

— Charles-Henri, vous vous illusionnez sur l'étendue de vos pouvoirs, nul être au monde ne pourrait me ramener en arrière dans le temps !

Son regard me brûla, il murmura quelques mots dans une langue inconnue et répéta :

— Tu ne sais pas à qui tu as affaire, malheureusement maintenant que tu m'as touché tout peut arriver.

Bête comme une oie j'ai questionné :

— Tout peut arriver parce que je vous ai touché. Vous exagérez un tantinet non ?

J'avais sans doute piqué son orgueil, il répondit :

— Tu penseras à tort que c'est de ma faute, mais « *alea jacta est, (le sort en est jeté)* », tu seras le seul responsable de ce qui arrivera. Garde-toi d'essayer de rassasier ta fameuse curiosité, cette appétence intellectuelle tant vantée et qui me paraît toutefois bien limitée. Tu ne t'es jamais demandé pourquoi tu te promenais avec un parapluie ce premier mars 1965 malgré ce grand soleil ?

Il avait raison ! Pourquoi m'étais-je alors encombré d'un parapluie pour sortir ce jour-là ? Depuis toutes ces années, la question n'avait jamais effleuré mon esprit.

Il m'a invité à vider mon verre.

— Bois, c'est du bon, je l'ai préparé moi-même.

Ce n'était pas du jus de pomme, mais un liquide très sucré et délicieux dans lequel je détectai le goût de l'ananas et celui d'un autre ingrédient que je n'arrivai pas à identifier. Je l'avalai rapidement avec plaisir. Une vilaine quinte de toux secoua sa vieille carcasse, l'empêchant de boire, dès qu'il eut repris une respiration normale il me mit à la porte gentiment :

— Je suis fatigué, à mon âge c'est un peu normal, non ? Une petite sieste me fera du bien, viens me voir demain, on reparlera de tout ça.

J'aurais mieux fait de partir en courant sans intention de retour, mais il était déjà trop tard ! Il était trop tard, mais pas pour la raison que vous imaginez peut-être.

On ne se méfie pas assez des vieux qui portent une casquette à carreaux sur la tête.

Je l'ai déjà dit ? Je sais…

VI

Vers 20 h 45, Martine me réclama un silence absolu et s'installa devant son écran de télévision pour sa séance de voyeurisme hebdomadaire consistant à admirer les exploits des pseudos aventuriers de *Koh-Lanta*. Le moment était important, car il s'agissait de la finale : on allait enfin savoir qui emporterait les 100 000 €.

« *Du pain et des jeux* », depuis les Romains on n'avait pas inventé mieux pour anesthésier les foules laborieuses.

Après un bon repas, contempler du fond de son lit douillet quelques volontaires faméliques se disputer deux cuillerées de riz ou un cafard grillé au feu de bois face à l'objectif de caméras inquisitrices et racoleuses, les observer, perchés plusieurs heures en équilibre au sommet d'un poteau en attente du dernier qui fera « plouf dans l'eau », variante adulte du *pince-mi et pince-moi sont dans un bateau*, se divertir à les voir élaborer des « stratégies » fumeuses pour finir la semaine en trahissant un compagnon ou une compagne de misère, représentent sans doute une extrême jouissance pour certains, mais c'est un spectacle qui ne me passionne pas, la bassesse des autres me rappelle trop la mienne.

TF1 a réussi à faire de ce qui aurait pu être une belle aventure humaine, un catalogue de tous les défauts et petitesses de l'humanité, on a les aventuriers que l'on mérite.

Le programme télé ne présentant donc pour moi aucun intérêt, coiffé fièrement de ma casquette *Porsche* offerte par la marque du même nom à l'occasion de l'acquisition de mon nouveau *SUV Macan*, j'allai seul et à pied au cinéma puisque nous avons la chance d'habiter à trois cents mètres d'une salle 3 D. « *Petit plaisir bien ordinaire* », me direz-vous, mais aller au cinéma sans être obligé de sortir ma voiture pour l'exposer aux rayures des jaloux représente pour moi un luxe, minuscule bien sûr, mais luxe tout de même.

Les personnes de condition modeste ne s'en doutent pas, mais la vie n'est pas simple pour les gens aisés qui achètent de belles autos, mais craignent de les montrer. Nous vivons dans une société où ceux qui réussissent doivent cacher leur réussite et feindre d'être pauvres.

Le film se termina à 23 h 30. À la sortie de la salle, il faisait très noir. Absence de lune, éclairage public hors service (comme souvent) et oubli à la maison de mon portable me privant du secours de sa fonction lampe de poche, tout semblait s'être ligué pour obscurcir mon chemin et mon avenir immédiat, aussi j'avançai précautionneusement pour ne pas me cogner à un mur ou tomber dans un trou malencontreux. Curieusement, je ressentis autour de moi une hostilité, un danger rôdant dans la nuit. Soudain, un éblouissement me fit chanceler…

VII

À la lueur furtive des phares d'une voiture de passage, me sentant un peu bizarre, comme dans du coton, je me mis à courir et arrivai dans ma cour, essoufflé, en me traitant de pauvre fou.

Sans faire de bruit je me suis couché, blotti comme d'habitude contre le corps doux et chaud de ma Martine qui dormait déjà, téléviseur allumé, anesthésiée comme toujours par les trop nombreuses coupures de pub cannibalisant la pseudo aventure qui leur sert de prétexte. Amusé, je pensai qu'elle n'apprendrait que le lendemain le nom du gagnant sur Internet. Comme toujours !

Une douleur sourde torturait mon crâne, ma gorge brûlait, sans doute victime des amplitudes de température dangereuses et brutales de l'arrière-pays cannois. Dans une demi-torpeur, j'entendais régulièrement des bruits bizarres de cloches et de sirènes, vacarme surprenant : l'église étant à un kilomètre à vol d'oiseau de ma maison, jamais le son des cloches ne m'avait empêché de dormir.

En attendant de trouver le sommeil, repensant à mon ami le bon vieux Charles-Henri, ce copain un peu sénile qui s'imagine pouvoir m'expédier dans le passé pour voir si j'y suis, j'élaborai une théorie sur la malédiction des rois de France prénommés Henri :

Le Premier, perpétuellement en guerre contre sa mère ou ses frères, Henri II mort dans des souffrances épouvantables d'un éclat de lance dans l'œil, Henri III assassiné sans gloire sur sa chaise percée par le moine Jacques Clément, Henri Duc de Guise, autoproclamé roi de Paris se voyant déjà calife à la place du calife et exécuté pour sa traîtrise par le même Henri III, Henri IV poignardé par Ravaillac.

Les rois suivants préférèrent s'appeler Louis, ce en quoi ils eurent raison puisque seul le numéro seize (et indirectement le dix-sept) finit tragiquement sa vie.

Oui, je vous le concède, mes nuits sont très studieuses, mais il fallait bien ça pour qu'enfin la nuit m'enveloppe, engourdissant mon corps, mon esprit et me plongeant dans une léthargie miséricordieuse.

Quelqu'un gravit des marches d'escalier qui craquent, pourtant il n'y a pas d'escalier dans ma maison. On frappe à la porte de ma chambre, j'ouvre les yeux, ma femme n'est plus couchée contre moi, un rayon de soleil traverse les persiennes et illumine une pièce que je ne reconnais pas immédiatement, la porte s'ouvre… Mon cœur s'accélère et atteint un rythme semblable à celui occasionné par une belle tachycardie.

Ma mère morte en 1975 à Morestel (Isère) entre, une tasse de café fumant à la main.

– Tu n'es pas trop fatigué ? demande-t-elle.

VIII

— Tu n'es pas trop fatigué ?

— Si, un peu !

Rendez-vous compte, ma mère, morte en 1975 à quatre cents kilomètres de l'endroit où j'habite en 2018, entre dans ma chambre avec une tasse de café fumant à la main en s'inquiétant de mon état de fatigue et tout ce que je trouve à lui répondre est : « si, un peu. »

Un bon rêve se distinguant par son incohérence celui que je vivais était manifestement excellent, logiquement je n'avais pas envie qu'il se termine puisqu'il me permettait de revoir ma chère maman vivante.

Subitement, des cloches se déchaînent toutes proches… trop proches et douloureuses à mes tympans pour ne pas être réelles. Je ne me sens pas très en forme comme si j'étais rentré très tard et n'avais pas assez dormi, un sifflement persistant déchire mes oreilles.

Je ne rêve plus, c'est maintenant une certitude pour moi. D'un coup d'œil, je découvre mon environnement : sur un fauteuil en sky noir trône ma guitare électrique, une *Telecaster Fender* blanche. Comment est-ce possible ? Mon fils aîné l'a reçue de mes mains en guise d'avance d'hoiries sentimentales et en hommage à son talent bien supérieur au mien il y a plus de vingt ans ? Il y a très longtemps que ma carrière de musicien s'est arrêtée, malheureusement, trop tard pour ne pas en subir quelques conséquences, en particulier une petite surdité à certaines fréquences des aigus.

La voix mélodieuse de maman m'interroge :

— Il est onze heures. Je t'ai entendu rentrer vers cinq heures du matin, je ne dormais pas comme toujours tant que tu n'es pas rentré. Où as-tu joué hier soir ?

— Au Palais d'Hiver à Lyon.

Qu'est-ce que je raconte ? Hier soir, je suis allé au cinéma où le dernier *Star Wars* intitulé *Solo* était à l'affiche. Je n'arrive plus à distinguer le vrai du faux, manifestement, la folie me guette… et toujours ces maux de tête et de gorge.

Quand j'eus bu le café brûlant, elle s'approcha, et fidèle à son rituel de mère poule qui m'agaçait depuis ma plus tendre enfance passa son doigt bien vivant dans mon cou pour vérifier si je n'étais pas « mouillé de chaud ». Son odeur perdue depuis des décennies et subitement retrouvée me submergea et un accès d'amour incommensurable me fit trembler, l'odeur de notre maman est le parfum le plus doux du monde, porteur de toute la tendresse de l'univers.

IX

La senteur propre à chacun de nous persiste longtemps après notre mort, enkystée et endormie dans la mémoire de nos proches, toujours prête à se réveiller pour témoigner que nous avons existé un jour. Mille fois, j'ai rêvé à maman, mais jamais son odeur perdue n'avait visité un de mes rêves, je me souvenais parfaitement de sa voix, de sa gestuelle, pas du tout de ses parfums, véhicules émotionnels puissants. Ressuscités maintenant, ils me ravissaient et ravivaient mille souvenirs heureux.

Pour faire le point sur la véracité de cette situation hallucinante, je demandai bêtement :

— Maman, tu n'es pas morte ?

Elle me donna une petite tape sur la joue.

— Tu n'as pas honte de souhaiter la mort de ta mère ?

Je me suis levé, nu, d'un bond pour la prendre dans mes

bras, et l'ai serrée, serrée jusqu'à ce qu'elle me repousse, à demi étouffée.

— Quel jour sommes-nous ?

— Eh bien, dis donc tu es vraiment fatigué. Nous sommes le lundi 1er mars.

— Quelle année ?

Inquiète, elle m'a longuement examiné.

— Tu es certain de ne pas avoir de fièvre ? Nous sommes en 1965 bien sûr, lundi 1er mars 1965.

Une image réfléchie dans le miroir posé sur la commode stoppa net mon deuxième élan d'affection : un adolescent mince, musclé, très brun et bouclé me fixait. Je ne me suis pas reconnu tout de suite, ne me souvenant pas avoir possédé un tel corps harmonieux et ce visage fin, presque aristocratique. Vous allez me trouver prétentieux, mais il me sembla être beaucoup plus beau que la description faite de moi toutes ces années par mon épouse qui me décrivait comme l'incarnation de la bête apprivoisée par la belle.

Après notre mariage, elle avait réussi à me faire croire, ou m'en étais-je convaincu moi-même par excès d'humilité, qu'ayant accepté ma laideur supposée elle fût bien trop bonne d'avoir porté les yeux sur moi. Une certaine répartition des rôles s'était ainsi spontanément créée, à elle la beauté, la grâce et la séduction, à moi la lourdeur, une certaine grossièreté masculine et… le droit de l'admirer humblement jour après jour.

Le miroir, la commode et le fauteuil noir témoignaient que j'étais bien dans ma chambre d'adolescent en 1965. À cette époque, nous habitions tout près de l'église dans une ancienne maison de maître dauphinoise transformée en appartements inconfortables accessibles par un hall commun ouvert à tous les vents. Comportant un rez-de-chaussée, un étage desservi par un vieil escalier de bois et un w.-c. collectif sur le palier, ce modeste logis ressemblait plus à un taudis qu'à un château, mais pour moi la liberté remplaçait avantageusement tout le confort du monde.

Mes parents et mon petit frère occupant deux pièces vétustes au rez-de-chaussée, après le départ de nos aînés j'avais accaparé l'unique chambre du premier étage et pouvais enfin profiter de mon indépendance toute neuve. Cette chambre était à l'époque le rendez-vous des copains … et plus souvent des copines.

Depuis un grand moment vous pensez certainement : bon d'accord, il nous rejoue la scène des *Visiteurs*, un vieillard lui fait boire une potion magique et il se retrouve dans le passé, Jacquouille Clavier va sortir d'un placard et beugler « OKAI », affaire classée !

Ce ne fut pas Jacquouille, mais Daniel mon ami intime, mon pote, mon alter ego, mort en 2010 d'un cancer du poumon qui entra avec son éternelle cigarette aux lèvres. Il avait commencé à fumer et à boire très tôt en signe de rébellion à l'encontre de son père, non-fumeur, non-buveur, paradoxalement l'absence de vices et d'addictions de cet homme tua donc prématurément son fils.

— Arrête de fumer, tu vas te ruiner la santé.

Moqueur, il me fit la réponse idiote que les addicts se croient obligés d'asséner aux amis préoccupés de leur santé :

— L'alcool et le tabac tuent lentement, on s'en fout, on

n'est pas pressés, de toute façon, mourir de ça ou d'autre chose…

— Tu n'as pas compris, tu vas mourir de « ça » en 2010 dans des souffrances épouvantables.

— Bon, arrête avec tes prédictions merdiques ou je m'en vais.

— Je ne plaisante pas, **je t'ai vu** mourir dans des souffrances épouvantables en 2010.

— C'est ça, on est en 1965 et tu m'as vu en 2010… Je croyais que tu ne buvais pas, mais hier soir tu n'as pas dû « sucer des glaçons ».

Il a quitté la chambre, fâché. Son côté soupe au lait était déjà très affirmé, mais j'avais l'habitude, il ne tarderait pas à revenir.

Ma mère m'observait du coin de l'œil, elle savait que je ne buvais jamais d'alcool de peur de ressembler à mon père, alcoolique invétéré, la révolte des adolescents prend souvent de multiples formes et de curieux chemins.

Très cultivée, intéressée par tous les mystères et les occultismes, elle ne rejetait jamais systématiquement les incohérences apparentes de ses interlocuteurs, mais cherchait toujours à comprendre. Rien ne semblait jamais l'étonner, le genre de femme à voir un extraterrestre frapper à sa porte et lui dire :

— Essuyez-vous les pieds avant d'entrer

Élevé par une telle mère, vous comprendrez mieux plus tard mes réactions parfois surprenantes.

Elle m'a questionné :

— Tu as rêvé avoir vu mourir ton copain en 2010 ?

- Non, je l'ai vu réellement.
- Tu l'as vu **en 2010** ?

Ma réponse n'était pas très intelligente, malgré son ouverture d'esprit comment pourrait-elle comprendre ?

— Excuse-moi, aujourd'hui je suis mal réveillé. J'ai rêvé, évidemment.

Son regard inquiet m'a transpercé, elle a toujours su lire en moi. Nous avions une relation très particulière, j'avais pris l'habitude de ne jamais lui mentir puisqu'elle devinait toutes mes bêtises d'enfant et mes secrets d'adolescent. Là, son instinct avait sans doute déjà repéré que quelque chose ne tournait pas rond.

Alors qu'elle quittait ma chambre à regret en fermant doucement la porte, un vertige me saisit.

X

Malgré mon mal de tête et une envie de vomir subite, j'ai essayé de faire le point après avoir ouvert les persiennes pour laisser entrer le beau soleil qui brillait :

Soit, je n'avais jamais quitté l'année 1965 et souffrant manifestement d'une schizophrénie ou autre maladie mentale entraînant une dissociation de personnalité avec délires à la clé je m'étais inventé un avenir.

Soit, nous étions toujours en 2018 et le vieux Charles-Henri m'avait drogué avec une boisson me procurant des hallucinations.

Soit, réalité folle, il m'avait projeté dans le passé pour satisfaire ma curiosité, et que je puisse vérifier par moi-même s'il était possible ou non de modifier le futur, tout simplement… La bonne blague ! Qui pourrait croire à une telle possibilité ? Vous imaginez bien que la seconde hypothèse me paraissait la plus plausible.

Comment trancher ?

La réponse à cette interrogation m'apparut évidente.

Actuellement le soleil brille, si un déluge se met à tomber à 17 h et si ma future femme, une jolie brunette vêtue d'un pantalon fuseau noir et d'un pull gris, traverse la place en courant pour échapper à la pluie il sera évident que je viens bien du futur pour vérifier s'il est possible de le modifier. Dans le cas contraire, il faudra bien admettre que la théorie de l'aliénation devient plausible.

Une autre question s'imposa à mon esprit.

Imaginons que je sois venu du futur pour modifier le passé, n'est-ce pas une folie terriblement dangereuse, une de plus… ?

Je me suis souvenu du paradoxe du grand-père : un homme vient dans le passé et tue accidentellement son grand-père avant que celui-ci ne rencontre sa grand-mère, il ne peut donc pas exister, donc il ne peut pas tuer son grand-père, etc. Mon présent en 2018 tel que je me le représente paraît plutôt satisfaisant. Ne vais-je pas provoquer une catastrophe et tout perdre ?

Je me rassurai facilement, trop facilement en pensant : puisque mon présent existe, il n'est pas possible qu'il disparaisse.

« *Homme de peu de foi*, avait dit le vieux Charles-Henri, *si c'est possible, c'est fait, si c'est impossible cela se fera.* ». Voulait-il dire que l'on pouvait modifier le futur en agissant sur le passé ?

En attendant, trop fatigué pour bouger, je me suis recouché, les adolescents ont besoin de beaucoup de sommeil.

XI

16 h 30, il est temps de me lever. Le soleil brille toujours, il est difficile de croire que dans une demi-heure il tombera des trombes d'eau. Maintenant se pose la question suivante : dois-je prendre un parapluie ? La réflexion du vieux Charles-Henri me revient à l'esprit : « *Cette curiosité intellectuelle dont tu te vantes me paraît bien limitée, tu ne t'es jamais demandé pourquoi tu avais un parapluie avec toi ce jour-là malgré ce grand soleil ?* »

Il avait formulé ainsi la première invraisemblance de cette histoire qui ne va pas en manquer :

Comme je sais qu'il pleuvra, la tentation est grande de me munir d'un parapluie ; grâce à lui dans une première version du passé j'avais abordé celle qui devint ma femme et changea pour toujours mon destin. Si cette information n'avait pas été portée à ma connaissance avant 17 h par quelqu'un ayant connu le futur, il n'y aurait eu aucune raison pour que je me munisse de ce parapluie. Or en 1965, avant 17 h personne ne m'avait rien dit… Je suis donc le premier humain à énoncer « le paradoxe du parapluie ».

Finalement, j'ai décidé de ne pas prendre ce fichu pépin. Ainsi si je vois ma future femme courir sous la pluie je ne serai pas tenté de venir à son secours et si une autre occasion de la rencontrer se présente ultérieurement, ceci démontrera que mon destin était écrit d'avance.

Que de « si » ! Dans le cas contraire, je ne sais pas ce qui se passera. Je suis gonflé non ?

L'avenir montrera que je suis surtout très con…

Parfois j'ai quelques accès de lucidité.

XII

16 h 55. Je suis en embuscade sur la place Saint-Symphorien, de gros nuages noirs arrivent de partout, quelques gouttes annonciatrices du déluge à venir commencent à tomber.

Une silhouette gracieuse se profile au loin. C'EST ELLE. Vêtue d'un fuseau noir et d'un sweat gris, exactement comme dans mes souvenirs, elle marche rapidement et se rapproche de la place, elle est aussi jolie que mes souvenirs me le suggéraient.

Subitement des trombes d'eau s'abattent sur elle, sa petite frimousse adorable ruisselante d'eau me fait craquer, je me retiens pour ne pas me jeter à ses pieds pour les couvrir de baisers

Un homme inconnu sort de *Chez la Jeanne,* bistrot de la place et quartier général de tous les ivrognes du coin. Muni d'un grand parapluie noir, il se précipite pour l'abriter, je le déteste immédiatement. Elle lui prend le bras et tous deux disparaissent dans la grand-rue.

Un voile sombre se déplie devant mes yeux et je perds connaissance.

XIII

Une sonnerie me réveille. Je regarde autour de moi, certain d'émerger de ce cauchemar et de me retrouver enfin dans le confort sécurisant de ma belle et grande maison provençale.

La petite pièce étouffante et irrespirable dans laquelle je me trouve m'est totalement inconnue. Un miroir sale me renvoie l'image d'un homme mal rasé aux cheveux gras et dents couleur marron comme celles des grands fumeurs.

Ma tête me fait souffrir, mes avant-bras sont couverts de griffures, mes ongles sont noirs comme si j'avais terrassé de la terre à mains nues. J'ai terriblement soif et très envie de fumer. Mes mains tremblent, je me précipite dans le frigo et avale une grande rasade directement au goulot d'une des bouteilles de vin blanc rangées dans la porte, l'alcool calme le tremblement de mes mains.

Sur une table s'amoncellent des papiers : une photo déchirée me représentant à côté d'une inconnue en robe blanche, quelques vieux journaux, des enveloppes encore cachetées. J'en ouvre une, elle provient d'une régie HLM de Saint-Raphaël (Var) qui m'accuse de ne plus payer le loyer de mon appartement social situé au troisième étage d'un immeuble de Boulouris et me menace d'expulsion. Loyer d'un appartement social ? J'ai toujours été propriétaire de mes logements... Quelle folie est-ce encore ?

Une lettre du *Crédit Mutuel* me met en demeure de combler mon découvert d'urgence sous peine d'invalidation de mes chéquiers et de ma carte bleue. Carte bleue, découvert ? J'ai toujours été titulaire d'une carte Gold et jamais dans le rouge.

Je jette un coup d'œil sur les journaux, des *Var-Matin*.

En première page de celui daté du 10 mai 2018 figure un avis de recherche : « *Une adolescente de quatorze ans, la petite M... originaire de Saint-Raphaël, partie camper dans l'Estérel avec trois amies et son frère s'était évaporée dans la nature. Fugue ou enlèvement se demande le journaliste ?* »

Dans le second, daté du 12 mai, un appel convie la population à se joindre aux gendarmes pour effectuer une battue dans les bois environnants.

Le troisième, daté du 16 mai, est dramatique. Le corps dénudé et sans vie de la fillette a été retrouvé tout à fait par hasard par un randonneur près du Mont Vinaigre, enfoui sous des pierres au sein d'une forteresse naturelle formée par d'immenses rochers. Violée et étranglée, sa mort remonterait au 8 mai dans la matinée d'après le médecin légiste.

Pourquoi ces événements me font-ils autant battre le cœur ? En quoi suis-je concerné par cette tragédie ?

Un papier blanc chiffonné portant la mention « Jean-Paul » en caractères gras attire mon attention. Avant de le lire, je fouille mes poches à la recherche d'une cigarette et en sors un vieux téléphone portable qui indique comme date du jour : 12 juillet 2018. Ouf, me voici de retour en 2018, après avoir lu le papier qui m'est destiné, je partirai à la recherche du vieux Charles Henri ; il va m'entendre :

« *Jean-Paul, que s'est-il passé ? Qu'as-tu fait ? Depuis toutes ces années j'ai tout supporté : tes tromperies, ta violence, tes magouilles, tes trafics, ton alcoolisme, tout… Maintenant j'ai vraiment trop peur. Lorsque tu es rentré l'autre soir, ivre mort, couvert de boue et de sang, avant de t'endormir sur le canapé tu m'as menacée de me faire la peau un de ces jours comme à la petite salope. Je pars chez notre fils et demanderai le divorce demain. Je te promets que je ne dirai rien à personne sur tes saloperies alors ne cherche pas à me faire du mal, sinon…. Anne-Marie* »

Je ne comprends rien à cette lettre qui m'est adressée par une certaine Anne-Marie qui semble prétendre être mon épouse puisqu'elle veut divorcer. Jusqu'à preuve du contraire, ma femme s'appelle Martine… Je n'ai jamais été violent envers qui que ce soit, l'alcoolisme est une maladie qui m'est totalement étrangère et quels sont ces trafics, saloperies et magouilles dont elle parle ?

Une première conclusion s'impose : j'ai modifié mon passé et mon destin en a été transformé. J'ai donc la réponse à la question posée : le destin de chacun de nous n'est pas écrit à sa naissance, chacune de nos décisions, exercée par notre libre arbitre, conditionne notre avenir.

Seconde conclusion : manifestement, j'ai beaucoup moins bien réussi dans la vie en compagnie de cette Anne-Marie.

Martine est donc celle par qui ma réussite est arrivée, le proverbe : « *Derrière la réussite de chaque homme, il y a une femme* » est donc exact.

Tout cela est bien beau, mais j'espère que mon ami Charles-Henri a la capacité de remettre les choses en place sinon je lui éclate la tête.

Des yeux, je cherche machinalement les clés de ma Porsche *Macan* et ne trouve, pendu à un vieux clou fiché dans la cloison, qu'un porte-clés Renault portant un numéro d'immatriculation écrit sur un bout de plastique.

Je sors dans le couloir, un couple m'adresse un regard hostile, un ascenseur crasseux me dépose dans un hall d'entrée revêtu de tags, plusieurs boîtes aux lettres sont défoncées.

Je cherche du regard la Renault portant le numéro d'immatriculation figurant sur le bout de plastique, une Clio flambant neuve correspondant à ma recherche est garée sur une des places de parking.

Je suis agréablement surpris, bien sûr il ne s'agit pas d'une Porsche, mais compte tenu de l'état de délabrement de l'appartement dans lequel manifestement je vis dans cet univers, on pouvait s'attendre au pire.

Une odeur bizarre flotte dans l'habitacle, mon cerveau ne l'identifie pas, mais mon corps en tremble d'envie. Poussé par un instinct inexplicable, je soulève le tapis de sol et découvre un minuscule sachet contenant une poudre blanche que je respire avidement. Après quelques minutes un grand bonheur m'envahit, l'impression extraordinaire d'être le maître du monde. Sur le siège passager se trouve une casquette Adidas, cette casquette génère un flash dans mon esprit :

« Une adolescente en mini short fait du stop sur une route de l'Estérel, je m'arrête pour lui proposer de monter dans ma voiture, un randonneur marchant sur un chemin caillouteux parallèle me fait des signes amicaux avant de disparaître entre les eucalyptus » … puis plus rien !

La Clio démarre au quart de tour, direction Montauroux. Charles-Henri va m'expliquer, j'espère pour lui qu'il a la capacité de remettre les choses en place sinon je lui éclate sa sale gueule. En ce moment j'ai tendance à répéter plusieurs fois les mêmes choses, mais ne m'en veuillez pas, je suis un peu perturbé par ce qui me tombe sur la tête à tout moment, on le serait à moins, convenez-en, mais cela n'est encore rien à côté de ce qu'il me reste à découvrir.

XIV

Sur la place de mon beau village de Montauroux, quelques hommes jouent aux boules, certains visages me sont familiers, Mathieu, Sofiane, René, la situation semble redevenir normale.

Il ne faut jamais crier victoire trop tôt, à la place de mon élégante maison provençale quelqu'un a construit une laide maison moderne carrée sans toiture ou plutôt avec un toit-terrasse, ses fenêtres longues et étroites ressemblent à des meurtrières, les pierres du mur d'enceinte ont été remplacées par des moellons grossièrement crépis.

J'arrive enfin devant la maison de Charles-Henri, elle est identique en tous points à mes souvenirs. Ouf !

Une belle jeune femme me reçoit sur le pas de la porte :

— Un vieillard nommé Charles-Henri ? me répond-elle. Il y a bien longtemps qu'il est parti, nous habitons ici depuis près de dix ans et nous ne l'avons jamais connu, mais j'ai entendu parler de lui, il paraît qu'il avait plus de cent ans, il doit être mort aujourd'hui.

Elle commence à m'énerver, je la coupe brutalement :

— Vous dites n'importe quoi, je discutais encore avec lui hier soir, nous étions assis sur le banc en pierre sous la tonnelle.

Je la bouscule pour m'introduire dans sa maison et en sortir par les oreilles le vieux fou qui doit s'y cacher, un vertige me vient, j'entends distinctement la jolie bouche de la femme prononcer ces mots :

— Professeur, venez vite, c'est extraordinaire il a ouvert les yeux !

XV

Des gens courent, une machine sonne, un grand type en blouse blanche dirige une lumière sur mes yeux, je voudrais lui demander d'arrêter de m'éblouir, mais je ne peux pas parler, ma gorge est trop douloureuse, alors je cligne des paupières. Il me demande :

– Serrez-moi la main !

C'est bien le moment de se serrer la main.

– Bravo, l'autre maintenant, levez la jambe gauche, la droite. Très bien, bienvenue parmi les vivants.

« Bienvenue parmi les vivants », ce gars ne manque pas d'humour.

– Mesdames, messieurs, nos efforts sont récompensés, je vous annonce officiellement que contre toute attente monsieur Jean Paul est sorti du coma.

Sortir du coma moi, voilà autre chose, si je pouvais parler je leur balancerais la blague de la blonde répondant à une amie lui apprenant qu'elle était restée un mois dans le coma : « Tu as eu beau temps ? »

J'essaie à nouveau de parler, mais je ne peux émettre qu'un gargouillis.

Une gentille fille met sa main fraîche sur ma tempe et me dit à l'oreille :

— Ne vous agitez pas, l'assistance respiratoire n'a été ôtée qu'hier, votre gorge est encore hyper sensible, dès demain je pense que vous pourrez parler, mais pour ce soir reposez-vous, on va appeler votre femme pour lui annoncer la bonne nouvelle.

Je fais signe que je voudrais écrire, elle m'apporte un stylo et une feuille de papier, je griffonne maladroitement :

— Où suis-je ?

— Vous êtes au service neurologique de la Timone à Marseille.

En neurologie à la Timone ? Auraient-ils tenté de me greffer un cerveau en état de marche… J'en ai bien besoin.

— Quel jour ?

— Nous sommes le 12 juillet 2018.

— Comment vous appelez-vous ?

— Mon prénom est Suzette.

— Merci Suzette.

Épuisé par l'effort, je ferme les yeux et sombre dans un profond sommeil.

XVI

À mon réveil Martine est à mon chevet, quel bonheur de la revoir ! Elle me tient la main et me couve d'un regard amoureux, mais elle semble gênée et inquiète. Je la connais bien, lorsqu'un problème la préoccupe elle mange ses ongles et là ses doigts sont rongés jusqu'à la chair.

Elle m'avoue qu'après discussion avec l'équipe médicale il avait été décidé hier de suspendre l'assistance respiratoire en vertu du principe de non-acharnement thérapeutique. Un électro-encéphalogramme plat témoignant de ma mort cérébrale, elle avait donné son accord pour un prélèvement de mes organes, heureusement dès la machine débranchée tout le monde fut sidéré de constater que ma respiration naturelle avait pris le relais.

Elle parut rassurée lorsque je lui garantis qu'elle avait parfaitement bien respecté mes volontés dans ce cas de figure maintes fois évoqué. Je préfère que mes organes profitent à quelques humains plutôt qu'à des vers, fussent-ils de nobles asticots.

L'après-midi même, soutenu par deux aides-soignantes agréablement bavardes, Solange et Christelle, j'arrivai à m'asseoir dans mon lit et à prononcer quelques mots puis des phrases complètes. J'étais maintenant en état de faire le point avec Martine et le chirurgien-neurologiste qui vint se joindre à nous.

Qu'un médecin ait le temps et l'envie de faire la causette, c'est assez rare pour être souligné alors nous avons profité de sa science :

— Je suis le professeur S... C'est moi qui vous ai opéré. Hier, vous étiez inconscient et en état de mort cérébrale, aujourd'hui vous paraissez gai comme un pinson, je dois avouer que je n'ai jamais vu ça en trente ans de médecine. Quelle est la dernière chose dont vous vous souvenez ?

Je ne pouvais pas décemment lui relater toutes les choses bizarres que j'avais vécues pendant cette période qu'il qualifiait « de mort cérébrale et d'inconscience » bien que ma conscience n'ait jamais été aussi aiguisée.

— Je suis sorti du cinéma le 25 mai vers 23h30.

— C'est là qu'***il*** vous attendait et vous a agressé.

— Il m'attendait ? Qui m'attendait ?

Il n'a pas répondu à ma question

— Je ne sais pas, les gendarmes vous le diront. Vous avez reçu un violent coup sur la tête, sans doute au moyen d'une batte de base-ball, une barre de fer ou quelque chose de similaire, heureusement vous avez beaucoup de cheveux et portiez une casquette ce qui vous a un peu protégé et amorti le choc, ce petit peu a fait la différence entre la vie et la mort. Votre seconde chance a été cette voiture qui passait juste à ce moment, l'agresseur s'est sauvé et le conducteur a prévenu immédiatement les secours. Je dois avouer qu'à l'arrivée de l'hélicoptère nous étions très inquiets et réservés sur vos chances de survie. Le scanner a révélé un hématome extradural que nous avons évacué en partie grâce à une trépanation. Votre constitution solide a fait le reste, mais vous revenez de loin et le plus extraordinaire pour moi est que vous semblez n'avoir aucune séquelle, mais il est trop tôt pour en être certain. Il n'est pas impossible que dans quelque temps vous souffriez de troubles de l'humeur, du goût, de la vision et confondiez votre mémoire immédiate avec celle du passé. Maintenant, reposez-vous, je repasserai ce soir.

Après m'avoir tapoté le genou, il est parti, me laissant seul avec Martine.

— Où sont les enfants et les petits-enfants ?

Elle a eu l'air embarrassée :

— Ils ne m'ont pas quittée, par roulement nous sommes restés à ton chevet pendant six semaines, mais ils ont été obligés de repartir provisoirement chez eux. Ils reviendront bientôt. Moi je suis à l'hôtel tout près d'ici.

— Si je comprends bien, quelqu'un m'a agressé à ma sortie du cinéma le 25 mai et je suis resté dans le coma jusqu'au 12 juillet ?

— Oui.

— Qui m'a agressé ? Et pourquoi ?

Elle a détourné ses beaux yeux et une horrible angoisse m'a envahi. Nous nous connaissons par cœur grâce à toutes ces années passées ensemble et j'ai compris qu'elle me cachait quelque chose. Je savais aussi qu'elle ne saurait pas me dissimuler longtemps ce qui la tracassait alors en attendant je lui racontai mes hallucinations comateuses.

Lorsque j'arrivai au moment de parler des articles de *Var-Matin* concernant la disparition de la petite M… et ma vision de lui avoir proposé de monter dans une Clio près du Mont Vinaigre, elle devint blême :

— Comment peux-tu être au courant de cette histoire ?

— Ce ne sont que des songes.

— Non, c'est une réalité, la petite M… a été retrouvée morte et dénudée près du Mont Vinaigre, dans la forteresse naturelle en pierres que nous connaissons bien.

Nous montons souvent en randonnée jusqu'au sommet de cette petite montagne ou grosse colline qui offre aux courageux une vue panoramique sur la côte méditerranéenne, la mer et les îles.

— Les infirmières en ont peut-être parlé pendant mon inconscience.

— Peut-être …

Quelque chose ne tournait pas rond alors autant crever l'abcès :

— Qu'est-ce qui t'inquiète ? Que me caches-tu ?

Pâle près de mon lit tout blanc, elle me tendit un papier sur lequel était écrit : « Salaud, tu as eu ma fille, j'aurai ta peau ! La prochaine fois, je ne te louperai pas ! »

— Voilà ce que j'ai trouvé dans notre boîte aux lettres le lendemain de ton agression.

XVII

C'est le moment que choisirent les gendarmes de Fayence pour faire une entrée très remarquée dans ma chambre.

Ils étaient deux.

Le premier, mon ami Marcel à qui j'ai rendu autrefois de grands services, me fit un clin d'œil. L'autre était un grand gaillard galonné à l'air sévère qui d'une voix sonore invita ou plutôt somma Martine de sortir quelques instants.

Je rassemblai mes quelques forces pour m'insurger :

– Ma femme reste auprès de moi.

– Comme vous voudrez. Je voulais simplement lui épargner d'entendre ce qui va suivre.

– Elle peut tout entendre, vous avez retrouvé mon agresseur ?

– Il s'est présenté spontanément à la brigade ce matin.

– Qui est-ce et pourquoi veut-il me tuer ?

Vous n'allez pas me croire, au lieu de répondre il m'a

demandé :

— **Où étiez-vous le 8 mai entre huit heures et midi ?**

XVIII

— Où étiez-vous le 8 mai dernier entre huit heures et midi ?

Comment voulez-vous que je me souvienne précisément de ce que j'ai fait ce jour-là ? Chaque matin je pars en randonnée, il n'y a donc aucune raison que j'ai dérogé à mes habitudes. Le galonné n'attend pas ma réponse :

— Je vais vous dire ce que vous avez fait le 8 mai dernier, vous étiez sur la route qui mène au Mont Vinaigre et vous avez pris en stop la petite M… dans une Renault Clio.

Prêcher le faux pour savoir le vrai. Une stratégie vieille comme le monde !

— Je n'ai pas de Renault Clio, je roule en Porsche *Macan*.

— Nous le savons, mais vous n'êtes pas fou, une Porsche attire beaucoup trop l'attention. Vous avez préféré employer une voiture discrète pour faire votre coup.

J'ai beaucoup de plaisir à l'entendre dire que je ne suis pas fou, mais comment peut-il savoir que dans mon autre vie rêvée j'étais propriétaire d'une Clio ? Martine semble anéantie de ce qu'elle vient d'entendre, je la rassure en lui prenant la main. Mon pote Marcel paraît très gêné de la tournure prise par l'interrogatoire, en riant je l'interpelle :

— Marcel, ton collègue est vraiment antipathique ou fait-il semblant ? En tout cas c'est bien imité, il est au top de l'antipathie, il peut arrêter son entraînement, mais s'il continue à m'insulter et à m'accuser ça va mal aller.

Le Sévère semblait sur le point de se fâcher tout rouge quand derrière nous une voix chevrotante énonça calmement :

— Le 8 mai Jean-Paul a passé toute la matinée avec moi, nous ne nous sommes pas quittés une minute.

Par l'entrebâillement de la porte de la chambre qu'il avait poussée sans bruit, le vieux Charles-Henri, surgi de nulle part, n'avait pas perdu un mot de la conversation et volait à mon secours, il me devait bien ça.

En partant, déçu comme un pitbull à qui l'on aurait retiré un chihuahua de la gueule, le supérieur de Marcel répond enfin avec perfidie à ma question initiale :

— Vous m'avez demandé l'identité de votre agresseur ? C'est le père de la petite M… que vous n'avez pas rencontrée le 8 mai et que vous n'avez ni violée ni tuée bien qu'il soit persuadé du contraire. On ne peut pas en vouloir au pauvre homme d'être fou de rage et d'avoir perdu la tête, un de vos compagnons occasionnels de randonnée qui passait là par hasard pense vous avoir reconnu lorsque vous l'avez invitée à monter dans une Clio.

— Certes, je compatis à la douleur de ce père, mais je vais vous faire une confidence : il se trompe, je n'ai jamais été attiré par les très jeunes filles, de plus je suis atteint d'une impuissance provisoire, je suis donc très serein face à cette accusation sans fondement dont je serai rapidement lavé.

— Faites bien le malin, vous ne tarderez pas à baisser d'un ton.

Accusation dont je serai rapidement lavé ? *Comediante, tragediante !* On peut toujours rêver… Il n'a pas voulu en savoir plus sur les causes de mon impuissance, certains n'écoutent que ce qui les arrange, préalable indispensable et porte ouverte à toute erreur judiciaire.

XIX

Une fois seuls dans la chambre, Charles-Henri a salué Martine puis de façon gaullienne il a entrepris de m'angoisser :

— Grâce à moi, tu as gagné une bataille, mais tu es loin d'avoir gagné la guerre.

J'avais des tas de choses à lui dire, mais pour le moment il me fallait parer au plus pressé.

— Charles-Henri, je vous cherchais, c'est très gentil à vous de vouloir m'aider, mais je n'ai pas besoin d'un faux alibi, ils seront bien obligés de se rendre à l'évidence, je n'ai jamais vu ni rencontré de près ou de loin cette pauvre petite M…

— Ils vont revenir à la charge avec des analyses ADN et là, tu seras coincé.

— Comment ça, je serai coincé ?

Quand on a un tel ami, on n'a pas besoin d'ennemis.

Je ne peux pas raconter ce qu'il m'a répondu, personne ne me croirait et d'ailleurs je n'ai pas tout compris, mais l'essentiel pour moi était que Martine entende et sache que je n'étais en rien responsable du calvaire de la petite M… Enfin pas totalement puisque nous nous retrouvions, d'après Charles-Henri, dans une situation identique à celle du chat de Schrödinger dont personne ne savait exactement s'il était déjà mort ou encore vivant.

Maintenant, je supplie celle ou celui qui lira mon récit de retrouver Charles-Henri, le faire parler et raconter son histoire au monde.

Peut-être vous croira-t-on, vous. Lorsque vous saurez la vérité, vous comprendrez que nulle défense n'était envisageable pour moi. Le combat pour démontrer mon innocence aurait été si désespéré que j'étais vaincu avant même d'avoir livré bataille !

Nous voulions lui poser encore mille questions, mais il est parti sans se retourner et sans un mot de regret, il a simplement dit en refermant la porte :

— Il ne fallait pas me toucher.

Nous ne l'avons jamais revu !

Quarante-huit heures plus tard à ma demande expresse l'hôpital m'a fait signer une décharge pour se dégager de toute responsabilité à mon égard et je suis rentré chez moi…

XX

À mon arrivée une pancarte était apposée contre mon portail : « mort au pédophile et tueur d'enfant ».

La boulangerie de la place refusa de me servir mon pain, les réseaux sociaux et les journaux se déchaînèrent contre moi, des imbéciles jetèrent des pierres contre mes volets, j'étais condamné avant d'avoir réellement compris ce qui m'arrivait. Certains réclamaient le rétablissement de la peine de mort spécialement pour moi. Je savais que mon combat était sans issue alors j'ai pris quelques dispositions.

Le lendemain, deux gendarmes que je ne connaissais pas vinrent me conduire aux locaux de la brigade pour vingt-quatre heures de garde à vue pendant laquelle des prélèvements ADN furent effectués. L'un d'eux dit à Martine qui m'attendait :

— Deux laboratoires indépendants vont réaliser les analyses. Pour le moment, nous n'avons aucune preuve matérielle contre votre mari qui se réfugie derrière une prétendue incapacité physique. Son ADN va être comparé à celui du sperme retrouvé sur le corps de la gamine et de la peau sous ses ongles. Nous avons également envoyé une réquisition à la société Orange pour localiser son téléphone mobile au moment des faits.

Elle a répondu :

— Jamais mon mari n'est rentré de randonnée avec des traces de lutte ou de griffures sur le corps, je suis bien placée pour le savoir, dans le cas contraire je l'aurais dénoncé moi-même. Pour le moment, vous n'avez rien contre lui à part des hypothèses fantaisistes et un promeneur qui croit l'avoir reconnu dans une voiture qui n'est pas à lui.

— C'est bien pour cela que provisoirement il va être remis en liberté sous contrôle judiciaire et estimez-vous heureuse qu'il sorte d'ici ce soir, mais l'ADN va trancher. Si les résultats sont positifs, nous reviendrons le chercher et cette fois ce sera pour très longtemps. D'autant qu'il n'a plus d'alibi officiel, le vieillard qui voulait lui fournir une disculpation, considérée actuellement comme étant de complaisance, n'est pas venu réitérer ses déclarations en déposant en sa faveur, et personne ne le connaît ni ne sait où le trouver.

XXI

Charles-Henri a disparu. Je me suis rendu plusieurs fois chez lui en vain, les volets de sa maison sont fermés, la porte d'entrée est verrouillée. Ce type qui apparaît et disparaît n'est pas clair. Je commence sérieusement à me poser des questions sur lui, qui est-il ou qu'est-il vraiment ? À l'issue de nos nombreuses discussions, je me suis fait une opinion, mauvaise. Je crois avoir percé à jour ses projets, si ce que je pense est vrai il est infiniment plus dangereux qu'il n'en a l'air.

Nos enfants m'ont tourné le dos, honteux de moi ils ne me prennent plus au téléphone.

Ce matin, mon ami le gendarme, Marcel, consterné, m'a annoncé la nouvelle :

— Je risque ma place en t'appelant, mais au nom de notre vieille amitié je voulais te prévenir. Je ne sais pas ce que tu as fait avec cette gamine et je préfère ne pas le savoir, mais l'ADN du sperme retrouvé sur son corps et celui de la peau sous ses ongles sont identiques au tien d'après le premier labo. On devrait recevoir le second résultat ainsi que la localisation de ton téléphone mobile au moment des faits dans l'après-midi, mais dans tous les cas tu seras vraisemblablement arrêté avant ce soir, j'espère que l'on m'épargnera le déshonneur de cette mission.

Il a raccroché précipitamment avant que je puisse répondre.

Lorsque Martine a appris la teneur de cet appel, elle a su que tout était fini pour nous.

J'ai tout préparé. Elle s'est blottie contre moi et en caressant mes cheveux elle m'a dit :

— Je ne comprends pas ce qui nous arrive, mais je sais que tu es innocent, je te connais bien, tu es incapable de tels actes et je suis bien placée pour savoir que jamais une seule griffure n'a défiguré ton joli visage.

La gorge serrée je n'ai pu répondre que :

— Merci

— Depuis ce jour de 1965 où tu m'as accueillie sous ton parapluie, je n'ai jamais cessé de t'aimer. Lorsque tu es apparu, je t'ai trouvé si protecteur et si beau… Ce moment béni est gravé à tout jamais dans mon cœur.

— J'ai toujours pensé que tu m'avais choisi malgré ma laideur.

— Tu es bête, pour moi tu as toujours été le plus beau.

— J'ai toujours cru le contraire.

— Tais-toi et prends-moi dans tes bras, j'ai un peu froid

— Moi aussi je tremble, mais ce n'est pas de froid, simplement la peur.

— Avons-nous le choix ?

— Oui, toi tu n'es pas obligée de…

Elle a mis sa main sur ma bouche et répété :

— Tais-toi ! Le curé a dit : « *Jusqu'à ce que la mort vous sépare* », il avait tort, même la mort ne nous séparera pas. Comment pourrais-je vivre sans toi ? Tu es toute ma vie, ensemble nous sommes forts.

— Tu as raison, mon ange, il faut que nous soyons forts, c'est notre dernière richesse, ensemble nous sommes plus forts que ceux qui m'accusent.

— Tu es sûr que nous ne souffrirons pas ?

— Oui. Sur le site spécialisé TSP, j'ai pu obtenir du *Carfentanil*. Ils disent que nous nous endormirons paisiblement puis quelques secondes plus tard notre cœur s'arrêtera de battre, on ne se rendra compte de rien.

— Je veux partir la première.

— Tu es sûre ? Je préférerais que l'on parte ensemble.

— Non, on en a déjà parlé. Accorde-moi ce dernier privilège : lorsque je serai partie, avant de me rejoindre tu maquilleras une dernière fois mes lèvres et mes yeux, tu me coifferas et veilleras à ce que je sois parfaite, je veux être belle quand ils nous trouveront.

— Depuis toutes ces années pour moi, tu as toujours été la plus belle.

— Je sais, mais ce n'est pas pour toi.

— Alors pour qui ?

— Pour ceux qui nous trouveront. Il faut qu'ils comprennent : tu es innocent, victime de quelque chose qui nous dépasse, et je meurs à tes côtés de mon plein gré…

Rendez-vous compte : elle s'est endormie pour toujours afin de témoigner de mon innocence et me protéger. La femme comprend tout par l'amour : quand elle n'entend pas, elle sent, quand elle ne sent pas elle voit, quand elle ne voit, ni ne sent, ni n'entend cet ange de la terre vous devine pour vous protéger.

J'aurais voulu la câliner encore mille ans et mille fois plus fort, la seule chose que nous apprend la mort c'est qu'il est urgent d'aimer.

Après l'avoir remaquillée comme elle me l'a demandé, je vais écrire le mot « fin », dissimuler la clé USB sous la dame-jeanne rangée au sous-sol, elle sera comme une bouteille à la mer ou plutôt une bouteille à la cave, j'ouvrirai grand la porte puis je reviendrai m'allonger à ses côtés.

Je lui prendrai la main et la rejoindrai dans ce monde parallèle que les religions disent meilleur.

Celle ou celui qui trouvera ce message et le lira jusqu'au bout sera en charge de laver mon honneur… Si elle ou il ne le fait pas, qu'elle ou il soit maudit à tout jamais !

Et n'oubliez pas : méfiez-vous du vieux pervers qui porte une casquette à carreaux sur la tête !

ανώτατο θηρευτή Παίζει να διαβάζει το μέλλον, αλλά στην πραγματικότητα το οργανώνει.

Fin

Deuxième partie : Einstein et Schrödinger avaient raison

(Munissez-vous d'un ou deux cachets de paracétamol.)

I

Emmanuelle

Isabelle, mon épouse bien-aimée ou mari adoré selon l'humeur coquine du jour, est une femme pragmatique, manichéenne et rationnelle. Pour elle, un problème se pose en termes simples : zéro ou un, blanc ou noir, vrai ou faux, elle ne connaît pas les demi-mesures.

Ses avis étant toujours tranchés, celui qu'elle émit sur le récit que nous venions de lire fut chirurgical, abrupt et définitif :

— Ce Jean-Paul était un psychopathe et un salopard qui a empoisonné sa femme avant de se suicider. Pédophile, meurtrier, se sentant découvert il a inventé cette histoire qui ne tient pas debout pour se donner le beau rôle et partir en beauté en imaginant le personnage de ce Charles-Henri qui apparaît pour le disculper puis disparaît quand on a besoin de lui.

Son suicide mélodramatique avec violons et feux d'artifice est ridicule : « *tu as raison, mon ange… Maquille-moi pour que je sois belle… La mort ne nous séparera pas …* », même sa dernière phrase : « *Méfiez-vous du vieux pervers qui porte une casquette à carreaux sur la tête* » **qu'il se croit obligé de répéter en je ne sais quelle langue** pour étaler sa culture montre à quel point jusqu'au bout il aura été pathétique.

— En tout cas, il ne manque pas d'imagination.

Elle a éjecté la clé USB, l'a glissée dans une enveloppe, éteint l'ordinateur et décidé :

— Pour moi, cette affaire étant classée, au boulot. On a assez perdu de temps.

J'ai récupéré l'enveloppe et l'ai rangée dans un tiroir de mon bureau.

Les jours suivants furent consacrés à la décoration de notre nouvelle maison. Parallèlement, nous avons cherché et trouvé dans une des jolies rues piétonnes du village un petit local pour exposer ses toiles. Un marchand d'art pictural de Saint-Paul-de-Vence s'intéressa également à son travail et proposa un contrat de dépôt de ses œuvres en vue de leur vente en galerie, l'avenir s'annonçait radieux pour elle.

Moi je n'avais encore pas écrit une ligne.

J'avais pratiquement oublié la clé USB et son contenu quand une conversation entendue au petit *Casino* me fit sursauter.

Deux femmes, dont une était infirmière libérale dans le canton, discutaient devant moi en attendant de passer à la caisse :

— Je les ai bien connus, très amoureux l'un de l'autre ils se promenaient souvent la main dans la main. Ils étaient tous les deux dans l'enseignement : lui, prof de latin et de grec, elle de français. Ils étaient très serviables, je n'arrive pas à comprendre ce qui s'est passé, tu diras ce que tu voudras, mais on ne démarre pas une carrière de violeur à soixante-dix ans.

— Pourtant on a bien retrouvé son ADN sur le corps de la gosse ?

— Oui et c'est inexplicable. Tu veux que je te révèle un secret… médical ? Ne le répète pas, mais au moment des faits il était traité pour un cancer de la prostate. La tumeur étant hormonosensible, deux jours avant le viol de la petite, sur prescription de son oncologue je lui avais fait au ventre une injection de Décapeptyl, un puissant castrateur chimique à libération prolongée inhibant la testostérone pendant trois mois. Début juin, il devait démarrer une radiothérapie de deux mois.

— Et alors ?

— *Alors tu m'expliqueras comment un homme de soixante-dix ans castré chimiquement, donc physiquement diminué et sexuellement impuissant, a pu violer puis étrangler une adolescente qui s'est défendue bec et ongles !*

II

Baignée depuis ma tendre enfance dans les délires paranormaux d'une mère fantasque, nourrie de récits de voyantes, fantômes et revenants, je suis aussi ouverte au surnaturel qu'Isabelle est rationnelle.

Pour elle l'affaire était classée, moi je voulais savoir, alors j'ai enquêté sans rien lui dire, nous nous disputons souvent lorsque j'évoque des sujets étranges qu'elle qualifie d'absurdes et elle ne se gêne pas pour se moquer de moi ce qui me désole et m'inquiète. L'amour d'un conjoint se nourrissant, se fortifiant même d'une dose d'admiration, je commençais à me sentir diminuée par sa réussite artistique naissante et craignais à terme qu'elle ne me sous-estime et se détache de moi.

Après avoir lu, relu, rerelu le texte de la clé USB jusqu'à le connaître pratiquement par cœur, j'ai consulté tous les articles concernant cette affaire qui avait « défrayé la chronique », expression un peu désuète qui signifie faire parler de soi en raison de ses actes ou de simples médisances.

Les voisins proches et les commerçants du village interrogés étaient formels sur deux points :

Aucun d'entre eux ne se souvenait avoir connu ou vu ce vieux Charles-Henri omniprésent dans cette affaire.

Je ne fus pas très surprise, toutes les maisons de ce quartier chic sont édifiées sur de grands terrains proches d'une forêt immense et je ne croise que très rarement mes voisins par hasard. Ne pas voir, ne pas entendre, ne pas sentir ses voisins, sauf si on le souhaite absolument, est un vrai luxe dans notre monde moderne.

Les commerçants haussaient les épaules : chaque année, beaucoup de retraités arrivent en Pays de Fayence pour y finir leurs vieux jours. Les vieillards portent généralement la même casquette plate sur la tête, ils se ressemblent tous, et souvent, passé un certain âge, ils se désociabilisent, ne sortent plus de chez eux, se font ravitailler par un familier et disparaissent du champ de vision de la communauté, à tel point que l'on ne sait jamais s'ils sont déjà morts ou encore vivants.

Seconde certitude, les deux suicidés s'adoraient, en aucune situation Jean-Paul, mari idéal, n'avait eu un geste, une parole, un regard déplacés envers une autre femme ou une jeune fille, il ne semblait voir que sa Martine sur la terre.

Jusqu'au dernier jour, cette femme était restée solidaire de son époux. Comment ne pas être fascinée par le comportement d'une épouse qui, apprenant que son mari est accusé d'avoir violé et tué une adolescente, le soutint envers et contre tout jusqu'à se suicider avec lui ? De plus, d'après les écrits de Jean-Paul, elle donnait vraiment l'impression d'aller gaiement à la mort ce qui me paraissait très surprenant. Une réflexion philosophique m'est revenue en mémoire : « *Croyez en la parole d'un témoin seulement s'il est prêt à mourir pour sa cause.* »

C'est pour cela que j'avais confiance en elle, épouse fidèle morte pour témoigner de l'innocence de l'amour de sa vie, comme les apôtres moururent pour témoigner de la résurrection de Jésus. Comment douter de sa sincérité dans une époque où les couples se font à la vitesse du son et se défont à la vitesse de la lumière.

Bien sûr, on peut toujours imaginer qu'il l'ait manipulée et empoisonnée avant de se tuer lui-même, ou qu'elle était un monstre complice d'un ogre comme le fut la femme de Fourniret ou celle de Dutroux, mais rien ne permet d'insinuer qu'une de ces hypothèses soit plausible. L'infirmière du canton aurait dit avec beaucoup de bon sens : « *On ne démarre pas une carrière de femme de monstre à soixante-dix ans* ».

En revanche, abstraction faite des invectives, fake news et approximations des réseaux sociaux, l'accusation était pourtant solide et se fondait sur les faits implacables et indiscutables suivants : des traces ADN de Jean-Paul avaient été retrouvées sur le corps et sous les ongles de la petite M… morte le 8 mai 2018, et un portable lui appartenant, mais domicilié à une autre adresse que celle de Montauroux, avait borné près des lieux de l'agression.

Or ce jour-là, castré chimiquement, donc impuissant, il était rentré chez lui sans aucune trace de griffures d'après sa femme bien que la malheureuse adolescente se soit défendue farouchement selon les enquêteurs.

Sauf à penser que quelqu'un lui aurait prélevé du sperme et des lambeaux de peau « à l'insu de son plein gré » pour les déposer sur le corps et sous les ongles de la victime afin de l'incriminer, deux questions se posaient : était-il sur les lieux du viol meurtrier ou n'y était-il pas ? Et une conclusion s'imposait : **il y était... et n'y était pas !**

Situation incompréhensible.

Shakespeare lui-même en aurait perdu son anglais. *To be or not to be* s'était transformé en *to be and not to be*, être et ne pas être… sur les lieux, *that is the question*. Et si c'était la réalité ? Un souvenir venu de mes leçons de catéchisme me fit sourire, un des esprits forts de la classe avait réussi à se faire exclure du cours où il s'ennuyait fortement en disant au curé : « *En ce temps-là, Jésus dit à ses disciples, allez voir là-bas si j'y suis. Ils y allèrent, il y était…* »

J'ai tellement relu le récit de Jean-Paul que sa voix semblait jaillir d'entre les pages. Comme il le suggérait plusieurs fois, je me suis intéressée au chat de Schrödinger en cherchant sur Internet la signification exacte de l'histoire de l'infortuné félin. Il s'agissait d'une simple expérience de pensée tentant d'illustrer le fait qu'une particule puisse être à plusieurs endroits à la fois et adopter simultanément plusieurs états, ce qui peut être assimilé au pouvoir d'ubiquité.

De fil en aiguille, cette lecture savante m'amena à revoir

mes connaissances sur les univers parallèles, donc à relire Einstein et Everett qui ne sont pas des comiques. Le magazine *Sciences et Avenir* titrait justement ce mois : « *Avons-nous tous un double dans un univers parallèle ?* »

Je ne savais pas encore que pour savoir la vérité il me faudrait abandonner un temps toute ma rationalité incertaine et déjà bien confuse pour ouvrir mon esprit à l'inimaginable…

Le lendemain matin, un vieillard a sonné à notre vidéophone. Ne voulant pas déranger Isabelle qui peignait au fond du terrain sous un olivier, je suis sortie jusqu'au portail sans l'ouvrir et l'ai salué. En glissant entre les barreaux une pièce de cinquante centimes qu'il laissa tomber dans ma main en prenant bizarrement beaucoup de précautions pour ne pas me toucher, il m'a demandé de lui rapporter son pain, une demi-baguette.

— J'habite à moins d'un kilomètre et demi de chez vous, au numéro 666, vous prenez le chemin qui s'enfonce dans les bois, ma maison est au fond. Si vous pouviez venir vers onze heures, je vous en serais très reconnaissant.

Son visage terriblement ridé éclairé par un beau regard bleu paraissait vraiment très vieux et il portait une casquette à carreaux sur la tête.

III

Je me suis précipitée à la boulangerie et, sans prévenir Isabelle qui se serait méchamment moquée ou peut-être fâchée de ma démarche, armée jusqu'aux dents d'une bouteille de Pommard millésimé 2009, de deux verres et d'un tire-bouchon, je me suis jetée dans la gueule du loup-garou, vraisemblablement le pervers dont il fallait de se méfier dixit Jean-Paul.

Casquette à carreaux sur la tête, visage terriblement ridé, beau regard bleu clair, si cet ancêtre n'était « *le* Charles-Henri », c'eût été son jumeau. L'animal prétendument farouche était assis sur un antique banc en pierre sous la tonnelle de sa vieille maison. Il m'attendait, je pense, et semblait bien inoffensif.

Inoffensif, mais mal poli. Après lui avoir tendu une main qu'il a fait semblant de ne pas voir pour ne pas avoir à la serrer, peut-être par peur des microbes, je lui ai remis sa demi-baguette en le saluant :

— Bonjour Charles-Henri.

Il n'a pas eu l'air surpris.

— Tu me connais, c'est bien.

Il me tutoyait, par respect pour son grand âge j'ai continué à le vouvoyer.

— Non, mais je vous reconnais. Jean-Paul vous a parfaitement décrit.

— Ah bon !

— Vous savez qu'il est mort ?

— La mort n'existe pas.

Ça commençait bien.

— Si vous le dites ! En tout cas, il ne fait plus partie du monde des vivants. Dans une « bouteille à la mer » ou plutôt « bouteille à la cave », il a laissé un message qui parle beaucoup de vous.

— Il dit du bien de moi, j'espère.

— Bof !

Manifestement indifférent à l'opinion et au sort de Jean-Paul, il a questionné :

— Comment t'appelles-tu ?

— Emmanuelle.

Puis il m'a demandé mon âge.

— Trente-trois ans, l'âge du Christ à sa mort.

— Tu te trompes, vous vous trompez tous, il est mort à trente-sept ans. Au sixième siècle, un moine nommé Denys et surnommé par humilité « le petit » a été chargé de calculer l'*Anno Domini*, l'année de naissance de Jésus et il a fait une erreur de calcul. Celui que vous appelez « Le Christ » a donc vécu bien au-delà de l'espérance de vie des hommes de son époque qui était de trente et un ans en moyenne. Il est vrai qu'il avait une bonne hygiène de vie, il marchait énormément et ne travaillait pas beaucoup, sans sa condamnation à mort il aurait sans doute vécu centenaire.

Que vouliez-vous que je réponde ? Personne avant lui ne m'avait jamais fait une telle réflexion.

Puisque nous abordions le sujet du degré de vétusté de chacun, amusée d'entrer dans son jeu, je lui ai demandé le sien et attendu ses réactions.

En soulevant un peu sa casquette à carreaux toujours vissée sur sa tête, sans doute pour aérer son cuir chevelu, il m'a dit :

— J'ai cent vingt ans… ou peut-être cent cinquante, je ne sais plus trop et chaque année je crains de voir fleurir mon ultime printemps.

Il ne se renouvelait pas beaucoup.

Je me souvenais parfaitement de ce que Jean-Paul avait écrit suite à cette affirmation qu'il lui avait déjà servie :

« *Il se moquait de moi, non ? Raillerie talentueuse, certes, mais il exagérait. Ses yeux clairs presque transparents me fixèrent étrangement lorsque j'affirmai :*

— *Charles-Henri, vous devez vous tromper, personne ne peut vivre aussi longtemps.*

— *Qu'en sais-tu ?*

— *Aucun homme n'a jamais vécu plus de cent vingt ans.*

— *Moi si, et te rencontrer était mon destin… et le tien !* »

Pour illustrer la notion de « bouteille à la cave » précitée, sans un mot, j'ai débouché celle que j'avais apportée et rempli les verres. En souriant, il a dit :

— Enfin une femme qui sait parler aux hommes !

Pour que la fête soit complète, il a sorti un saucisson, déplié un opinel et coupé des tranches épaisses. J'ai apprécié ce beau geste, ceux qui coupent des tranches fines ne connaissent rien à l'art de vivre. Nous avons également partagé le pain encore tiède, trinqué et dégusté lentement le nectar pommardois, ce vin de bourgogne qui est pour moi le meilleur du monde. Ce fut un de ces grands bonheurs minuscules, oxymore dont on se souvient longtemps. (Oxymore : figure de style par laquelle on allie deux termes qui semblent se contredire comme : une nuit blanche, un silence assourdissant ; les apprentis écrivains aiment à se persuader qu'ils savent employer des mots rares.)

Il a fait claquer sa langue en signe de satisfaction, s'est essuyé les lèvres avec sa manche, a refermé son opinel :

— Je savais que tu viendrais me voir, seule. Te rencontrer était mon destin… et le tien !

IV

Le Pommard m'ayant communiqué un peu de son euphorie, particulièrement en verve j'ai répondu :

— La place m'est douce à vous y retrouver.

Après un long moment de silence, il a soulevé un peu sa casquette pour se gratter le crâne et m'a posé la question que j'attendais :

— Crois-tu que le destin de chacun de vous soit déjà écrit à sa naissance ?

— Charles-Henri je crois que nous n'allons pas être copain-copine longtemps, je suis peut-être blonde, mais pas débile, à partir de maintenant, c'est moi qui pose les questions.

Il a eu l'air surpris de mon agressivité, son regard flamboyait. Curieusement, il parut soudain plus jeune et moins voûté.

— OK, que veux-tu savoir ?

— Tout ! Qui êtes-vous ? Qu'est-il arrivé à Jean-Paul ? Était-il coupable ou innocent ? Et pourquoi sa mort ne vous fait-elle ni chaud ni froid ? Vous étiez pourtant amis, non ?

— Par quoi veux-tu commencer ?

— En premier lieu, pourquoi posez-vous toujours cette question : « *Crois-tu que le destin de chacun soit déjà écrit à sa naissance ?* »

— J'aime savoir à qui j'ai affaire. Pour moi, l'humanité se divise en deux camps : les Passifs qui subissent leur vie en imaginant que leur avenir est déjà écrit, et les Actifs qui, sachant que leur futur ne se construira pas tout seul, entreprennent de bâtir leur existence jour après jour.

— Vous pouvez me classer comme hyperactive en regard de vos critères, maintenant, répondez-moi, qui êtes-vous réellement ?

— Je suis le gardien du Zoo.

— C'était votre profession avant votre retraite ?

— Non, je suis l'actuel gardien du Zoo.

Hou là ! Le parc zoologique le plus proche qui se trouve à Fréjus n'employant pas d'ancêtres en voie de décomposition, le vieux Charles-Henri semblait être en plein délire. J'étais bien avancée.

Il s'est levé et a déplié sa grande carcasse, il mesurait sans doute plus d'un mètre quatre-vingts. Après avoir posé sa casquette à carreaux sur le banc, il s'est rassis et a passé ses doigts dans ses beaux cheveux blancs que j'eus inexplicablement envie de toucher. J'ai tendu la main vers sa crinière en frôlant sa joue au passage, il a tenté d'éviter ma main en hurlant :

— Ne me touche pas, ne me touche pas, il ne fallait pas me toucher ! Pourquoi crois-tu que je n'ai pas serré ta main ?

Trop tard. Comme Howard Hughes, l'américain le plus riche de son temps, peut-être avait-il la phobie des microbes ? J'étais très loin de soupçonner la vraie explication, mais comment aurais-je pu imaginer ? Avec une pointe de mauvaise foi, je me suis excusée d'avoir caressé sa chevelure et sa joue.

— Péché véniel, ai-je dit, mais c'est un peu de votre faute, on n'a pas idée d'avoir de si beaux cheveux.

Mystérieusement, je trouvais qu'il rajeunissait et devenait presque beau.

Il a soupiré et m'a presque suppliée d'une voix douce :

— Pour ta propre sécurité, j'aurais aimé que tu ne m'aies jamais touché.

— Pour ma sécurité ?

— Tu comprendras plus tard !

— Pardonnez-moi, je ne sais pas ce qui m'est passé par la tête.

— Bon, de toute façon le mal est fait, n'en parlons plus et revenons à tes questions. Je veux bien essayer de te dire la vérité sur ce qui est arrivé à Jean-Paul, mais c'est très compliqué, j'ai peur que tu ne comprennes pas. Ce n'est pas de la mauvaise volonté de ma part, mais imaginons que tu me demandes de t'apprendre en une minute à jouer du piano, ce serait impossible.

Sa remarque m'a désarçonnée, il semblait sincère dans son intention de me parler et n'avait sans doute pas tort concernant les limites de ma compréhension alors, je me suis faite humble, bien que l'humilité ne soit pas ma qualité première.

— Charles-Henri, je vous promets d'être très attentive et de vous consacrer tout le temps qui vous paraîtra nécessaire

Il a répété :

— J'ai peur que tu ne comprennes pas, et même, si tu comprends, sauras-tu admettre ? Ne crois pas que je remette en cause ton intelligence, mais nous allons aborder un niveau de conscience d'une complexité folle, tu vas être comme une mouche posée sur ma main qui chercherait à appréhender la profondeur de la pensée humaine. As-tu déjà entendu parler des univers parallèles ?

— Oui, j'ai récemment étudié les théories d'Einstein, Schrödinger, Everett et leurs interrogations sur le sujet

— Qu'as-tu retenu ?

— Il existe sans doute une multitude d'univers parallèles qui se côtoient sans jamais se rencontrer et dans lesquels vivent nos doubles.

Gentiment, il s'est moqué de moi.

— Joli pléonasme, des parallèles sont réputées ne jamais se rencontrer, c'est pourquoi on les nomme ainsi.

Puis d'un ton grave :

— Pour une fois, les nobles parallèles se sont croisées comme de vulgaires droites sécantes ! Ce serait presque passionnant si ce n'était pas dramatique.

V

– Vous prétendez que des univers parallèles se sont rencontrés ?

– Oui.

– Vous êtes sérieux ? Comment serait-ce possible ?

– Une planète telle que la vôtre est un miracle, une entité pensante, intelligente et consciente qui interagit avec les êtres vivants qui l'habitent. Elle fonctionne ainsi : lorsque tu dois prendre une décision, comme cette décision impactera forcément la marche de cet univers clos, des précurseurs analysent et créent instantanément la multitude des mondes possibles dépendants de la multitude de choix envisageables jusqu'à ce que ta décision définitive soit prise et sélectionne le bon univers découlant de ce choix. Il devient alors ton présent, les autres univers vivent parallèlement quelque temps avant de disparaître.

Oups ! Touchée coulée, je n'avais rien compris, Rien,

Nothing, Nada, Shém me (Rien, en Chinois) ! Assise sur son banc, j'avais effectivement l'impression d'être une mouche en incapacité d'appréhender la profondeur de sa pensée ainsi qu'il l'avait prédit. D'une voix douce, il a poursuivi :

— Nous allons devoir utiliser souvent le verbe « admettre » à partir de maintenant. À un carrefour, admettons que tu aies le choix entre aller tout droit, tourner à droite ou à gauche.

— Admettons.

— L'univers se tient prêt à tenir compte de la décision que tu prendras en créant instantanément les trois mondes potentiellement utiles. Le premier te conduirait chez toi sans encombre, en suivant le second tu serais tombée en panne sèche et le troisième t'aurait menée tout droit à l'accident mortel. Les trois possibilités cohabiteront quelques secondes sans jamais se rencontrer, l'option prise validera celle qui deviendra ton présent, les autres disparaîtront.

Mon cerveau n'arrivait pas à se représenter le concept et il l'a bien vu. Patiemment il a expliqué :

— L'image du fonctionnement d'Internet va nous aider à mieux situer les choses. Lorsque tu fais une recherche sur Internet, tu utilises un moteur de recherche, *Google, Qwant, Bing* ou autres ?

— Oui.

— Un moteur de recherche fonctionne grâce à un grand nombre de serveurs, appelés « robots », « *crawlers* » ou « *spiders* », chargés de parcourir la Toile en suivant les liens des millions de pages Web et indexant le contenu dans de gigantesques bases de données afin de permettre leur interrogation et de t'apporter quasi instantanément le maximum de réponses. Prenons un exemple : tu recherches l'étymologie de ton prénom « Emmanuelle ». En 41 centièmes de seconde, tu obtiendras près de 472 000 résultats qui sont autant de possibilités de réponses consultables que l'on peut comparer à autant d'univers parallèles disposés à vivre leur vie, toutefois tu ne peux en sélectionner qu'un seul qui rendra tous les autres provisoirement inopérants, mais toujours existants, prêts à être utilisés.

J'ai sorti mon *Samsung* et posé la question sur *Google* : « étymologie du prénom Emmanuelle », j'ai obtenu environ 472 000 résultats en 40 centièmes de seconde ! !

Il était tout près de la vérité. J'étais sidérée qu'un homme aussi vieux maîtrise aussi bien ces nouvelles technologies, quand on pense que mon père beaucoup plus jeune que lui n'avait jamais voulu s'équiper d'un ordinateur…

Ses yeux brillèrent :

— Jean-Paul a contrevenu au fonctionnement de l'univers existant en agissant lui-même sur une sélection antérieure pour modifier son passé, ce qui a parasité son futur et créé un « bug » semblable à celui décrit lors de l'hypothèse du « paradoxe du grand-père ». Deux univers qui auraient dû rester parallèles se sont télescopés quelques instants, son « bis » a été projeté dans son présent le 8 mai avant de disparaître. Pendant son coma, son esprit a voyagé d'un corps à un autre, il a dû être terriblement déstabilisé. Deux personnages, étant tous deux Jean-Paul, ont donc cohabité ce 8 mai, celui que nous connaissons, irréprochable et celui ayant eu une autre existence en ne rencontrant pas Martine, un avatar, le sale type qui a agressé la pauvre fille. Tu remarqueras au passage qu'il a toujours eu le choix de créer son présent et son avenir. Personne n'a dicté ses décisions.

— Son destin et le mien ne sont donc pas écrits d'avance.

— Non, vous êtes libres de décider ce que vous voulez faire de votre vie, la seule limite étant votre mort apparente. Contrairement à ce que prétendent les charlatans et croient les crédules, votre avenir ne se prédit pas, il se construit.

— *Vous* êtes libres de ce que *vous* faites de *votre* vie, la seule limite étant *votre* mort, *votre* avenir, pourquoi ne pas employer le « nous » ?

— Devine !

— Je ne sais pas, mais c'est tellement bizarre.

— Je ne fais pas partie de votre monde.

Voilà autre chose. Il était temps pour moi d'essayer de faire le point. J'aime évaluer calmement les situations complexes, cela me rassure.

Je me retrouvais donc à manger du saucisson et boire du vin rouge à onze heures du matin en tête à tête avec un centenaire surdoué à moitié fou qui soit me racontait n'importe quoi pour se faire valoir à mes yeux, soit faisait grandir mon intelligence à toute vitesse en me dévoilant la solution incroyable d'une énigme insoluble. Dans les deux cas, je commençais à l'apprécier, non pour ce qu'il était, mais pour ce que je devenais près de lui. Ma rationalité déjà chancelante en prenait un coup à son contact, mais mon esprit semblait s'éclaircir et bénéficier d'une dimension supplémentaire.

— Charles-Henri, il me semble avoir compris, mais c'est chaud, d'ailleurs tout à l'heure vous reconnaissiez vous-même que votre explication n'est pas simple : d'après votre théorie, le 8 mai, un Jean-Paul se trouvait sur le lieu du drame, mais ce n'était pas celui que vous connaissiez. La mixture que vous lui avez fait boire l'aurait projeté en 1965 où il a modifié son présent, donc son futur, les deux univers découlant de cette modification et censés rester parallèles se seraient mélangés, le temps lui-même aurait bugué, son horrible avatar étant projeté par erreur dans notre monde le 8 mai de cette année, il aurait alors rencontré par hasard la gosse avant de la violer et la tuer. Pendant son coma, notre Jean-Paul aurait ressenti et confondu les deux existences. Ouf !

— Oui et non. Premièrement, ce n'est pas ma théorie, mais la stricte réalité, deuxièmement ce n'est pas ce qu'il a bu chez moi qui l'a transporté en 1965, mais le fait qu'il m'ait touché.

— Le fait qu'il vous ait touché ?

— Je t'expliquerai pourquoi dans un moment. Tout d'abord, analysons ce que tu nommes le bug du temps :

Le temps tel que les humains le conçoivent n'existe pas, il n'est que la manifestation de votre ignorance. Pour vous, il est une dimension que vous imaginez immuable, mais cette dimension conserverait une valeur constante uniquement dans l'hypothèse où le monde serait statique ; or chaque parcelle de l'univers est en perpétuel mouvement : vous voyagez sur une planète qui tourne sur son axe à la vitesse d'environ 1 600 km/h, elle orbite à 100 000 km/h autour du Soleil qui, lui-même, se déplace autour du centre de la Voie lactée à 850 000 km/h, votre galaxie navigue à près de 2,3 millions de kilomètres par heure et malgré tous ces déplacements vous avez la sensation de rester immobiles. Le temps est donc une notion très relative, je suis bien placé pour le savoir, une année pour toi pourrait être une seconde aux yeux de quelqu'un placé dans d'autres conditions, par exemple près de l'horizon d'un trou noir, je l'ai expliqué à Albert qui l'avait parfaitement compris.

— Albert ?

— Oui, Einstein.

Le voici maintenant qui prétend avoir donné des leçons à Einstein. Un peu prétentieux l'Ancien, non ? Je vais un peu le faire revenir sur terre.

— Puisque vous êtes si fort en maths, pourquoi avoir dit à Jean-Paul : « *Les homo sapiens étant apparus il y a deux cent mille ans, soit environ huit mille générations, pour que chacun de vous existe aujourd'hui il aurait été indispensable d'organiser la rencontre des pères et mères de tous vos ancêtres, sans jamais rompre la chaîne même une seule fois, depuis l'origine jusqu'à la huit millième génération. La seule dixième génération en partant de toi représentant selon moi deux élevé à la puissance dix, soit mille vingt-quatre individus, je te laisse calculer le nombre de la huit millième génération : deux, puissance huit mille, moi je n'y suis jamais arrivé.*» Vous deviez bien savoir que votre raisonnement était totalement faux.

Il eut l'air étonné :

— Tu te souviens de mes paroles au mot près ?

J'ai toujours eu une mémoire exceptionnelle, ce qui aurait déplu à Montherlant, vieux jaloux qui prétendait que la mémoire est l'intelligence des sots, heureusement d'autres disent plus gentiment qu'elle est la sentinelle de l'esprit.

— Bien sûr. J'ai tellement lu et relu son récit que je le connais presque par cœur et ce passage m'a toujours étonnée, surtout venant de vous maintenant que je connais votre vivacité d'esprit.

— Jean-Paul ne m'écoutait pas, il fallait le stimuler. En lui posant le problème à l'envers, je l'ai forcé à réfléchir et à calculer. En fait, je sais bien que le raisonnement doit s'effectuer dans l'autre sens, c'est le tronc qui crée les branches et non le contraire.

— Si ce n'est pas vrai, c'est bien trouvé, mais vous êtes un peu gonflé lorsque vous dites que Jean-Paul a contrevenu au fonctionnement naturel de l'univers, si c'était bien la réalité ce serait tout de même vous qui l'auriez mis dans une telle situation.

Il a soupiré et la tête entre les mains a répondu :

— Pas tout à fait, je l'avais prévenu. Je ne me sens pas responsable de ses erreurs. Sers-nous un autre verre de Pommard s'il te plaît, il y a longtemps que je n'avais pas bu un aussi bon vin.

VI

J'ai immobilisé la bouteille au-dessus de son verre sans l'incliner pour le remplir. J'avais envie de continuer à jouer avec lui, il était un peu ou complètement fou, mais la joute intellectuelle était intéressante :

— Comment ça : « *Pas tout à fait… Je l'avais prévenu… je ne me sens pas responsable de ses erreurs… ce n'est pas ce qu'il a bu qui l'a transporté en 1965* » ? Je rêve ! Je persiste à penser le contraire. C'est bien vous qui, en lui faisant boire votre mixture, en le défiant et vous moquant de la réalité de sa prétendue curiosité intellectuelle, l'auriez envoyé dans son passé pour voir s'il pouvait le changer et vérifier si son destin était écrit d'avance ou non.

— Tu es têtue, je viens de te dire que ma « mixture » n'a rien à voir avec son retour en arrière. C'est un innocent mélange de jus d'ananas, de papaye et de sucre. J'adore les sucreries et les jolies femmes. Toi tu me plais bien, tu es très belle.

— Merci, mais alors comment Jean-Paul se serait-il retrouvé dans son passé ?

— Il n'a rien compris à ce qui lui arrivait, il a sûrement cru comme toi que je lui avais fait boire une potion plus ou moins magique. En réalité tout vient du fait qu'il m'a touché. Par un étrange mécanisme que je t'expliquerai plus tard toute personne qui me touche bénéficie, pendant une courte période, d'un de mes pouvoirs : l'ubiquité, faculté d'être présent à plusieurs endroits en même temps, et voit se réaliser ses fantasmes les plus chers si elle le désire vraiment... et cela se fait sans qu'elle ne le sache ni ne puisse s'y opposer. Malheureusement il y a une contrepartie à ces aptitudes particulières, mais je préfère provisoirement la passer sous silence. Jean-Paul souffrait vraisemblablement du syndrome de l'imprégnation et désirait tellement retourner dans son passé qu'il y est retourné sans que je puisse l'en empêcher.

Il semblait vraiment croire à ce qu'il disait, moi je m'amusais, mais lui ne jouait pas.

— Syndrome de l'imprégnation ?

— L'évolution a doté les oiseaux d'une caractéristique curieuse. Leur mère étant censée être la première chose mouvante que les oisillons voient à leur sortie de l'œuf, leur cerveau s'imprègne du premier objet ou sujet en mouvement vu, quel qu'il soit. À partir de ce moment, ils considèrent cette chose comme leur mère, fût-elle un chien ou un homme, et la suivent partout.

— J'ai déjà vu à la télé un homme qui utilise cette faculté pour élever des oies qui l'accompagnent dans les airs en suivant son ULM.

— Oui et un phénomène à peu près similaire peut être observé chez les jeunes humains sous certaines conditions. En 1965, Jean-Paul était en pleine crise d'adolescence, il doutait de lui, de son apparence, il se croyait très laid et incapable de séduire une fille. Sa rencontre sous son parapluie avec Martine, qui a sans doute été la première femme à lui témoigner un intérêt amoureux, a été un moment si fort qu'il en a été imprégné pour toujours. Comme il m'a touché, il a été projeté vers ce jour, cet instant unique dont il avait la nostalgie et qui l'obsédait. Tu comprends mieux pourquoi je ne me sens pas responsable de sa mort et aussi pourquoi je ne voulais pas que tu me touches ?

— Je suis en danger ?

— Si tu ne sais pas résister à tes démons intérieurs, oui, et à ce sujet fais attention, tu vas bientôt rencontrer ton fantasme le mieux refoulé, celui dont tu ne te doutes pas, sauras-tu en sortir intacte ?

— C'est une prédiction ?

— Oui.

— Pourtant vous m'avez dit que l'avenir ne se prédit pas ?

— La prédiction est la faculté apparente de prévoir l'avenir, mais moi je ne prévois pas l'avenir, je me contente de me le remémorer. Les humains se souviennent du passé, **moi je me souviens du futur, car je l'ai déjà vu** !

Je ne sais pas ce que vous auriez fait à ma place en ce moment, mais si vous m'autorisez à être un peu vulgaire, puisqu'il était précédemment question de descendre un second verre, je vais m'en jeter un et je vous conseille de faire de même, vous en aurez besoin.

J'ai enfin rempli les verres et dégusté le mien lentement en détournant la tête pour cacher l'hilarité qui me gagnait. Ce qu'il venait d'énoncer sans rire était si… inattendu et comique pour ne pas dire ridicule que je l'ai soupçonné de sénilité aggravée.

« Mossieur » Charles-Henri se souvenait du futur et le simple fait de l'avoir touché aurait suffi à me doter de la possibilité d'être présente à plusieurs endroits à la fois et permettrait de mettre en lumière et réaliser, quels que soient le temps et le lieu, mes fantasmes les plus intimes, mes désirs les plus inavouables ? Peut-être se croit-il irrésistible et apte à déchaîner les passions dès que l'on frôle son corps d'athlète décati, il serait temps qu'il change de miroir ! De plus, il commence à me dire qu'il aime les sucreries et les belles femmes en me regardant d'un air gourmand.

J'espère que « pépère » ne va pas chercher à me draguer, si je me saoule, c'est avec du bon vin.

Une vilaine quinte de toux secoua sa vieille carcasse, l'empêchant de boire, dès qu'il eut repris une respiration normale, il me mit à la porte gentiment :

— Je suis fatigué, à mon âge, c'est un peu normal, non ? Une petite sieste me fera du bien ; viens me voir demain, on reparlera de tout ça et je te dirai qui je suis réellement.

Il me mit gentiment à la porte peut-être, mais il garda la

bouteille de Pommard entamée pour lui. Le papy me parut alors un peu gonflé, mais je ne pouvais décemment pas la lui reprendre malgré l'envie qui me démangeait.

En m'éloignant de son influence psychologique, je reprenais contact avec la réalité, dans sa lettre d'outre-tombe, l'ami Jean-Paul avait écrit exactement : « *Celle ou celui qui trouvera ce message et le lira jusqu'au bout sera en charge de laver mon honneur… Si elle ou il ne le fait pas, qu'elle ou il soit maudit à tout jamais !* »

Je voudrais bien laver son honneur, mais vous me voyez en train d'expliquer aux gendarmes de Fayence, à un journaliste de *Nice-Matin,* du *Canard Enchaîné* ou à quiconque qu'un homme soupçonné de viol et de meurtre était en réalité victime d'un regrettable bug venu d'un univers parallèle dû au fait qu'il avait touché un vieillard coiffé d'une casquette à carreaux ? Même si cela avait été vrai, qui aurait pu me croire ? Les services psychiatriques sont suffisamment encombrés…

Alors sa malédiction, permettez-moi de m'asseoir dessus ! Je ne suis pas une descendante des rois maudits, et pour lancer un anathème efficace n'est pas Jacques de Molay, grand maître des Templiers, qui veut !

VII

Même si cela avait été vrai, qui aurait pu me croire ?

L'illustration de ce que je viens de dire ne tarda pas. Isabelle m'attendait en haut de notre escalier extérieur, le visage fermé.

— Où étais-tu ?

Encore perdue dans mes réflexions, je lui ai répondu distraitement :

— J'ai porté le pain à un vieillard, nous avons parlé d'univers parallèles en mangeant du saucisson et en buvant du Pommard.

Comment aurait-elle pu me croire ? Elle ne me crut pas une seconde et l'orage éclata :

— Sans doute un vieillard trentenaire avec une grosse bite, tu me prends pour une conne ?

Les gens ordinaires n'ont aucune idée de la violence que

peut prendre une crise de jalousie chez les homos et ceci pour une raison simple : les hétéros sont en général moitié moins exposés au risque d'infidélité de leur compagne ou compagnon.

Pourquoi sont-ils moins exposés à l'infidélité donc à la jalousie ? Dans un couple « normal », un homme craint seulement la rivalité d'un autre homme, une femme, celle d'une autre femme. Les homos, eux, ne vivent jamais totalement tranquilles, ils sont toujours en alerte et doublement suspicieux, leur amoureuse ou amoureux peut à tout moment être séduit par un passant aimable de l'un des deux sexes, surtout s'il ou si elle a des antécédents hétéros comme moi.

La foudre qui s'abattit sur moi, sans doute transmise par Zeus du haut du mont Olympe, venait de loin et avait eu le temps d'accumuler une énorme intensité. Isabelle avait manifestement fait en secret provision d'injures, de reproches injustifiés, de rancœur dont elle m'agonit en semi-apnée, me laissant sidérée et sans voix. Si un coupable a toujours en réserve des tas d'explications propres à le dédouaner de ses forfaits, un innocent n'a que son innocence toute nue et maladroite pour se défendre, petite protection facile à démolir. Me voyant sans réactions donc sans défense elle enfonça le clou et conclut ses invectives par une attaque d'une méchanceté insoupçonnée et d'une perfidie que je ne lui connaissais pas :

— N'oublie pas que tu vivras bientôt à mes crochets et je te rappelle que la maison est à moi, si tu me trompes je n'hésiterai pas à te jeter à la rue après avoir résilié mon assurance-vie.

Lors de la rédaction de notre contrat de mariage, un notaire très convaincant nous avait sensibilisées au risque qu'Isabelle, fille unique de parents et grands-parents riches, décède avant moi me laissant sans ressource. Elle avait alors souscrit à mon profit une assurance-vie malgré mes réticences. Bien que n'étant pas issue d'une famille aisée, j'avais ma petite fierté, mais Isabelle tenait à ce que je sois à l'abri du besoin si elle venait à disparaître prématurément. Dans ce cas, je percevrais 250 000 €, somme doublée en cas de décès accidentel, triplée en cas d'accident de la circulation.

La menace proférée était donc réelle et préoccupante. Nous étions mariées sous le régime de la séparation de biens et la maison avait été acquise grâce à l'argent de son héritage, elle lui appartenait donc en totalité. Moi, j'étais propriétaire en tout et pour tout de ma *Twingo*, de ma garde-robe, d'indemnités de chômage qui s'éteindraient dans un an, et bénéficiaire d'un contrat d'assurance-vie qui ne me rapporterait rien avant longtemps ou peut-être jamais.

Pour la première fois depuis longtemps, je pris conscience de la précarité de ma future condition de femme entretenue. Je n'avais nullement l'intention de recommencer à travailler pour gagner ma vie, or dans un an, mon bien-être dépendrait uniquement du bon vouloir de ma conjointe, en langage royal Louis le Quatorzième : de son bon plaisir.

Elle acheva son entreprise de démolition psychologique avant de me tourner le dos :

— Connasse, une seule chose sonne juste dans ton mensonge : tu as encore bu, ton haleine pue la vinasse. Je commence à en avoir marre de vivre avec une camée alcoolique.

« *Il ne faut jamais piétiner un homme à terre de peur qu'il ne se relève* », disait mon père. Ça marche aussi pour les femmes.

Ulcérée d'être traitée de connasse, camée et alcoolique, qualificatifs d'une grande injustice, et chagrine d'imaginer qu'un Pommard 2009 puisse être relégué au rang de vinasse, sans un mot je me précipitai dans la salle de bains pour me brosser les dents, sorti de son contexte le goût du saucisson commençait à me révulser. Je remontai ensuite dans mon auto et fâchée à mort décidai d'aller faire un tour en bord de mer en attendant que le temps revienne au beau fixe.

Je connais bien Isabelle, elle ne peut pas se passer de moi et de mes caresses. Nous avions une relation très… charnelle dans laquelle j'étais dominatrice, ce qui m'amenait à penser qu'elle me rappellerait en s'excusant avant ce soir.

Prenant la direction de Cannes, trente minutes plus tard je me suis garée le long du boulevard du Midi à la hauteur du square Mistral. Après avoir tiré discrètement quelques bouffées d'un reste de pétard dans le square, j'ai descendu les escaliers menant au restaurant de bord de mer *Le Bénitier*.

Et là… je me suis retrouvée face à ce fantasme totalement refoulé prédit par le vieux Charles-Henri.

J'avais toujours pensé qu'un fantasme ne devrait jamais être assouvi sous peine de voir toute sa magie disparaître, rejoignant ainsi l'opinion de Pascal qui écrivait : « *L'homme est infiniment malheureux, égaré par les puissances trompeuses de l'imagination, il poursuit des plaisirs qu'il imagine délicieux, mais dès qu'il les a en sa possession il ne trouve plus en eux que dégoût et ennui.*[1] »

Discours qui prouve qu'on peut être un grand philosophe et n'avoir rien compris à la vie.

J'allais vivre un moment enchanteur et en resterais ensorcelée. Mon existence allait pour toujours être bouleversée, et même révolutionnée !

VIII

Assise seule à une table sur la terrasse en caillebotis de bois, je commandai un mix de poissons du jour grillés et un grand verre de rosé de Provence très frais. En attendant le plat, un Martini blanc glacé réjouit mes papilles et je guettai du coin de l'œil l'écran de mon portable qui ne devrait pas à tarder à me transmettre les excuses d'Isabelle. La mer était toute proche, les vagues clapotaient à mes pieds, le serveur déplia un parasol pour me protéger du soleil qui tapait fort, je le remerciai d'un sourire et soudain…

Un couple vint s'asseoir à la table voisine.

Mon cœur se mit à battre plus vite. L'homme, athlétique, blond aux yeux bleus, était beau comme un de ces dieux du stade offerts à la convoitise féminine dans les calendriers. La femme, métisse eurasienne, visage de poupée encadré de longs cheveux bruns et silhouette sublimissime, attirait tous les regards. Ils semblaient avoir cinquante ans tout au plus à eux deux.

Le Martini était sûrement aphrodisiaque, subitement je fus troublée, j'avais envie des deux. Pas une platonique envie intellectuelle, une vraie envie physique irrésistible de caresser leurs corps et d'être caressée par eux.

Après quelques minutes, le regard de la femme croisa mon regard, je lui souris contrairement à mon habitude. La vie m'avait appris à être méfiante et réservée, mais Charles-Henri avait prédit une rencontre sortant de l'ordinaire, sans cette prédiction, j'aurais sans doute détourné la tête.

Répondant à mon sourire, avec un petit accent chantant elle me demanda :

— Êtes-vous de la région ?

— Oui.

— À part Cannes, qu'y a-t-il à visiter dans le secteur ?

— Le vieil Antibes, Vence, Saint-Paul-de-Vence, Grasse et ses parfums, le vieux Nice, les Gorges de la Siagne, les grottes de Saint Cézaire et mille autres merveilles.

Alors que je me contorsionnais pour situer tous ces lieux sur la carte de la région affichée sur son smartphone, ils m'invitèrent à me joindre à eux et à poursuivre mon repas à leur table. Manifestement ils appréciaient mes renseignements et ma compagnie, le soleil de la Côte d'Azur invite à la convivialité et au partage.

Ils surent me mettre à l'aise, quelques minutes plus tard nous étions presque copains, elle se prénommait Malincha et lui Hernán (et non Herman). Venus de Suisse pour quinze jours de vacances, ils occupaient, me dirent-ils, une très grande chambre avec vue sur mer au *Belle Plage*, hôtel quatre étoiles situé à moins de 200 m de notre restaurant.

Après le repas qui fut bien arrosé, nous étions bien chauds tous les trois et ils me proposèrent de finir au champagne à leur hôtel, proposition pleine de promesses.

Isabelle ne s'était toujours pas manifestée, un simple SMS d'excuse de sa part m'aurait incitée à décliner leur invitation, mais puisqu'elle campait sur ses positions j'aurais été bien bête de me priver.

D'un inconvénient sachons faire un avantage, il faut quelquefois savoir se donner une chance de s'éclater et d'illuminer la monotonie de sa vie, ce que la sagesse populaire résume ainsi : « *L'occasion fait le larron* » ou mieux : « *Il faut rire avant d'être heureux de peur de mourir sans avoir ri* ».

IX

Un minimum de retenue s'impose, il n'est pas dans mes intentions de vous infliger des descriptions plus ou moins salaces de ce qui se passa ensuite. Certains écrivains en feraient des pages, moi pas ; les descriptifs lourdingues de l'anatomie des amants et les gros plans sur images n'apportent rien à la poésie des heures magiques des gens qui s'aiment ou se font simplement plaisir. Vous avez d'ailleurs pu remarquer que je ne me suis jamais décrite physiquement, je préfère vous laisser m'imaginer à votre guise. Sachez simplement que comme Malincha, souvent les hommes me suivent des yeux.

« Dommage » regretteront certains.

Rassurez-vous, je ne vous dirai rien, mais vous saurez tout.

La chambre était très belle, la vue mer imprenable et le champagne, deux bouteilles de *Cristal Roederer*, délicieux, mais j'attendais autre chose.

L'ambiance devint électrique quand Malincha alluma le téléviseur. La chaîne 17 diffusait une musique ensorcelante sur laquelle elle se mit à onduler avec grâce. Mon père aurait dit :

– Après la panse vient la danse.

J'aurais rajouté :

– Après la danse vient la transe.

Une angoisse tordait mes tripes, je n'avais jamais eu d'expérience « bi » en trio. Jusqu'à ce jour, ma sexualité s'était limitée à quelques coïts furtifs avec des copains, des étreintes décevantes avec mon ex-mari et une vraie relation charnelle avec Isabelle, mais là je sentais qu'il s'agissait d'autre chose, une ouverture vers un nouveau monde qui risquait de remettre en cause bien des choses.

J'avais l'impression d'être au carrefour des chemins décrit par Charles-Henri, la direction que j'allais prendre pouvait me conduire au ciel ou en enfer, le choix m'appartenait j'ai des amis et des ennemis dans ces deux endroits. L'univers avait sans doute déjà construit toute la multitude des possibles mondes parallèles en attendant ma décision et je pouvais encore partir après avoir remercié mes nouveaux et éphémères copains dont je ne connaissais rien, à part les prénoms.

J'optai en toute mauvaise foi de privilégier mon confort intellectuel en décidant d'imputer la responsabilité de mes actes futurs à Isabelle : si elle ne me transmettait pas ses excuses par SMS dans la minute qui suivait, elle ne pourrait ne s'en prendre qu'à elle-même…

Au terme du délai fixé, aucun SMS n'étant arrivé, je me levai pour danser tout contre Malincha. Pour être tout à fait honnête avec vous, j'ai triché un peu en mettant mon portable en mode avion dès la trentième seconde.

Hernán se leva à son tour et m'attira à lui…

Deux heures plus tard, auréolée secrètement de mon nouveau statut de bisexuelle, je quittai l'hôtel après un très long passage sous la douche pour éliminer toute odeur de luxure coupable. En voyant mes yeux dans mon rétroviseur, je leur dis « rendez-vous, vous êtes cernés ». Mon cœur était léger, mon corps, ce corps que quatre mains, deux bouches et un adorable sexe d'homme avaient « connu » dans le sens biblique du terme, secoué de frissons qui n'étaient pas dus au froid. Je ne me souvenais pas qu'un sexe d'homme ait pu me procurer autant de plaisir, après mon troisième orgasme je cessai de compter et il me semble qu'à certains moments il m'avait fait crier très fort.

Mon esprit enclin à une poétique rêverie me soufflait de belles pensées :

Un rêve,
Je sais, vous ne serez bientôt qu'un joli rêve,
Qui va passer en me laissant un peu de fièvre
Un souvenir à fleur de peau, à fleur de lèvres.

Un rêve,
Que je voudrais pouvoir garder comme un sourire
Au fond du cœur pour le meilleur et pour le pire
Si la chaloupe de ma vie un jour chavire…

Sur l'écran de mon portable remis en mode réception, un message d'Isabelle vint s'inscrire peu après :

— Reviens, je t'aime, pardonne-moi.

Pour la punir, je lui fis attendre un peu la réponse, mais je me dirigeai tout de même vers le magasin *Courir* le plus proche et pour compléter sa collection de baskets, la chance me souriant, je trouvai enfin et lui achetai les *Adidas original Stan Smith* avec la marque arrière verte qu'elle cherchait en vain depuis longtemps. « À ne pas confondre, disait-elle, avec les mêmes, disposant d'une marque bleue que je possède déjà », les collectionneurs sont volontiers chipoteurs.

Les hommes qui trompent leur femme rentrent souvent chez eux avec un bouquet de fleurs pour le déposer sur la tombe de leur fidélité défunte, moi j'allais apporter des baskets, ça lui ferait les pieds. Mauvais jeu de mots peut-être, mais on n'a pas du talent tous les jours.

X

Sur le chemin du retour, mille questions cannibalisèrent mon esprit à tel point que je faillis manquer la sortie 39 de l'autoroute :

Pourquoi les prénoms Malincha et Hernán, pourtant très peu usités, évoquaient-ils quelque chose de connu dans mon esprit ?

Pourquoi ne s'étaient-ils préoccupés que de mon seul plaisir, à aucun moment ils ne s'étaient embrassés ou caressés et semblaient être là uniquement pour moi ?

Comment Charles–Henri pouvait-il savoir que je les rencontrerais et aurais l'occasion puis le courage d'assouvir ce fantasme de bisexualité si bien caché ?

Mon nouveau vieux copain avait-il des dons de voyance ou s'agirait-il d'un cas de prophétie autoréalisatrice ? Le simple fait d'avoir entendu sa prédiction aurait-il modifié mon comportement habituel de telle sorte que cette prémonition se réalise. Ce qui n'était qu'une possibilité parmi d'autres serait alors devenu une réalité parce que mon attitude de disponibilité totale à l'aventure m'y aurait conduit inexorablement ? Pourquoi pas, les explications les plus simples sont souvent les meilleures !

« *Suis-je en danger ?* », lui avais-je demandé. Sa réponse me revint en mémoire :

— Si tu ne sais pas résister à tes démons intérieurs, oui, et à ce sujet fais attention, tu vas bientôt rencontrer ton fantasme le mieux refoulé, celui dont tu ne te doutes pas, sauras-tu en sortir intacte ?

Mes démons intérieurs… En sortir intacte ? Que voulait-il dire ?

Faisait-il allusion au risque d'avoir contracté une vilaine MST due au fait que dans le chaud du moment personne n'avait voulu se protéger, le latex étant peu propice aux grandes émotions, ou voulait-il dire que mes relations avec Isabelle seraient-elles affectées par ce qui venait de se passer ? Bien sûr, j'étais à peu près certaine de ne jamais revoir mes partenaires d'un après-midi, ce en quoi je me trompais, mais l'impression d'avoir ouvert la boîte de Pandore m'inquiétait.

Déjà Isabelle me paraissait fade, inodore et incolore (incolore, un comble pour une peintre) en regard de leur beauté et des sensations extraordinaires dont ils m'avaient éblouie. Comment avais-je pu aimer autant une femme aussi ordinaire ?

Dès mon arrivée, elle demanda :

— Tu as pleuré ? Tes yeux sont rouges et tu sembles

fatiguée. Je suis désolée de t'avoir fait de la peine, mes paroles ont dépassé mes pensées.

— Je me suis éclatée sexuellement tout l'après-midi avec un couple d'inconnus rencontrés par hasard, ils m'ont crevée.

— Arrête de dire des bêtises, je te connais par cœur, tu es bien trop timide et totalement incapable de ça. Je me suis excusée de ma jalousie idiote, alors faisons la paix et dis-moi la vérité.

Certaines personnes, dont Isabelle je le sais bien, ne posent jamais une question pour avoir *la* vérité, mais pour entendre *leur* vérité, alors pourquoi la décevoir ? Quelle jouissance d'avoir pu énoncer ma vérité en sachant qu'elle ne serait pas crue !

Je lui ai tendu les baskets *Adidas* avec la marque arrière verte, ce qui lui suscita quelques larmes discrètes.

— Tiens, c'est pour toi, cadeau. On enterre la hache de guerre, et oui j'ai pleuré, pour me consoler j'ai écumé les boutiques.

Elle m'a entraînée dans la chambre pour sceller notre réconciliation et fumer le calumet de la paix, autre surnom de l'organe féminin souvent recherché, mais rarement trouvé par les hommes. Pour la première fois, j'ai fait l'amour avec elle sans l'aimer, les yeux fermés pour me remémorer mes amants d'un jour.

Vous allez mal me juger, mais je m'en fous, oui je suis insatiable, et oui, baiser ma femme en la trompant doublement en pensée avec d'autres après l'avoir trompée physiquement me procura une sensation perverse qui se termina par un orgasme extraordinaire dont Isabelle me fut très reconnaissante. On aime toujours beaucoup ceux ou celles qui nous font jouir, mais encore plus ceux à qui l'on a su procurer un orgasme, ce moment rare et magique de folie exutoire indescriptible. Faire jouir l'autre nous donne l'impression d'être le maître d'un monde, de son monde.

Elle ne le savait pas, mais contrairement aux apparences elle n'était pas la source de mon extrême plaisir et bien loin d'être la maîtresse de mon monde dont je l'avais exclue en pensée. Rassurée à tort, elle croyait reprendre le cours normal de notre relation égoïste, mais mes démons intérieurs me disaient :

— N'oublie pas qu'elle t'a menacée de te jeter à la rue.

Ce problème et bien d'autres refoulés jusqu'à ce jour commençaient à sortir de mon inconscient et à me bouffer la vie.

L'amour est aveugle, le mariage rend la vue. Déjà depuis quelque temps notre existence de petites bourgeoises sans enfant me semblait vide et sans but. Il aurait été facile de changer tout cela, l'adoption et la PMA sont entrées dans les mœurs, mais Isabelle avait toujours été claire et intransigeante :

— Pour moi, la valeur suprême est la liberté, je ne veux ni enfant, ni chien, ni chat.

Réflexion révélatrice d'un état d'esprit curieux mettant enfant, chien et chat dans un même sac et qui ne tenait aucun compte de mes envies.

Pendant la bonace, ce moment de calme entre deux tempêtes qui succéda à nos tumultes je lui révélai avoir rencontré et discuté avec Charles-Henri ce matin.

— Tu as rencontré *le* Charles-Henri, celui de la clé USB, il existe donc ?

— Lui-même. Il habite une maison près d'ici dans la forêt, c'est chez lui que j'étais ce matin, il m'avait demandé de lui rapporter son pain.

— Tu ne pouvais pas me dire la vérité tout de suite.

— J'ai tenté de te la dire, tu ne m'as pas crue.

Elle fit mine de ne pas entendre le reproche sous-jacent.

— Comment est-il ?

— Très vieux, très bizarre, très intéressant et j'ai l'intention de me servir de lui pour éclaircir le mystère de ce qui est arrivé aux anciens propriétaires de notre maison, ne serait-ce que pour alimenter le livre que je souhaite écrire. L'histoire est suffisamment romanesque et mérite d'être creusée, non ?

En s'étirant et en bâillant, elle a répondu :

— Si tu as du temps à perdre…

Je l'avais toujours soutenue dans son engouement pour la peinture. En constatant de sa part un tel mépris pour ma passion, comment aurais-je pu encore l'aimer ?

Je la détestais également pour m'avoir obligée à la tromper et elle commençait à me dégoûter.

Raisonnement un peu capillotracté (tiré par les cheveux) j'en conviens, mais quand on veut tuer son chien, on dit qu'il a la rage.

Troisième partie : Le gardien du Zoo

(*Un anti-inflammatoire de type Ibuprofène ne sera pas de trop pour soulager le probable mal de tête dont vous risquez de souffrir rapidement.*)

I

La menace d'Isabelle promettant de me jeter à la rue si je la trompais m'avait empêchée de dormir, je craignais maintenant qu'elle ne découvre mes frasques, ou plus certainement qu'elle ne les devine. Sa sensibilité d'artiste faisant d'elle une écorchée vive un simple changement d'attitude de ma part pouvait la mettre en alerte.

Même si le plaisir ressenti méritait cent fois le risque pris, je regrettais presque de m'être mise ainsi en danger. Pendant mes rares moments d'assoupissement, j'envisageais le fait que ma trahison soit découverte et m'imaginais réduite à dormir dans ma voiture et à me prostituer pour subsister.

De plus, sa réussite artistique prometteuse m'humiliait comme me rabaissait cette incapacité à écrire la moindre ligne de ce roman que je lui annonçais chaque jour prêt à jaillir de mon cerveau génial. Pauvre livre sans thème sans titre, sans présent ni avenir probable, existeras-tu un jour ?

Pour passer le temps, dès dix heures, après avoir fumé un petit pétard, munie d'une baguette de pain entière toute chaude et craquante, j'ai rejoint le mystérieux vieillard qui avait promis de me dire qui il était « réellement ».

Que voulait-il dire par « réellement » ? N'étant pas aveugle, sourde ou demeurée, pour moi il n'était rien de plus qu'un centenaire qui, avec une telle toux, avait déjà un pied dans la tombe.

Réellement, son âme et son corps n'étant plus d'accord que sur un seul point : la rupture, pour moi le pépère allait bientôt rejoindre ses ancêtres au cimetière, point à la ligne. J'étais loin de m'attendre à ce qui allait tomber sur ma petite tête.

Assis sur le vieux banc en pierre sous sa tonnelle, égal à lui-même, il m'a invitée à m'asseoir à côté de lui. Comme je n'osais pas m'approcher de peur de le toucher et déclencher sa colère, il a dit :

— Tu peux t'approcher, tu m'as déjà touché une fois, le mal est fait.

— Ah bon, pourtant vous m'avez recommandé de…

Il m'a interrompue d'un geste de la main. Se levant péniblement il s'est traîné jusqu'à sa cuisine, a rapporté deux verres emplis de ce qui me sembla être du jus de pomme puis se rasseyant m'a invitée à vider mon verre.

— Bois, c'est du bon, je l'ai préparé moi-même.

Ce n'était pas du jus de pomme, mais un liquide très sucré et délicieux dans lequel je détectai le goût de l'ananas et celui d'un autre ingrédient que je n'arrivai pas à identifier. Sans doute le même breuvage qu'il avait servi à Jean-Paul. Je l'avalai rapidement avec plaisir. Il n'a pas touché son verre, mais a répété :

— Tu peux t'approcher, tu m'as déjà touché une fois, le mal est fait. Le mal est fait et bien plus que tu ne le crois. Viens près de moi, je sens que tu n'es pas bien ce matin pourquoi es-tu inquiète ?

Il lisait en moi comme dans un livre. Je lui ai tout raconté de mon conflit matrimonial et des soucis en découlant, tout sauf mon incartade avec les Suisses. Il m'a écoutée attentivement puis a demandé si Isabelle avait toujours ses parents et leur lieu de résidence.

— Son père est âgé de quatre-vingt-sept ans et sa mère de quatre-vingt-deux. Riches notables lyonnais, ils semblent indestructibles et taillés pour devenir centenaires comme vous, ai-je répondu.

Il a hoché la tête et d'une voix neutre, sans prévenir, a changé de sujet :

— Tu t'es bien éclatée hier après-midi.

Je n'arrivais pas à discerner s'il s'agissait d'une question ou d'une affirmation, dans cette dernière hypothèse il aurait démontré avoir un vrai don de divination. Que vouliez-vous que je réponde ? Il était unique ce gars-là, non ? On aurait presque pu penser qu'il avait participé aux réjouissances. Je pris le parti d'en rire :

— Hier, feu d'artifice sensoriel, sensuel et sexuel !

— Maintenant, méfiance, ne fais pas de conneries, il faudra la jouer fine.

— La jouer fine ?

— Oui, sois plus intelligente que Jean-Paul.

— Qu'appelez-vous : faire des conneries ?

Il n'a pas répondu à ma question.

— Tu veux toujours savoir qui je suis réellement ?

— Je suis là pour ça.

— Tu as devant toi le gardien du Zoo.

C'était désespérant, voilà qu'il me ressortait son histoire de zoo j'aurais mieux fait de rester couchée, mais j'étais loin d'avoir touché le fond, après avoir partagé son pain blanc le jour de notre première rencontre le pain noir ne tarda pas :

— As-tu déjà entendu parler du paradoxe de Fermi ?

— Ce nom me dit quelque chose, Fermi est une marque de vêtements non ?

Il a ri pendant une longue minute, le corps secoué de soubresauts, comme riait Philippe Bouvard dans *Les Grosses Têtes,* émission fétiche de mon regretté père pour qui les grimaces du vieux clown Sim déguisé en « baronne de la tronche en biais » représentaient l'alpha et l'oméga du comique français de bon goût :

— Presque, il y a bien une marque italienne de prêt-à-porter de luxe qui se nomme « *Fendi* », mais Fermi est un physicien nucléaire qui a participé au projet Manhattan. Tu sais ce qu'a été ce projet ?

— Non.

— Tu es vraiment ignorante. Le Projet Manhattan est le nom de code du projet de recherche qui produisit la première bombe atomique durant la Seconde Guerre mondiale. Il fut mené par les États-Unis avec la participation du Royaume-Uni et du Canada, de 1942 à 1946.

Il m'avait traitée d'ignorante ce qui pour une fois ne plaidait pas en faveur de son intelligence. Je ne connais ni Fermi ni le projet Manhattan, mais je sais sans doute des choses qu'il ne sait pas et ma culture, quoique différente, vaut bien la sienne, alors j'ai répondu d'un ton boudeur :

— Ces vieilles histoires ne m'intéressent pas vraiment.

— Attends la suite ! Lors d'un repas avec des amis, Fermi demanda pourquoi l'humanité n'a jusqu'à présent trouvé aucune trace de civilisations extraterrestres alors que le Soleil est plus jeune que beaucoup d'étoiles situées dans la galaxie. Selon lui, des civilisations plus avancées auraient dû apparaître parmi ces systèmes planétaires plus anciens et laisser des traces visibles depuis la Terre, telles des ondes radio. Il n'avait pas tort quand on pense que vous êtes passés en cent ans de la traction hippomobile à la conquête de l'espace, imagine quel niveau de technologie pourrait avoir atteint une civilisation plus âgée de mille, dix mille ans ou cent mille ans, ce qui n'est rien dans un univers vieux de près de quatorze milliards d'années. Cette civilisation aurait sans doute appris à utiliser toute l'énergie de son étoile ou de sa galaxie et découvert le moyen de voyager plus vite que la lumière.

— Et alors ?

— Alors sa conclusion fut : les extraterrestres devraient être là, pourquoi ne sont-ils pas là ?

Pour me venger, je répétai en me moquant ostensiblement :

— Oui, c'est vrai, pourquoi ne sont-ils pas là ? Je regarde tous les soirs sous mon lit et il n'y a personne.

Il m'a fusillée du regard.

– Fermi était peut-être lauréat du Prix Nobel de physique et un grand savant en regard de vos petits esprits d'hominidés sous-développés, mais pour une fois il se trompait lourdement : **ils sont là depuis bien longtemps** et vous observent comme vous observez des animaux dans un zoo… **Et moi je suis le gardien du Zoo.**

II

Quand je vous dis que j'aurais mieux fait de rester couchée ! Finalement Isabelle n'avait pas tort, je perdais mon temps avec lui. Ignorant mon ton moqueur il a poursuivi :

— Plus précisément : **nous** sommes là ! Depuis des millénaires, nous vous étudions et vous testons pour mieux comprendre l'évolution du psychisme des espèces archaïques, tout comme vos laboratoires testent des animaux dits « inférieurs » pour créer de nouveaux médicaments. Moi je me prépare à soutenir une thèse ayant pour sujet : *De l'influence des superstitions, des religions et des idéologies totalitaires sur la capacité des peuples primitifs terriens à se détruire eux-mêmes.* Accessoirement, mon autre mission consiste à évaluer si vous représentez un danger en dehors de votre capacité à couper la branche sur laquelle vous êtes assis. Vous habitez donc notre zoo et mes amis pour se moquer de moi m'appellent le gardien du Zoo.

Là il exagérait, je voyais bien qu'il me prenait pour une demeurée et voulait me persuader qu'il était une sorte de petit homme vert, mais il y a des limites à tout. Manifestement il avait un problème dans la tête, je me suis levée d'un bond, prête à prendre la poudre d'escampette, expression dérivée du vieux verbe français « s'escamper », signifiant fuir à toutes jambes.

D'un geste il m'a arrêtée, il suivait sa dernière idée, les soubresauts de son rire si particulier secouèrent sa vieille carcasse

— Mes maîtres ont le sens de l'humour, comment représenteriez-vous un danger pour d'autres que vous ? Depuis votre exploit en 1969 où un saut de puce a envoyé deux pauvres gars se promener à la surface de votre satellite en beuglant fièrement : « *Un petit pas pour l'homme un grand pas pour l'humanité.*[2] », ce qui nous a bien fait rire, qu'avez-vous fait à part détruire votre planète, sa flore, sa faune et ses habitants ? Vous redoutez les effets du réchauffement climatique, mais ce n'est jamais que l'accès de fièvre d'un organisme complexe que vous avez infecté. Vous craignez d'attraper la grippe, votre Terre a attrapé l'Humanité et elle tousse. Vos océans offrent désormais aux populations affamées des poissons d'un nouveau genre : un peu de chair, beaucoup de plastique et de mercure, bon appétit. Vos usines, vos voitures, vos avions envoient des milliards de tonnes de CO2 dans l'air et déjà vos étés sont devenus meurtriers. La Terre est vivante et va se défendre face à votre natalité galopante, sa fièvre accroît ses défenses et stimule son immunité. Dans quelques années et plusieurs milliards de tonnes de gaz à effet de serre plus tard quelques degrés supplémentaires emballeront la machine qui libérera d'autres gaz beaucoup plus dangereux. Quand le dernier homme aura pollué la dernière goutte d'eau, coupé le dernier arbre, tué le dernier animal, il comprendra alors que l'argent n'est pas comestible, mais il sera trop tard, et, bingo, les parasites humains seront morts. Dans quelques millénaires qui se souviendra de vous ? Votre planète en quatre milliards d'années d'existence a vu passer sur sa surface bien d'autres locataires s'en croyant propriétaires, ils ont disparu sans laisser d'autres traces que quelques os ! La vie est trop courte, dites-vous, mais quel besoin votre planète a-t-elle de voir se prolonger votre existence ?

— Notre race disparaîtra dans quelques siècles ou millénaires ? On verra bien, en attendant pour le moment, moi je suis vivante et compte bien profiter au maximum de mes années de jeunesse, *Carpe diem* : cueillons le jour.

En plus de *Carpe diem*, j'imitai la réponse qu'un humoriste mit dans la bouche de la jeune Marquise du Parc face au vieux Corneille qui tentait de la séduire en lui agitant le spectre de sa propre vieillesse :

« *Peut-être que je serai vieille répond Marquise cependant*
J'ai 33 ans mon vieux Corneille et je t'emmerde en attendant.[3] »

Je lui objectai également que nos scientifiques avaient réalisé bien d'autres exploits : visite rapprochée de Vénus, Saturne, Jupiter, exploration de Mars, rencontres périlleuses terriblement complexes à mettre en œuvre et pourtant réussies avec des astéroïdes ou des comètes minuscules situées à des millions de kilomètres.

À quoi bon ? Presque fâché, il m'a congédiée comme on renvoie une domestique :

– Tu te crois intelligente avec cette citation *Carpe diem* que vous, les bourgeoises, employez à tort et à travers. Les seuls qui savent vraiment cueillir le présent et vivent au jour le jour sont les SDF, et cesse de me prendre pour un vieux fou que tu peux insulter du haut de ta jeunesse, encore un exemple de la bêtise crasse de votre race. Je ne t'en veux pas, mais tu commets une double erreur. Premièrement je ne suis pas vieux, j'ai revêtu cette apparence pour passer inaperçu et deuxièmement, lire en toi et connaître l'avenir immédiat ne fait pas de moi un fou. Oui, je connais l'avenir immédiat et le passé lointain, tu veux une preuve de ce que j'avance ? Sous peu, vous allez découvrir une immense masse métallique sous la face cachée de la Lune et **dans quatre jours l'atterrisseur Vikram de la mission indienne Chandrayann-2 s'approchera trop près de cette masse et perdra le contact avec la Terre quelques minutes avant son alunissage**.

Recherche également ce qui s'est passé pas très loin de chez toi EN OCTOBRE 1972, date à laquelle je suis arrivé dans cette région. Avant de venir ici, **j'habitais Angoulême**, j'ai beaucoup aimé Angoulême.

Maintenant, va-t'en, je perds mon temps avec toi, et ne reviens que lorsque tu seras disposée à me croire, mais pas avant huit jours je dois m'absenter. J'ai un travail urgent à faire.

Je suis partie déçue et triste de constater l'état de décrépitude intellectuelle de Charles-Henri. Dommage, je m'étais habituée à nos échanges ésotériques qui me sortaient de la médiocrité de ma vie ordinaire et me faisaient grandir.

Cette discussion eut lieu le 2 septembre 2019.

Le 4, j'appris par une alerte Internet qu'une immense masse métallique avait été découverte sous la face cachée de notre satellite naturel et le 7 au matin *BFM TV* annonça que L'ISRO, l'agence spatiale indienne, avouait avoir **perdu dans la nuit tout contact avec Vikram**, l'atterrisseur de la sonde Chandrayann-2 alors qu'il tentait de se poser à la surface de la face cachée de la Lune, comme Charles-Henri l'avait prédit. Vous pouvez vérifier !

Pour évaluer la véracité de sa troisième prédiction, je me suis également plongée dans les archives de la mairie. Après plusieurs heures de recherches, j'ai retrouvé une vieille coupure de presse relatant ce qui était arrivé en octobre 1972 à quelques kilomètres de chez moi, information authentifiée par tous les journaux de l'époque :

Tout ce qu'avait prédit Charles-Henri s'était réalisé. Bien obligée de me rendre à l'évidence, pour la deuxième fois, et sans doute pas la dernière, j'eus l'impression d'être « une mouche posée sur sa main ».

Tornade ? Météorite ? Soucoupe volante ?...

Une pinède varoise dévastée par un mystérieux phénomène

« Je ne sais pas s'il s'agit d'un phénomène « extra-terrestre ou extra-céleste », mais tout ce que je peux vous dire, pour l'instant, c'est qu'on n'a jamais vu une chose pareille. Elle ne semble pas avoir été faite par la main de l'homme », a notamment déclaré, hier après-midi, Mme Merle, l'épouse de l'exploitant agricole qui a fait, il y a trois semaines, dans l'une de ses pinèdes, à Montauroux, une curieuse découverte.

Mme Merle, qui s'est rendue sur place avec son mari, a fait la description suivante des lieux : « Il y a de nombreux pins qui ont été « vrillés » tantôt sur le côté droit, tantôt sur le côté gauche, tandis que d'autres ont été cassés, comme si une formidable succion tournante s'était produite par le haut. Un mur de pierres a également volé en éclats, et l'on peut voir, sur les arbres environnants, les traces de ces pierres qui ont été projetées avec une force extraordinaire. Même des souches, pourtant fortement enracinées dans le sol, ont été enlevées par cette mystérieuse force. Sur le moment, nous n'avons pas fait trop attention, mais en regardant bien, nous nous sommes rendu compte, mon mari et moi, que le phénomène n'était pas banal. Enfin, on a relevé sur certaines pierres des traces de frottement. »

Mme Merle a également précisé que l'endroit était absolument désert, la plus proche habitation étant située à près de 600 mètres, et que les aiguilles de pins, sur le sol, ne semblaient pas avoir été touchées. Cependant, le phénomène ayant été découvert bien après qu'il se soit produit, semble-t-il, le tapis végétal a très bien pu se reconstituer.

Les responsables du Centre des incendies du Var, interrogés sur l'éventualité d'un largage effectué par un « Canadair », ont précisé que le dernier incendie qui s'était produit dans la région remontait à deux mois. Ils ont également tenu à souligner qu'aucun largage catastrophique n'avait été signalé sur cette région.

Enfin, M. G. Turco, professeur de minéralogie et de cristallographie à la Faculté des sciences de Nice, se rendra sur les lieux demain.

« Je vais me rendre compte sur place, a-t-il dit, sans aucune idée préconçue. Il s'agira, pour moi, d'observer s'il n'y a pas sur les lieux des traces de minéraux pouvant provenir de la chute d'un météorite, ce qui expliquerait ce phénomène. »

Selon d'autres, les dégâts auraient pu être provoqués par une tornade, la région ayant été le théâtre, le 8 septembre dernier, de violents orages.

Octobre 1972 *Var-matin*

III

Les quatre jours suivants furent interminables. Bien que ses affirmations me paraissent farfelues, j'étais devenu accro de lui, de nos discussions. Il mettait des couleurs dans ma vie, contrairement à mon épouse qui malgré ses talents de peintre-coloriste la teintait vilainement du gris de l'angoisse du lendemain.

Les relations avec Isabelle restaient tendues malgré mes efforts, quelque chose était cassé entre nous. Son odeur me répugnait maintenant, sa voix m'insupportait, ses caresses sans surprise ni imagination étaient de plus en plus difficiles à souffrir, mais devenue sa pute conjugale, il me fallait bien les endurer pour mériter mon pain quotidien. Heureusement les quelques bouffées euphorisantes inhalées avant ses accès de fièvre affective m'aidaient beaucoup.

J'étais accro de Charles-Henri, de nos joutes intellectuelles, de son incroyable culture, sa mixture délicieuse et très sucrée à base de jus d'ananas me manquait aussi. D'autre part, il me fallait bien me rendre à l'évidence, mes doutes sur la réalité de son statut d'homme différent commençaient sérieusement à s'estomper face aux preuves qui s'accumulaient.

Extraterrestre ou manipulateur jamais je n'aurais pensé qu'un vieillard, laid, ridé, tordu, coiffé d'une casquette à carreaux que je détestais, puisse me manquer autant. Sans doute comblait-il l'absence du grand-père que j'avais à peine connu, suffisamment pour souffrir terriblement de sa disparition.

Vous vous demandez peut-être pourquoi cette fameuse casquette à carreaux a tant d'importance à mes yeux ? Pour tout le monde, il s'agit d'une coiffure comme une autre, pour moi, c'est un symbole.

Si votre sens de l'observation est exacerbé comme le mien, vous avez forcément fait cette constatation : la majorité des hommes vieillissants portent un jour ou l'autre cette fameuse casquette plate, avec ou sans carreaux, comme si à un moment de leur vie, répondant à un appel secret, ils choisissent de l'arborer pour révéler au monde la triple et triste réalité :

- Je renonce à ma jeunesse ;
- Je me résigne à rejoindre le clan des vieux ;
- J'accepte d'accueillir sans rechigner la mort qui ne tardera pas.

Petite fille très curieuse, j'avais remarqué ce fait et redoutais le moment où mon grand-père recevrait ce signal mystérieux. Le jour où il se mit fièrement un tel couvre-chef sur le crâne, j'essayai donc naïvement de le lui arracher en pleurant pour l'empêcher de devenir vieux. Personne ce jour-là bien sûr ne comprit ma réaction. Par une terrible coïncidence, il mourut quelques jours plus tard d'un infarctus. Cette casquette qu'il garda vissée sur sa tête jusqu'à son dernier souffle me parut haïssable puisqu'elle était pour moi responsable de sa mort ou tout au moins le porte-malheur qui le précipita prématurément dans la tombe.

Le même phénomène, de moins en moins répandu heureusement, se produit avec des femmes d'un certain âge qui, se conformant à leur tour à une prémonition obscure, semblent accepter de perdre leur féminité en revêtant chaque jour une hideuse et large robe bleue à fleurs censée cacher leurs bourrelets de graisse.

Vous êtes libres bien évidemment de ne pas partager mes répulsions, chacun vit avec ses propres détestations symboliques ou enfantines qu'il nous faut respecter. L'enfance est une maladie dont on ne guérit jamais !

Le 10 septembre, au petit matin n'y tenant plus je me suis approchée à pied de la maison de Charles-Henri, repentante et tremblante de peur qu'il me rejette.

Sûr de lui et nullement étonné de me voir arriver si tôt, il m'attendait en écoutant *Belle,* la chanson de la comédie musicale *Notre-Dame de Paris.*

Ma stupeur fut grande lorsqu'il me fit son mea culpa, un homme qui reconnaît ses torts est si rare :

— Tu es revenue donc tu es disposée à me croire, je le savais. Pardonne-moi de t'avoir assimilée à cette race qui démontre chaque jour sa bêtise et sa méchanceté en détruisant le seul monde susceptible de l'abriter, tu es beaucoup plus intelligente que la moyenne.

— Non, c'est moi qui vous dois des excuses pour avoir douté et m'être un peu moquée de vous.

— Bon alors on fait la paix ? Il me reste peu de temps alors que j'ai des tas de choses à te raconter.

— Vous allez repartir ?

— Ma mission d'étude est pratiquement terminée, dans quelques semaines je partirai pour toujours. Bientôt les gens diront que je suis mort, mais toi tu sauras que je suis simplement parti.

« *Bientôt les gens diront que je suis mort, mais toi tu sauras que je suis simplement parti* ». Où avais-je déjà lu cette expression, dans un verset de la Bible, au sortir de la bouche du Petit Prince ou de celle de son renard ? Et pourquoi l'évocation de son départ me rendait-elle triste ?

— Vous allez partir parce que vous avez assez d'éléments pour la soutenance de votre thèse ayant pour sujet : *De l'influence des superstitions, des religions et des idéologies totalitaires sur la capacité des peuples primitifs terriens à se détruire eux-mêmes,* et accessoirement pour conclure votre autre mission consistant à évaluer si nous représentons un danger en dehors de notre capacité à couper la branche sur laquelle nous sommes assis ?

Il fut à nouveau étonné :

— Tu te souviens toujours de mes paroles au mot près ?

La mémoire est le pire ennemi du bonheur ? Mon œil. Les gens heureux oublient, dit-on, c'est faux, moi je n'oublie jamais rien et jusqu'à ce jour cela m'a plutôt réussi !

Avec la petite moue qu'Isabelle aime tant j'ai tenté de le séduire et puisqu'il fallait flatter, je « flattassais » fort ! (Les écrivains ont le droit d'inventer des conjugaisons alternatives, si, si, ils ont le droit !)

— Bien sûr, chacune de vos paroles m'est précieuse et je vous interdis de partir, je serai trop malheureuse.

— Personne ne peut guider ma conduite et tu ne sais même pas qui je suis ni d'où je viens.

— Vous êtes le gardien du Zoo dans lequel j'habite et je suis contente que vous me gardiez.

Captation de bénévolence peut-être un peu cul-cul, mais j'ai suffisamment de souvenirs de ma période hétéro pour savoir ce qui plaît aux hommes.

Il parut touché et me dit en souriant :

— Tu devrais avoir honte de tenter d'attendrir et de manipuler ainsi un vieil homme à moitié fou.

— Premièrement vous n'êtes pas vieux, vous avez revêtu cette apparence pour passer inaperçu et secondement vous n'êtes pas fou, bizarre, mais pas fou. En revanche à l'avenir puis-je vous demander de ne plus confondre secondement et deuxièmement ? On emploie « secondement » quand il n'y a pas de « troisièmement », sinon le terme approprié est « deuxièmement ». L'autre jour, vous avez utilisé à tort le terme « deuxièmement » qui supposerait qu'il y a un « troisièmement », ce qui n'a pas été le cas dans votre discours.

Il est resté bouche bée.

Je lui en ai remis une couche :

— Dans la chanson *Belle* que vous écoutiez, il y a une invraisemblance ou plutôt un anachronisme, l'avez-vous remarqué ?

Il resta muet et me sembla un peu déstabilisé de ne pas connaître la réponse.

— Patrick Fiori chante : « *Ma dulcinée laissez-moi vous être infidèle*[4] ». L'histoire du roman *Notre-Dame de Paris* se passe en 1482 ; or Dulcinée est le nom de la dame des pensées de Don Quichotte, héros du roman écrit par Cervantès entre 1605 et 1615. Le capitaine Phoebus incarné par Fiori ne pouvait donc pas prononcer ce nom qui n'existait pas en 1482.

Son immense culture prise en défaut pour la première fois, j'eus l'impression qu'il découvrait que j'étais autre chose qu'« une potiche faisant partie du peuple primitif occidental terrien ».

Il m'a dévisagée longuement, avec un peu d'admiration dans le regard, je crois :

— Je ne me suis pas trompé sur toi. Finalement, pour toi je serai plus un ange gardien qu'un gardien de Zoo. J'ai bien fait de travailler pour toi ces derniers jours.

— Vous avez travaillé pour moi ?

— Tu ne me demandes pas où j'étais parti ?

— Où étiez-vous parti ?

— J'étais à Lyon.

— Vous étiez à Lyon ?

— Les parents de ton épouse Isabelle habitent bien : quartier de La Croix-Rousse ?

— Oui, ils habitent bien à La Croix-Rousse.

— Dans quelques jours, tu apprendras une mauvaise nouvelle qui te réjouira.

— Une mauvaise nouvelle qui va me réjouir ?

— Tu pourrais arrêter de répéter toutes mes paroles comme un perroquet ? Maintenant, écoute-moi : tu as bien dit que tu avais peur d'être jetée à la rue par ton Isabelle et de te retrouver sans un sou ?

— Oui, mais…

— Tant que ses parents vivront tu ne seras héritière que de la moitié de votre maison, s'ils étaient morts, au décès de ta femme tu hériterais de la totalité de la maison. Sa disparition si possible violente et concomitante de celle de ses parents serait une bénédiction pour toi. Maison payée plus capital de l'assurance-vie : 250 000 € doublés en cas d'accident, triplés pour un accident de la circulation plus tout le reste ; ton avenir financier se trouverait assuré.

Comment connaissait-il l'existence de cette assurance-vie ? Je suis restée sans voix. Son argumentation impeccable et implacable énoncée d'une voix calme apportait la solution de tous mes problèmes existentiels liés à mes besoins de sécurité financière future, glacée j'avais honte de reconnaître que son raisonnement me plaisait beaucoup, alors j'ai protesté mollement :

— Dieu merci, Isabelle est vivante.

Ce qu'il m'a répondu m'a sidérée :

— Je veux bien me creuser la tête pour te sortir de tes difficultés, mais je ne peux pas tout faire non plus, il va falloir que tu mettes les mains dans le cambouis. Tu as touché mes cheveux, ma joue et bien plus. Je t'ai expliqué que tu disposais pour quelques jours du don d'ubiquité, désormais tout peut arriver, maintenant tu fais comme tu veux.

« *Tu as touché mes cheveux, ma joue, et bien plus.* », a-t-il dit, que signifiait ce « bien plus » qui me conférerait le don d'ubiquité ?

Don d'ubiquité, n'importe quoi ! Ce gars-là a vraiment un don lui aussi, celui de me sortir sans cesse des lapins foireux de sa casquette. Il m'avait déjà parlé de ça et j'avais vérifié sur *Wikipédia* : « *Ubiquité vient du latin "ubique" qui signifie "partout"* ». L'ubiquité est un pouvoir réservé aux dieux puisqu'il s'agit d'une faculté divine permettant d'être présent partout ou à plusieurs endroits à la fois.

J'ai déjà toutes les peines du monde à rester présente à un seul endroit sans que mon esprit se précipite ailleurs…

« *Maintenant, tu fais comme tu veux* », encore un extrait du récit de Jean-Paul. Charles-Henri lui avait dit : « *Quant aux conséquences, c'est à toi de voir le prix que tu es prêt à payer pour assouvir ton fameux appétit irrésistible de connaissance, maintenant tu fais comme tu veux !* »

Cette phrase s'adapterait parfaitement à moi en changeant seulement deux mots : « *Quant aux conséquences, c'est à toi de voir le prix que tu es prête à payer pour assouvir ton fameux* ***besoin*** *irrésistible de* ***sécurité****, maintenant tu fais comme tu veux !* »

Cette remémoration m'a refroidie, quand on pense au prix payé par Jean-Paul, on est tout de suite plus calme.

Dans la seconde qui a suivi, il a changé de sujet :

— Aimerais-tu jeter un coup d'œil sur le brouillon de ma thèse ?

IV

Hypocritement j'ai répondu :

— Avec grand plaisir.

Pour tout dire, l'idée de lire sa prose que j'imaginais terriblement technique et ennuyeuse ne m'enthousiasmait pas vraiment.

— Je te communiquerai bientôt le texte de mes réflexions ainsi qu'une petite prédiction sur l'avenir de votre monde, tu les liras à tête reposée.

« À tête reposée », j'ai toujours eu horreur de cette expression qui sous-entendrait de longues périodes de fatigue de mon cerveau.

— Tu liras, en contrepartie pourrais-tu me rendre un service ?

— Bien sûr !

— J'aurais besoin de passer quelques minutes, seul, dans le petit mas en pierres qui jouxte ta maison.

Je me suis alors souvenu qu'il avait fait la même demande curieuse à Jean-Paul qui l'avait décrite ainsi : « *Le matin du vendredi 25 mai 2018, jour à tout jamais maudit, il a insisté pour entrer seul dans le petit mas en pierres qui nous sert de débarras, désir curieux, mais facile à satisfaire. Pour me remercier, il m'a invité à le rejoindre chez lui après déjeuner pour boire un café.* »

— Il n'y a rien dans ce bâtiment, à part quelques gravats.

— Pour moi, il y a quelque chose de précieux. Depuis toujours, des méridiens telluriques et une source souterraine se croisent à cet endroit précis et j'ai besoin des ondes émises par ce phénomène physique rarissime pour me régénérer. C'est d'ailleurs pour cela que je suis parti d'Angoulême où se produisait le même prodige, mais celui-ci ayant disparu du fait du tarissement d'une source, je fus obligé de venir dans ce Pays de Fayence. L'accès à cet endroit ayant toujours été libre jusqu'au jour où Jean-Paul a clôturé sa propriété je suis contraint aujourd'hui de mendier ton accord pour mon bien-être.

C'était la réponse à une question que je me posais depuis le début, pourquoi Charles-Henri était-il attiré uniquement par notre maison ? Il aurait pu demander à des voisins plus proches de lui de lui apporter son pain, en fait il n'avait pas eu besoin de Jean-Paul ou de moi, mais plutôt nécessité de pénétrer dans le mazet en pierres. Quelle leçon d'humilité !

— Pas de problème, par contre il faudra venir un jour où Isabelle ne sera pas là.

Je ne tenais pas à ce qu'elle le rencontre, Dieu sait ce qu'il pourrait lui raconter…

En évoquant le nom du Créateur, l'envie de poser la

question ultime me vint, puisqu'il était tellement brillant et en avance sur nous il devait avoir la réponse :

– Charles-Henri, Dieu existe-t-il ? Si oui qu'est-il ou qui est-il ?

La réponse fut à la hauteur du personnage, ambiguë et terriblement futée :

– Lui seul le sait, craindre de le croire, il ne faut pas.

Ambiguë et terriblement futée, la seconde partie de la phrase ouvrait la voie à toutes les interprétations. En fonction de l'accent tonique pour son expression parlée, à l'existence ou l'absence d'une virgule pour sa version écrite on pouvait comprendre : *il ne faut pas craindre de le croire,* ou au contraire : *craignez de croire, il ne faut pas le croire.*

Par contre, la première partie de la réponse était assez explicite : si Dieu seul sait qu'il existe lui-même, il existe donc. S'il n'existait pas, il ne pourrait pas le savoir… Ce n'est peut-être pas très clair pour vous, pardonnez-moi, mais moi je me comprends.

Le meilleur de son énoncé restait à venir :

– C'est moi qui ai soufflé à votre Hubert Reeves cette révélation : « *L'Homme est l'espèce la plus insensée, il vénère un dieu invisible et massacre une nature visible, sans savoir que cette nature qu'il massacre est peut-être ce dieu invisible qu'il vénère.* » Je dis « peut-être », car aucun esprit humain ne saurait concevoir ce que Dieu est réellement, contente-toi d'imaginer ce qu'il n'est pas.

Autrement dit : « Tu es trop bête pour comprendre ». Ce qui ne me vexa pas, je savais maintenant qu'il se considérait un peu comme un père spirituel soucieux de l'éducation de son enfant, toutefois il ne manquait pas d'air en prétendant, après Einstein, avoir donné des leçons à « notre » Hubert Reeves !

Je balançai alors la question subsidiaire :

— Et qu'y a-t-il après la mort ?

— La mort n'existe pas, je te l'ai déjà dit.

— C'est vrai, mais j'ai l'impression que vous jouez sur les mots pour masquer le fait que vous ne savez pas.

Critique un peu gonflée de ma part j'en conviens, mais pour une fois c'est moi qui avais un peu de pouvoir sur lui grâce au besoin qu'il avait de pénétrer dans mon mazet.

Toute personne ayant du pouvoir étant portée à en abuser, j'abusais.

Il a souri :

— Tu n'as pas encore compris ? Je vais essayer de t'expliquer : tous les humanoïdes de l'univers vivent la même mort suivie d'une renaissance identique, mais le cerveau des êtres primitifs comme vous ne comprend pas ce qui se passe. Quelques secondes avant que ton corps ne te lâche pour toujours ton cerveau va paniquer. Il voudra alors édulcorer ce qu'il croira être ta fin définitive en revenant à un événement heureux et te suscitera les images d'un tunnel noir débouchant sur une lumière et un être d'amour accueillant. Saurais-tu deviner ce que peut représenter cette vision et sa signification ?

— L'annonce de ma mort ?

— Non, fais un effort de réflexion. Quel est le seul moment de votre existence où vous franchissez un tunnel sombre débouchant sur une lumière et un être d'amour ?

— Notre naissance.

— Voilà, tu as compris, cette vision est une tentative ultime de votre cerveau, grand illusionniste manipulateur, de travestir votre fin dont l'idée lui est insupportable. En souffrance et en panique, cherchant désespérément une consolation il revient à des moments heureux de votre existence, le plus spectaculaire étant le fameux tunnel débouchant sur une lumière qui est… la sortie du corps de votre mère, l'arrivée dans un nouveau monde si lumineux, accueilli par cet être d'amour qu'est une maman. ***Cette vision est donc simplement au tout dernier moment de votre vie une réminiscence de votre naissance, le cerveau fusionne en un seul événement les deux moments les plus spectaculaires de votre existence, naissance et mort et la boucle est bouclée.***

Je suis restée sans voix, impressionnée par l'intelligence et la nouveauté de cette hypothèse. Il m'apportait sans avoir l'air d'y toucher la réponse à la question la plus importante que l'humanité se pose depuis toujours. Avec un petit sourire en coin, il a poursuivi :

— Parallèlement, des précurseurs analyseront et créeront instantanément la multitude des nouveaux mondes pouvant t'accueillir pour une nouvelle vie. Tous les choix envisageables cohabiteront jusqu'à ce que tu prennes une décision définitive et sélectionnes le bon univers découlant de ton choix. Il deviendra alors ton nouveau présent, l'endroit où tu renaîtras instantanément en débouchant d'un autre tunnel sombre, accueillie par un être d'amour dans un monde lumineux, les autres univers survivront parallèlement quelque temps avant de disparaître. Certains imbéciles sans imagination choisissent de revivre sur cette terre, il faut vraiment être bête non ? Vous nommez cette sottise « la réincarnation ».

— Mais après ma mort, il ne me sera pas possible de décider quoi que ce soit puisque mon cerveau qui renferme la totalité des informations qui font ce que je suis sera détruit.

— Cela n'a aucune importance. Ce que tu es, ta vraie personne reliée au cosmos que tu nommes « âme » reste extérieure à ton corps, ton cerveau n'est qu'une interface entre elle et lui. Tu quitteras ce corps et ce cerveau comme un serpent quitte son ancienne peau après sa mue annuelle avant de poursuivre tranquillement son existence. Et entre nous, si la peau du serpent a un poids, si minime soit-il, ton âme ne pèse pas 21 g contrairement à ce que certains pseudos savants prétendent, elle a la même masse que la lumière, c'est-à-dire : aucune.

Que pouvais-je répondre ? Trop, c'est trop ! Soit ce type se foutait de ma gueule soit il était monstrueusement intelligent et parfois un excès d'intelligence énerve !

En parlant de ce qui énerve, une petite musique discordante commençait à trotter dans ma tête. À force de me remémorer les paroles de Jean-Paul, la certitude qu'une information importante m'avait échappé germait dans mon esprit, mais, bien que susceptible d'apporter un nouvel éclairage sur son récit, je n'arrivais pas à la retrouver, elle fuyait comme lorsque certains jours on cherche sans succès un mot ou un nom qu'on a sur le bout de la langue.

Quelque chose d'important m'avait échappé, mais quoi ?

Je suis partie après avoir promis de lire son brouillon de

thèse dès qu'il me le remettrait, « à tête fatiguée ou reposée », c'est-à-dire un de ces jours ou plus certainement jamais et en le rassurant sur mon intention de lui rapporter son pain chaque matin.

Il a répondu :

— Ce n'est pas la peine, le pain était une excuse pour t'approcher et avoir une occasion de pénétrer dans ton mazet en pierres.

Ce n'était plus une leçon d'humilité, mais un cours d'humiliation, non ?

Non ! Avant que je ne le quitte, il me rassura :

— Tu es une femme exceptionnelle, jusqu'ici tes ailes de géant t'empêchaient de marcher, mais à partir de ce soir tu vas enfin commencer à écrire ton livre et ce que tu écriras sera également exceptionnel.

S'il avait eu cinquante ans de moins je l'aurais embrassé sur les lèvres, mais là ce n'était pas possible, une bouche de centenaire doit être terriblement nauséeuse. En revanche lorsque je pensais aux lèvres de Malincha et Hernán parcourant mon corps et ses recoins les plus intimes, des frissons qui n'étaient pas dus au froid parcouraient ma peau.

Je l'ai déjà dit ? Et alors !

V

À mon retour à la maison, la jeune secrétaire de la galerie de peinture de Saint-Paul-de-Vence était sur la terrasse et discutait avec Isabelle. Elles se tenaient très près l'une de l'autre, trop près à mon goût, et, me sembla-t-il, eurent l'air gênées de mon retour comme si elles partageaient un secret duquel j'étais exclue.

« *Les homos voient des homos partout* », pensez-vous peut-être ? C'est vrai.

Je fis mine de ne pas les calculer et me dirigeais vers le petit mas en pierres pour l'inspecter…

En passant, j'entendis distinctement une insulte sortir du groin de la petite truie vençoise :

– C'est elle ta femme, l'alcoolique, la camée, l'écrivaine ratée qui n'a jamais et n'écrira jamais la moindre ligne et qui vit à tes crochets ?

Il n'y a pas plus jouissif que d'être prise pour une conne par une abrutie. J'ignore si elle croyait ne pas être entendue ou s'il s'agissait d'une agression verbale consciente, dans l'incertitude je n'ai pas répondu. Il vaut mieux se taire au risque de passer pour une imbécile que parler inconsidérément comme elle le fait et ne laisser aucun doute à ce sujet. Mais patience, un jour je ferai rentrer ces mots dans la gorge de celle qui les a prononcés et de celle qui les lui a mis.

VI

Le soleil de ce beau Pays de Fayence sublime tout ce qu'il illumine.

Edmond Rostand fut sûrement inspiré par notre belle région lorsqu'il écrivit :

> « *Je t'adore, Soleil ! Tu mets dans l'air des roses,*
> *Des flammes dans la source, un dieu dans le buisson !*
> *Tu prends un arbre obscur et tu l'apothéoses !*
> *Ô Soleil ! toi sans qui les choses*
> *Ne seraient que ce qu'elles sont !*[5] »

Cézanne, Van Gogh et bien d'autres avant eux avaient également su voir la magie de notre lumière capable de rendre beau le moindre caillou, le plus petit morceau de bois.

Il faut bien reconnaître que notre mazet, auquel Isabelle avait déjà abondamment rendu hommage en le représentant sur de nombreuses toiles en diverses saisons, a un charme fou avec ses murs en vieilles pierres dorées et ses tuiles anciennes luisant sous cet éclairage provençal si particulier, unique au monde.

L'intérieur est moins flatteur, lors de notre déménagement nous y avions entassé beaucoup de bazar tout en nous promettant de l'aménager ultérieurement en maison d'amis.

Le bâtiment se composant de deux niveaux de 30 m^2 environ l'inspection fut rapide, le sol en terre battue du rez-de-chaussée ne présentait aucune trace de trappe ou de quelconque fosse rebouchée et les pierres des murs avaient été remaçonnées à notre arrivée pour consolider les murs fissurés. En résumé, aucune cachette ne semblait susceptible de dissimuler chez nous quelque produit illicite ou trésor crapuleux appartenant à un être très intelligent souhaitant reporter sur des innocents naïfs, des *ravis* en langage provençal, la responsabilité du recel de ses actes délictueux.

J'adorais Charles-Henri tout en me méfiant un peu tout de même. Par moment l'ombre d'un doute obscurcissait mon jugement sur lui.

Son apparence humaine, simple façade lui permettant de passer inaperçu d'après lui, restait celle d'un homme ordinaire, ce qu'il était jusqu'à preuves plus convaincantes de son statut d'extraterrestre revendiqué et dans cette hypothèse ne forçait-il pas trop le trait de son personnage de vieillard près de la tombe ? Il avait vraiment beaucoup de cheveux pour un « plus que centenaire » comme il aimait à le rappeler, nulle « fleur de cimetière », ces affreuses taches brunes de vieillesse, n'enlaidissait ses mains ou son visage et de temps en temps lorsqu'il oubliait de jouer son rôle il semblait beaucoup plus jeune que ce qu'il voulait laisser paraître.

Son insistance pour pénétrer seul dans ce lieu afin de se régénérer était peut-être justifiée par l'existence d'ondes extraordinaires, mais l'acceptation de cette raison sous-entendait de ma part une adhésion totale à un discours ésotériquement bien construit, mais humainement absurde, et il se trouve que je ne crois jamais une affirmation tant que je ne l'ai pas vérifiée par moi-même !

Et justement la vérification m'était aisée, mon voisin René étant né ici il connaissait le secteur comme personne.

Il me confirma l'existence d'une source souterraine sous l'emprise du mazet, connue et utilisée de toute éternité pour faire boire les bêtes par les gens du village avant la construction de notre maison. Il ne manqua pas de déplorer la clôture de notre propriété qui entraînerait bientôt l'oubli de cette source si l'on n'y prenait garde. Il me conseilla de réaliser un forage pour obtenir de l'eau gratuite et insista pour me donner les coordonnées d'un sourcier-terrassier.

Il ignorait que de nos jours il est formellement interdit de capter une source sans autorisation. Bientôt, même l'air que nous respirons et l'ampleur de nos inspirations seront soumis à réglementation.

À mon retour la jeune secrétaire de la galerie étant partie, Isabelle m'agressa :

— Tu n'es pas obligée de faire la gueule aux gens qui me rendent visite et apprécient mon travail. La moindre des politesses aurait été de dire bonjour.

Une envie irrésistible de lui claquer le museau après lui avoir dit « *Je t'emmerde toi et les gens qui apprécient ton travail* ! » me démangea. Après l'avoir entendue me rabaisser, dire bonjour à sa copine, cette petite truie purulente, m'aurait fait mal, mais on est bien obligée de courber la tête quand on n'occupe pas la position dominante. Je fis un beau sourire et prononçais hypocritement :

— Désolée, mille excuses.

Tout en pensant : attends un peu ! Cette humiliation supplémentaire sera mise sur ta note et un jour ou l'autre l'addition te sera présentée, TVA incluse.

VII

Ce même jour, 10 septembre, dans la soirée un déclic se fit dans mon cerveau, libérant des énergies enchaînées.

« *Tes chakras se sont ouverts* », auraient dit les bouddhistes.

J'annonçai à Isabelle que, divine surprise, l'inspiration me visitant, je commencerai dès ce soir à rédiger ce livre si attendu et avais bien l'intention d'écrire toute la nuit, ce qui me fournit un prétexte pour faire chambre à part.

Mon épouse ne parut ni surprise ni fâchée, il lui arrivait souvent de peindre une grande partie de la nuit puis de s'endormir sur le canapé pour ne pas me réveiller.

Les artistes et les oisifs ne vivent pas comme les autres, pour moi chaque jour était un dimanche et pour Isabelle toute heure était propice à création !

Un grand bonheur me fit battre le cœur plus vite, j'allais enfin basculer dans l'autre monde, le monde fou des écrivains et des créateurs. Je pensais à cette définition lue sur *Facebook* :

« *Un écrivain est un danger public, il véhicule des idées bizarres, ne respecte aucun tabou, ment effrontément juste pour faire une belle phrase. Il se prend pour Dieu, créant des êtres, les faisant vivre et mourir au gré de son bon plaisir et puis un jour il découvre la vérité avec stupeur : il se croyait maître, il n'était que serviteur, ses créatures lui échappent, les histoires qu'il imagine l'emmènent bien loin de là où il voulait aller.* »

Où mon histoire allait-elle m'emmener ? Allais-je devenir esclave de mes créatures ?

Après une petite ligne de coke et deux doigts de whisky, trois fois rien, les idées les mots me vinrent facilement et me projetèrent dans un univers de plaisir. Les sensations procurées par l'écriture et la lecture sont très différentes de celles dues à l'image. Les images sont tyranniques, ne laissant aucune place à l'imaginaire elles s'imposent à des spectateurs statiques et impuissants. En revanche, les phrases écrites suggèrent et boostent l'imagination, elles vous permettent de choisir ce que vous voulez être : reine ou prostituée, jeune ou vieille, faible ou forte, dominante ou dominée, vous pouvez faire naître ou disparaître des hommes, des femmes, des civilisations, en un mot, elles vous donnent un pouvoir divin ou satanique.

Le plan de construction de mon livre était simple : après m'être présentée et avoir expliqué les conditions de la découverte de la clé USB dans la cave, je fis un copié-collé du récit de Jean-Paul puis décrivis mes rencontres et discussions avec Charles-Henri. À une heure du matin, contente de ma prose, heureuse et fatiguée, je m'allongeai sur le canapé et m'endormis immédiatement.

Pendant mon sommeil, un songe à la Verlaine vint me hanter :

« *Je fais souvent ce rêve étrange et pénétrant*
D'une femme inconnue, et que j'aime, et qui m'aime,
Et qui n'est, chaque fois, ni tout à fait la même
Ni tout à fait une autre, et m'aime et me comprend.[6] »

Au plus profond de ce rêve, mais était-ce bien un rêve, je me trouvais dans les bras d'un être ni homme ni femme ou plutôt femme et homme, beau et puissant comme Hernán, sublime et doux comme Malincha.

C'était un de ces soirs où les rêves ont une âme
Cette nuit je voulus m'embraser à leur flamme,
Me grisant à leurs souffles je goûtais leurs parfums
Réanimant des sens que je croyais défunts.

Étrange et pénétrant, le songe se transforma vite en cauchemar.

Cauchemar terriblement proche d'une honteuse réalité :

L'être androgyne disparut dans un brouillard. Tirant les leçons de la mésaventure de Jean-Paul je plaçai mon Samsung en mode avion pour qu'il ne soit pas repéré et neutralisai le badge du télépéage de l'autoroute de ma voiture. Une femme venant de Lyon m'attendait au bar de l'aire d'autoroute de Lançon de Provence. Avec des airs conspirationnistes, j'entrai en négociation avec elle. En contrepartie d'une récompense de 30 000 € elle accepta d'organiser un bel accident qui me débarrasserait à la fois d'Isabelle et de ses parents, me laissant seule héritière de la maison ainsi que l'heureuse bénéficiaire du capital triplé de son assurance-vie.

Je lui précisais même :

« *Le 13 septembre vers 15 h ils rouleront tous les trois le long des quais de Saône près du restaurant Paul Bocuse à Collonges-au-Mont-d'Or, il suffira de heurter un peu leur voiture, de la pousser dans le fleuve… et plouf !* »

Et les trois personnes ainsi visées mourraient noyées, prisonnières du véhicule accidenté.

Au petit matin du 11 septembre je me réveillai en sueur, fatiguée comme si j'avais roulé toute la nuit, mal à l'aise et un peu culpabilisée de me remémorer le contenu de mes désirs secrets. Souhaiter ainsi, même inconsciemment, la mort d'Isabelle et de ses parents pour des raisons bassement matérielles était moralement indéfendable, nul être au monde ne mérite une telle fin, heureusement ce n'était qu'un rêve, mauvais !

Quoique…

Bassement matérielle et peut-être moralement indéfendable, la mise en application de mes désirs secrets serait terriblement efficace et réglerait tous mes problèmes existentiels.

VIII

Après une tasse de café noir très fort édulcorée d'une cuillerée de miel de thym, impatiente de savoir si je pouvais vraiment être fière de mon travail je me suis précipitée sur mon ordinateur pour relire les presque 25 000 mots copiés-collés ou écrits représentant la moitié de mon livre.

Emmanuelle, tu es trop forte, les dieux te transportent !

Comme un créateur de mode s'éloigne de quelques pas pour juger de l'effet de son ouvrage sur le corps de son modèle, après quelques heures de recul je voulais voir comment tout cela tombait, dans le sens couturier du terme.

C'est là que je découvris ce qui m'avait jusqu'à ce jour échappé dans l'histoire de Jean-Paul, cette information importante susceptible d'apporter un éclairage différent sur sa triste aventure.

Devinez !

Il suffisait de lire attentivement cette phrase tant de fois survolée et dédaignée qui, placée dans un autre contexte, prenait un relief très particulier :

« *Charles-Henri a disparu… Nos enfants m'ont tourné le dos, honteux de moi ils ne me prennent plus au téléphone.* »

De plus, il est à peu près certain que Martine lui a menti lorsqu'il lui posa cette question le lendemain de son réveil, je cite : «

– *Où sont les enfants et les petits-enfants ?*

Elle a eu l'air embarrassée :

– *Ils ne m'ont pas quittée, par roulement nous sommes restés à ton chevet pendant six semaines, mais ils ont été obligés de repartir provisoirement chez eux. Ils reviendront bientôt.* »

Ça puait le mensonge non ?

La femme de Jean-Paul était certaine de son innocence au point de mourir pour et avec lui, peut-être… mais les enfants ne chantaient pas la même chanson et comme la vérité sort souvent de la bouche des enfants, petits ou grands, vous devinez la suite.

Peut-être cachaient-ils un terrible secret sur la véritable nature de leur père, secret si abominable qu'ils l'avaient dissimulé à leur mère, ou pire que la mère n'avait jamais voulu l'entendre ! Vous imaginez les conséquences pour moi : viol et meurtre ordinaires, pas de bug d'univers parallèles, pas d'extraterrestre déguisé en vieillard coiffé d'une casquette à carreaux, exit le gardien du Zoo devenu mon ange gardien.

Ma vie si colorée grâce à lui me parut soudain bien grise. L'histoire prenait l'eau de toutes parts malgré mon envie que tout cela reste réel.

Restait un espoir : l'impuissance physique de Jean-Paul au moment des faits.

Espoir vite dissipé. Me plongeant dans la lecture assommante de la notice d'information de son médicament que personne ne lit jamais jusqu'au bout, je découvris à la quatrième page d'une liste d'effets secondaires longue comme un jour sans Wi-Fi la précision suivante : au début du traitement, pendant trois ou quatre jours le Décapeptyl provoque souvent une augmentation transitoire du taux de testostérone.

Question sexe, une amie sans doute gérontophile m'avait confié il y a longtemps que certains septuagénaires n'ont rien à envier aux plus jeunes, au contraire. Ils sont, disait-elle, plus caressants, patients, attentifs, rarement éjaculateurs précoces et surtout financièrement plus généreux ! Loin d'être impuissant, Jean-Paul deux jours après l'injection aurait pu être encore dans l'état priapique d'un âne en érection, et sa radiothérapie n'ayant pas commencé, sa prostate encore intacte produisait toujours le liquide séminal retrouvé sur le corps de la petite M…

Conclusion provisoire :

Rien ne s'opposait à la culpabilité de Jean-Paul, a contrario tout le désignait désormais comme le violeur et meurtrier de la gosse, Martine devenant alors complice ou victime de son mari comme l'avait suggéré Isabelle, et Charles-Henri étant un vieux taré qui me prenait pour une demeurée, faible d'esprit, une « ravie » disposée à avaler toutes les fables, ce que j'étais sans doute.

Une simple visite aux enfants m'aurait sans doute permis

d'en avoir le cœur net... mais curieusement je n'avais pas envie de savoir, pour dire vrai je regrettais ma découverte.

Après tout, je ne suis pas de la police et en droit français le décès d'un accusé éteignant la procédure d'accusation, personne ne me demandait de jouer à la justicière ou d'être plus royaliste que le roi.

Une autre phrase de Jean-Paul m'avait également interpellée, mais je vous en parlerai plus tard, chaque chose en son temps !

Ceci étant dit, Charles-Henri qui avait passé son temps à me manipuler et à me prendre pour une dinde allait m'entendre et il est à craindre pour lui que le vent de mes verbales indignations fasse basculer quelque peu sa casquette sur le côté !

J'ai doublement sauvegardé mon texte en l'envoyant par mail sur mon I Phone et en l'enregistrant sur une clé USB avant de l'effacer de l'ordinateur, il serait dommageable à mon harmonie conjugale précaire qu'Isabelle tombe dessus.

L'esprit libre, je me suis dirigée vers la maison de « Monsieur je sais tout », faux extraterrestre, gardien de Zoo autoproclamé, intellectuel à la noix, pour lui notifier le fond de ma pensée qui à ce moment, était plus noir que la doublure de sa casquette crasseuse.

IX

À mon arrivée chez Charles-Henri, j'avais des larmes de rage dans les yeux et envie de lui faire ravaler son sourire satisfait de vieux débris faisandé.

Je me faisais une joie de lui cracher au visage tout le mal que je pensais de lui, si l'on ne dit pas du mal des gens que l'on connaît, de qui va-t-on en dire ? Il était assis sur son banc, sans le saluer j'ai déclenché les hostilités :

— Charles-Henri, j'en ai gros ! J'ai relu l'histoire de Jean-Paul, sur sa fin pourquoi étiez-vous introuvable quand il avait besoin de vous pour le disculper ?

Sans prononcer un mot, se levant péniblement il s'est traîné jusqu'à sa cuisine, a rapporté deux verres emplis de ce liquide très sucré et délicieux qu'il m'avait déjà servi puis, se rasseyant, il m'a tendu un verre :

— Bois, c'est du bon, je l'ai préparé moi-même.

S'il croyait m'amadouer ainsi, il se trompait. Après avoir

quand même vidé mon verre, je lui ai reposé la même question. Une vilaine quinte de toux secoua sa vieille carcasse, l'empêchant de boire, dès qu'il eut repris une respiration normale il me répondit :

– Mon rôle sur cette terre est celui d'un simple observateur et il ne m'est pas permis d'intervenir dans les affaires des hommes sauf en leur suggérant des idées, des actions, et là j'avais déjà largement outrepassé mes droits, notamment en lui procurant un faux alibi auprès des gendarmes.

Ma tête tournait un peu, j'allais lui répondre que décidément les hommes sont décevants à tout âge quand d'un geste il a stoppé mon élan vengeur :

– Femme de peu de foi, tu doutes encore de moi. Puisqu'il me faut sans cesse te donner des preuves de ce que je suis, voici la première : les 81 pages de ton futur livre écrites hier soir comportent très exactement 25 363 mots.

J'ai vérifié sur mon portable, le texte téléchargé comportait 81 pages et 25 363 mots très exactement.

Il a poursuivi :

– Puisque l'autre jour tu m'as fait une grande théorie sur la différence entre les mots « seconde » et « deuxième », voici la deuxième authentification et non la seconde, car il y en aura une troisième. L'injection de castrateur chimique n'a pas eu lieu deux jours avant le viol de la pauvre gosse, mais dix jours avant, l'infirmière s'est trompée. Le Jean-Paul de ce monde était bien impuissant au moment des faits.

Comment pouvait-il savoir tout ça, je ne lui avais jamais parlé de cette infirmière ? Ma colère serait presque retombée s'il ne restait tout de même l'épisode terrible du reniement des enfants du couple.

— Et comment expliquez-vous que ses propres enfants lui aient tourné le dos, l'accusant ainsi par leur rejet explicite ?

Ce qu'il m'a répondu avec un petit sourire triste m'a fait l'effet d'une gifle.

— *Et last but not least,* voici la troisième preuve annoncée et pas la moindre : Jean-Paul et Martine n'ont **jamais eu d'enfants**, c'était le drame de leur vie. Ils n'avaient pour seuls héritiers que deux lointains neveux. Les humains sont de bien curieux animaux, par une singulière perversion de leur esprit, **ils jouaient à avoir eu des enfants**. Pour conjurer ce coup du sort, d'autres auraient opté pour une adoption puisqu'à leur époque de fécondité la PMA n'existait pas encore, eux jouaient à avoir eu plusieurs enfants et petits-enfants. À chaque moment heureux, j'ai entendu Jean-Paul dire « *Mes enfants vont être contents pour moi* », dans les instants difficiles, il disait « *Il ne faut pas que mes enfants le sachent, ils auraient trop de peine* ». Près de son lit d'hôpital, Martine a joué le jeu quand il a demandé où ils étaient pendant son coma en répondant : « *Ils ne m'ont pas quittée, par roulement nous sommes restés à ton chevet pendant six semaines, mais ils ont été obligés de repartir provisoirement chez eux. Ils reviendront bientôt.* » Là, je suis d'accord avec toi, sa réponse sonnait faux, mais c'était pour la bonne cause.

Ce fut la première fois depuis notre rencontre où je vis Charles-Henri vraiment ému.

« *Ils jouaient à avoir eu des enfants* ». Quelle folie était-ce là ?

Je restai sans voix, ce qui devenait une habitude. Que répondre ? Si ce qu'il disait était vrai, et ce serait facile de le savoir, il ne me resterait plus qu'à m'excuser, mais c'était le dernier de mes soucis.

Ce qu'il venait de dire étant sûrement l'expression de la vérité, une compassion immense pour Jean-Paul et Martine, que je n'avais pourtant jamais connus, m'envahit. Comment pourrais-je exprimer ce que je ressentais à ce moment ? Certains se seraient sûrement moqués d'eux ! Pas moi. Quelle détresse avait dû tourmenter et déchirer ces gens pour qu'ils en arrivent à **faire semblant d'avoir des enfants** ?

Par-delà le temps et les circonstances terribles de leur disparition, j'aurais aimé les serrer dans mes bras, je les comprenais, pour moi aussi le manque d'enfant représentait un tourment plus grand que je ne voulais bien le reconnaître.

Un enfant que j'aurais porté, même au prix de la déformation de mon beau corps, ce petit être qui serait un peu moi. Je le verrais grandir, au soir de ma vie il prendrait soin d'adoucir les conséquences de ma vieillesse et représenterait au jour de ma mort la seule vie éternelle qui m'importait, la perpétuation de mon souvenir dans la mémoire de ceux que j'aime et la certitude que mon existence n'aurait pas été vaine. Ce petit bout d'humain malheureusement ne viendrait sans doute jamais au monde, et tout cela à cause d'Isabelle qui ne voulait pas entendre parler de PMA ou d'adoption, refusait enfant, chat ou chien par besoin de liberté, comme si l'on pouvait mettre enfant, chat ou chien sur le même plan ; cette Isabelle que maintenant je haïssais, dont je rêvais la mort et qui ne connaissait rien au sens du mot « liberté ».

« Sur l'absence sans désir
Sur la solitude nue
Sur les marches de la mort
J'écris ton nom […] Liberté.[7] »

Les larmes coulaient de mes yeux, de gros sanglots secouèrent ma poitrine.

Après quelques minutes de tristesse infinie, je relevai la tête, prête à affronter le regard sans doute méprisant et narquois de Charles-Henri.

Et là…

Vous ne croirez jamais à ce que j'ai vu.

Vous ne me croirez jamais puisque ce que j'ai vu ne peut pas exister. C'est impossible, physiquement impossible, absolument impossible, tous les gens équilibrés et rationnels vous le diront !

Pourtant je l'ai vu…

X

Sur le vieux banc en pierre posé sous la tonnelle, à la place où se tenait d'habitude Charles-Henri, un être différent était assis et me regardait, les yeux remplis de larmes.

La langue française me parut à ce moment trop pauvre pour caractériser le troisième genre auquel il semblait appartenir. Ce n'était plus un rêve : parfait, androgyne et troublant, ni « il » ni « elle » ou plutôt à la fois « il » et « elle », beau et puissant il était Hernán, gracieuse et sexy elle était Malincha. Cette créature d'un autre monde, de laquelle émanait une douce lumière, étrangement humaine toutefois, était assise sur le banc et me regardait tendrement.

Par un réflexe dû à mon inclination sexuelle, j'ai opté pour le « elle ». Je n'avais pas besoin de parler, elle lisait en moi et partageait ma détresse. Elle s'est levée, une grande douceur se dégageait d'elle, en sanglotant je me mis en lieu sûr contre sa poitrine, entre ses bras câlins.

À ce moment, j'ai su que je n'aimerai plus jamais une autre qu'elle, bien que cet amour soit impossible. J'aimais tout d'elle : son odeur, sa voix, sa peau, sa sérénité, l'impression de sécurité qu'elle me procurait, près d'elle aucun mal ne pourrait jamais m'atteindre, croyais-je.

Cent cinquante ans plus tôt, Verlaine avait sûrement écrit pour elle ces vers entr'aperçus dans mon cauchemar :

« […] Une créature inconnue, et que j'aime, et qui m'aime,
Et qui n'est, chaque fois, ni tout à fait la même
Ni tout à fait une autre, et m'aime et me comprend. »

Tristement, elle a prononcé un seul mot :

— Hélas !

Pourquoi paraissait-elle si malheureuse en prononçant ce mot ?

« Hélas ! j'aurais passé près d'elle inaperçue,
Toujours à ses côtés, et toujours solitaire,
Et j'aurai jusqu'au bout fait mon temps sur la terre,
N'osant rien demander et n'ayant rien reçu.[8] »

Erreur énorme, le cadeau que je reçus combla mes plus folles espérances.

Ce qu'elle chuchota tendrement à mon oreille faillit me tuer, tant mon cœur se mit à taper rapidement et fort :

— Console-toi, l'enfant qui te manque tant et que tu pleures est déjà en toi. Tu ne le sais pas encore ; mais tu es enceinte !

XI

L'humain est ainsi fait : « *[…] quand il croit serrer son bonheur il le broie.*[9] »

Je n'osais croire à ce que mes oreilles venaient d'entendre, mais il aurait été déraisonnable de douter encore.

Infiniment heureuse de cette nouvelle extraordinaire, l'instant d'après une pensée mauvaise vint gâcher mon bonheur : dès qu'Isabelle, mon épouse et proxénète conjugale, se rendrait compte de la situation, elle me mettrait à la porte sans hésiter pour toutes les raisons que vous connaissez.

Pardonnez-moi de répéter une nouvelle fois ce que Pascal écrivait : « *l'homme est infiniment malheureux, égaré par les puissances trompeuses de l'imagination, il poursuit des plaisirs qu'il imagine délicieux, mais dès qu'il les a en sa possession il ne trouve plus en eux que dégoût et ennui.* »

Décidément, Pascal ne comprenait rien aux femmes. Le

mâle fonctionne peut-être ainsi, mais pas moi.

La joie d'apprendre que je portais un enfant, divine surprise, conséquence enchantée et inattendue des plaisirs délicieux d'un jour ne m'inspirait ni dégoût ni ennui, mais une envie farouche de me battre comme une louve pour le défendre, j'étais prête à tuer toute personne qui se mettrait en travers de ma route, fut-ce qui vous savez, et surtout elle !

Je demandai :

— Je suis enceinte ? Vous en êtes certaine ?

— Oui, c'est le fruit de ton après-midi de débauche avec… les Suisses, puisque tu m'appelles ainsi, ayant cru jusqu'à ce jour que tes amants de passage n'étaient que cela.

Elle me confirmait ce que j'avais déjà compris, elle était tout à la fois Charles-Henri, Hernán et Malincha.

Je craignis un instant être devenue folle puis sa lumière éclaira mon petit cerveau obscur. Soudain, moi l'agnostique je saisissais par la pensée et appréhendais clairement l'origine du dogme chrétien de la Trinité :

— Avant moi dans l'histoire humaine des hommes et des femmes rencontrèrent d'autres « gardiens du Zoo ». Ces hommes et ces femmes ne trouvèrent que les mots et le concept de « *Trinité : trois personnes égales en un être unique, participant d'une même essence et pourtant fondamentalement distinctes* » pour exprimer leur sidération et décrire celui ou ceux qui leur procurèrent toutes les émotions indicibles dues aux merveilles auxquelles ils se retrouvèrent exposés.

C'est ce que je crus à ce moment.

L'expression plus simple et sans équivoque « fruit de ton

après-midi de débauche » me ravissait, le fruit de mes entrailles, aussi précieux que celui de Marie, ne serait peut-être pas béni, mais pour moi il allait être sacré, je l'aimais déjà.

« *Mon bel amour mon cher amour ma déchirure*
Je te porte dans moi comme un oiseau blessé
Et ceux-là sans savoir nous regardent passer
Répétant après moi les mots que j'ai tressés
Et qui pour tes grands yeux tout aussitôt moururent[10] »

Charles-Henri, puisqu'il faut nommer la créature ainsi, parut inquiet.

— Je prends un grand risque à te dévoiler ma véritable nature, les temps ont changé la punition pourrait être terrible, maintenant il faut que tu partes vite, tu es en danger. Ne reviens que dans trois jours et souviens-toi que j'ai besoin d'urgence de me régénérer dans ton petit mas en pierres.

En partant, terriblement secouée par ce que je venais de voir et d'entendre, j'avais vraiment l'impression d'être moi aussi comme la femme inconnue de Verlaine : « *ni tout à fait une autre, ni tout à fait la même…* »

Pas tout à fait la même, mais prête à tout ! Je suis sûre que vous me comprenez !

Quatrième partie : Vendredi 13

Ne soyez pas superstitieux, la superstition porte malheur.

I

Je me suis précipitée à la maison. En montant les escaliers de la terrasse extérieure deux par deux, et non, quatre à quatre comme le prétend le dicton (mission impossible, à moins d'être un géant), le sang cognait dans mes oreilles, une urgence absolue m'aiguillonnait : il me fallait noter exactement les moindres détails du moment extraordinaire que je venais de vivre.

Assise devant mon ordinateur, je glissai la clé USB sur le côté, ouvrai le dossier et me croyant seule au monde je commençai à taper la narration de ce qui venait de se passer.

Après quelques minutes, la sensation désagréable d'être espionnée fit frissonner mes épaules.

Isabelle était entrée en catimini et lisait par-dessus mon épaule.

Par réflexe, je fermai immédiatement la page en me

justifiant d'un ton que j'essayai de rendre aimable et léger :

— Il est défendu de lire avant que le texte ne soit définitif.

— Je comprends, moi aussi j'ai horreur que l'on regarde mes toiles avant le coup de pinceau final. Je voulais te demander : qu'as-tu envie de manger à midi ?

Le ton mielleux m'alerta. Je tournai la tête pour la regarder en face :

— Ce que tu veux, je n'ai pas faim.

— Tu as encore fumé ou sniffé, tes pupilles sont dilatées ?

— Non, je suis clean ce matin.

— Il faut te forcer pour manger sinon tu vas être malade. Je vais te faire cuire un bon pavé de saumon sauvage au fenouil. Au fait, maman a appelé, papa ne va pas très bien, elle aimerait que j'aille passer quelques jours chez eux, tu n'y vois pas d'inconvénient ?

Si je n'y voyais pas d'inconvénient ? Rien ne pouvait me faire plus plaisir que de me retrouver seule en ce moment. Comme elle ne m'avait pas demandé de l'accompagner, perverse, je lui proposai en connaissant déjà la réponse :

— Tu veux que je vienne avec toi ?

— Non, je préfère que tu gardes la maison et tu dois avancer l'écriture de ton roman puisque l'inspiration te visite comme tu aimes à le dire.

— Tu pars quand ?

— Demain matin. Je passerai le week-end à Lyon et serai de retour lundi dans l'après-midi.

Demain nous serons le jeudi 12 septembre 2019 et vendredi

sera un vendredi 13, jour de chance pour certains, jour de catastrophe pour d'autres !

Moi je ne suis pas superstitieuse, ça porte malheur, eh ! eh !

Charles-Henri m'avait mis en garde contre moi-même et maintenant je ne pouvais plus douter de lui :

– Toute personne qui me touche voit se réaliser son fantasme le plus cher s'il le désire vraiment… et cela se fait sans qu'il le sache ni puisse s'y opposer.

Et je l'avais touché !

Mon cauchemar de la nuit dernière incarnait parfaitement ce qu'était mon fantasme le plus cher, alors celui-ci allait-il se réaliser sans que je puisse m'y opposer ? En tout cas, les circonstances adéquates semblaient se mettre en place d'elles-mêmes.

Il fallait absolument que je prenne des précautions, souvenez-vous, après m'avoir demandé si je m'étais bien éclatée avec les Suisses il avait dit : «

– *Maintenant, méfiance, ne fais pas de conneries, il faudra la jouer fine.*

– *La jouer fine ?*

– *Oui, sois plus intelligente que Jean-Paul.* »

Une vie merveilleuse pour moi se profilait à l'horizon alors je n'avais nulle envie de finir comme le pauvre Jean-Paul !

En évoquant ses diverses personnalités, une interrogation me revint, je recherchai sur Google si les prénoms de Malincha et Hernán étaient connus. Un seul couple dans l'histoire porta ces prénoms : Hernán Cortès le conquistador espagnol qui s'appropria l'empire aztèque grâce en partie à une femme indienne qui joua un rôle déterminant auprès de lui en tant qu'interprète, conseillère et intermédiaire. Cette femme était surnommée « la Malinche » ou Malincha, ce qui signifie : celle qui a adopté une vie influencée par une culture étrangère. Charles-Henri dont la vie naviguait sans cesse entre deux civilisations si différentes avait le sens de la dérision dans le choix de ses prénoms d'emprunt, moment de culture inutile comme souvent, mais je me coucherai ce soir moins bête qu'à mon lever.

Refermant mon ordinateur, attirée par la bonne odeur de saumon et de fenouil grillé flottant dans l'air, oyant et suivant le bruit aguicheur du bouchon sautant d'un goulot j'ai atterri en cuisine où Isabelle m'attendait tout sourire dehors.

Vous allez me trouver parano, mais ce sourire m'inquiétait. Maman disait souvent : « *Sourire de traître. La bouche dit oui, le regard dit peut-être !* »

Que pouvait-elle bien me mijoter, outre le saumon ?

II

Elle est partie le lendemain à sept heures du matin en me jurant un amour indéfectible après m'avoir embrassée chaleureusement.

« *Tu vas me manquer* », a-t-elle dit en levant la vitre de sa voiture, « *et pour une fois, n'abuse pas de tes substances récréatives* ».

Je ne savais plus quoi penser, une petite culpabilité commençait même à se faire jour dans mon esprit, je me considérais vraiment comme une mauvaise personne pour avoir rêvé son affreuse noyade, rêve qui la condamnait peut-être à mort d'après les avertissements de Charles-Henri.

Mea maxima culpa, c'est ma très grande faute. On n'est peut-être pas responsable de ses cauchemars, mais j'aurais pu l'empêcher de partir. *Alea jacta est,* le sort en est jeté, laissons le destin faire son œuvre et puisque le destin n'existe pas laissons Isabelle décider elle-même de son avenir.

La journée promettait d'être délicieuse, elle le fut. Le matin, j'ai écrit en écoutant Brassens et Cesária Évora, vieilles réminiscences musicales évoquant mon père. La musique est un véhicule émotionnel extraordinaire et celle-ci, *en peuplant ma solitude des fantômes du souvenir*, me rappelait les jours heureux où ma famille était réunie.

Arrivée sans encombre à Lyon, Isabelle m'appela vers midi puis, contrairement à son habitude, me passa ses parents qui me saluèrent, ce qui m'étonna. Je savais être pour eux la pécheresse qui avait mené leur fille sur le chemin de la perdition.

Aux infos télévisées de treize heures, Jean-Pierre Pernaut annonça le suicide d'un grand chirurgien neurologiste de l'hôpital de la Timone à Marseille, le professeur S. Il s'était jeté par la fenêtre du cinquième étage, le commentateur dépêché sur les lieux révéla que ce suicide était le quatrième en deux mois dans ce service de neurologie. Une infirmière prénommée Suzette et deux aides-soignantes, Solange et Christelle, s'étaient déjà donné la mort, horrible expression. Une enquête était en cours, mais on évoquait et accusait les conditions de travail inhumaines pour les soignants.

Le service de neurologie de l'hôpital de la Timone était celui où Jean-Paul avait été opéré par ce même professeur S. et Suzette, Solange et Christelle étaient les gentilles filles qui s'étaient occupées de lui pendant et après son coma.

Simple coïncidence, tentai-je de me rassurer !

L'après-midi près de la piscine mon corps nu se gorgea de soleil comme un fruit, mais sans excès, il me fallait maintenant penser au bébé qui grandissait en moi.

Le soir, je relus mes dernières pages, corrigeai quelques tournures de mon livre qui ne me plaisaient pas puis fidèle à mon rituel, après avoir bu un coca sans sucre et fumé un peu d'herbe je me couchai tôt, c'est-à-dire un peu avant minuit et m'endormis immédiatement.

III

Une détonation sourde me fit sursauter, puis le carillon du vidéophone retentit avec une force décuplée dans le silence de la nuit. Mon cœur s'emballa ; réveillée en plein sommeil, je ne savais plus si l'on était le matin ou le soir, le réveil indiquait une heure et demie du matin.

Vêtue seulement d'un tee-shirt, je me précipitai vers le haut-parleur du vidéophone. La voix familière de Charles-Henri me cria :

— Ouvre-moi, vite !

J'actionnai l'ouverture électrique du portail, passai un jean, chaussai des tongs et sortis précipitamment.

C'était une nuit sans lune, l'éclairage public étant encore hors service comme souvent, il faisait très noir ce qui explique que j'ai buté contre le corps allongé au pied du mur à *l'intérieur* de la propriété.

Charles-Henri m'a retenu par le bras, évitant ma chute :

— Ce salopard était venu pour te tuer, mais heureusement je veillais et j'ai tiré au moment où il sautait par-dessus le mur.

Il a retourné le cadavre, celui d'un homme cagoulé, et m'a montré un couteau qui me parut énorme.

— Sans moi, il t'aurait ouvert le ventre et égorgée après t'avoir violée. Tu aurais pu crier des heures, tes voisins sont trop loin pour entendre.

Je me mis à trembler.

— Aide-moi, on va le cacher provisoirement dans ton mazet, après on avisera.

Malgré ma répulsion, il me fallut attraper l'une des jambes du mort et nous l'avons tiré jusqu'à l'intérieur du petit bâtiment.

Arrivés-là, mon amour impossible revenu sous l'aspect de mon vieux copain prit pitié de moi.

— Retourne dans la maison, va boire quelque chose et prépare-moi un café serré. Moi je vais le fouiller et en profiter pour me régénérer.

Pour tenir le coup, j'ai sniffé un peu. Vingt minutes plus tard, il vint me rejoindre, il semblait plus grand et plus fort. Il tenait un téléphone portable à la main :

— C'est celui du salopard. Heureusement, j'ai ressenti un danger imminent pour toi alors je me suis embusqué pour veiller sur ta vie. Maintenant, sers-moi un café s'il te plaît.

— Bien sûr, excusez-moi. Mais pourquoi ce gars-là voulait-il me tuer et comment savait-il que j'étais seule à la maison…

Un horrible soupçon traversa mon esprit.

Manifestement le doute était partagé :

— Tu penses la même chose que moi ? La lecture des SMS de ce téléphone est édifiante. Ton épouse pensait réaliser le crime parfait : un cambriolage qui tourne mal alors qu'elle se trouve à cinq cents kilomètres en compagnie de ses parents, grands bourgeois respectables, rien à redire. Éplorée, elle aurait trouvé ton corps en rentrant *at home* lundi, affaire classée.

— Je n'arrive pas à croire qu'elle ait pu souhaiter et organiser ma mort.

— Peux-tu me montrer la chambre d'amis qui donne sur l'arrière de ta maison ?

Les volets de la porte-fenêtre arrière poussés, mais non fermés par l'espagnolette, la porte-fenêtre elle-même non verrouillée et l'alarme de la chambre déconnectée, l'enfoiré chargé du contrat n'aurait eu qu'à actionner la poignée pour s'introduire dans la maison et m'agresser dans mon sommeil... Après avoir fait son coup, j'imagine qu'il aurait cassé le volet et la porte-fenêtre pour simuler une effraction.

Charles-Henri me lut les SMS échangés entre mon agresseur et mon épouse, cette lecture fut très instructive. Ébahie, je découvris l'étendue de la duplicité d'Isabelle et son acharnement à se débarrasser de moi sans toutefois discerner clairement ses raisons profondes. Était-elle motivée par une jalousie féroce ? Avait-elle découvert mon après-midi torride avec le couple suisse ? Connaissait-elle mon tout début de grossesse ? Dans ce cas pourquoi ne se serait-elle pas contentée de me chasser ?

Charles-Henri semblait avoir la réponse :

— Tu raisonnes comme une simple maîtresse, mais tu es mariée légalement et en vertu de ton statut de femme mariée tu bénéficies de droits et de protection. Ne crois pas que l'on peut répudier facilement une épouse de nos jours, défendue par un bon avocat la procédure aurait sans doute été fort coûteuse, très longue et comme elle était pressée…

— Elle était pressée ?

— Tu apprendras bientôt pourquoi. Bon assez parlé, soyons efficaces.

Il prit la direction des opérations. Tout d'abord il utilisa le portable de l'agresseur pour confirmer ma mort en transmettant « OK » par un SMS expédié à la commanditaire qui allait ainsi passer un merveilleux week-end, appela un ami à lui, puis me voyant toujours terrorisée me demanda si je souhaitais qu'il passe la nuit avec moi, ce que j'acceptais avec reconnaissance.

— Un second meurtrier rôde peut-être encore autour de la maison, ai-je dit.

— Non, il n'y en avait qu'un, ta femme est trop intelligente pour multiplier les risques de fuite et sans mon intervention un seul suffisait pour t'égorger proprement. Demain aux premières lueurs de l'aube quelqu'un viendra chercher le corps de l'enfoiré et tu n'en entendras jamais plus parler.

Je me suis blottie entre ses bras de vieillard en imaginant la vraie créature qui se cachait sous ses oripeaux :

— Vous nous avez sauvé la vie, merci.

— « Nous » ?

— Moi et le bébé.

— C'est vrai. J'ai sauvé vos vies, mais je vais le payer cher. Il m'est interdit d'intervenir dans les affaires des hommes, mais sachant ce qui allait se passer comment aurais-je pu te laisser massacrer sans rien faire ? Peut-être suis-je en train de devenir trop humain, il est temps que je rentre chez moi, je ne fais que des bêtises. Maintenant, va te recoucher, moi je dormirai sur le canapé du salon pour veiller sur toi.

J'eus beau le supplier de reprendre sa belle apparence et de dormir tout contre moi, il refusa tout net :

— J'ai assez fait de bêtises pour aujourd'hui ! À force de revêtir cet habit humain, je deviens aussi stupide que cette race terrienne archaïque.

IV

Il avait fait bien des bêtises, disait-il, ce qui ne l'empêcha pas de continuer à en faire. Mon père disait souvent « *Je suis revenu de beaucoup de choses ce qui ne m'empêche pas d'y retourner* », suivant son conseil, j'ai couru dans ma chambre pour me faire un petit rail de coke, le second en une heure.

À mon retour, au moment où il répétait « *J'ai assez fait de bêtises pour aujourd'hui…* »

Mais pourquoi le dire ? Vous ne croirez jamais à ce qui se passa ensuite !

Vous ne me croirez jamais puisque ce qui se passa ne peut pas se passer. C'est impossible, physiquement impossible, absolument impossible, tous les gens équilibrés et rationnels vous le diront !

Au moment où il répétait « *J'ai assez fait de bêtises pour aujourd'hui, à force de revêtir cet habit humain, je deviens aussi stupide que cette race terrienne archaïque.* », il ajouta « *mais j'en ai trop envie, la condition humaine a tout de même certains bons côtés, il faut bien que je m'éclate un peu, j'ai trop envie de toi* ».

Le vieillard tordu et laid disparut à mes yeux… et soudain Malincha et Hernán furent là !

Charles-Henri était bien une Trinité, être unique en trois personnes égales, participant d'une même essence et pourtant fondamentalement distinctes. Mouche sur sa main depuis le premier jour, dépassée par la situation, j'avais le choix entre devenir folle ou profiter de la situation.

L'heure n'était plus à « *Carpe Diem*, cueillir le jour », mais il était temps de « récolter la nuit ».

Belle lectrice, séduisant lecteur, vous avez bien sûr déjà fait l'amour avec un ou une bien-aimé(e), je ne parle pas d'une simple fornication, mais d'une vraie communion physique et mentale avec celui ou celle qu'on aime. Vous avez alors tout comme moi ressenti cette émotion si particulière, cette impression incroyable d'immortalité, d'éternité, de transcendance, d'oubli de notre condition animale, d'accession au statut de divinité.

Heureuse au-delà des mots, dans ses, ou plutôt devrais-je dire, dans leurs bras, je fus pour un temps, immortelle, éternelle, divine, je fus eux, ils furent moi, je redécouvris la vraie signification du mot amour que notre génération emploie si souvent et vit si mal.

Les mathématiciens ont inventé la formule « au carré » pour exprimer le fait qu'un chiffre se multiplie par lui-même. Par rapport à tout ce que j'avais ressenti à ce jour, ce que je vécus cette nuit-là ne pouvait pas s'exprimer par « au carré », mais « au cube » puisque nous étions trois.

Mes orgasmes ne furent pas uniquement physiques, mon esprit lui aussi se trouva en état de jouissance intellectuelle, après la transe vint la sapience (sagesse, intelligence).

Bercée par deux voix qui me parlèrent des mystères de mondes auxquels je ne compris rien, je m'endormis, fatiguée, mais heureuse d'avoir été câlinée, caressée par quatre mains, embrassée par deux bouches, pénétrée par un adorable sexe d'homme qui m'avait fait crier.

Charles-Henri sous son aspect vieillard me réveilla à six heures moins cinq.

— Je vais partir, fais bien attention à toi. Provisoirement tu ne risques plus rien, mais ta journée sera pleine d'imprévus. Œil pour œil, dent pour dent…

V

À six heures, deux hommes rentrèrent une camionnette noire aux vitres teintées jusqu'à la porte du petit mas en pierres, chargèrent discrètement le cadavre puis sans un mot saisirent chacun Charles-Henri sous un bras et l'entraînèrent avec eux, le tout en moins de cinq minutes. Il n'eut que le temps de me crier : « *derrière le volet* ».

Encore mal réveillée, ses dernières recommandations sonnaient toujours dans mes oreilles : « *Provisoirement tu ne risques plus rien, mais demain ta journée sera pleine d'imprévus. Œil pour œil, dent pour dent…* »

Pourquoi citait-il la loi du talion qui contrairement à ce que l'on pense était à l'époque de sa mise en place une avancée considérable pour les droits de l'homme ? À partir de sa promulgation sous Hammurabi, roi babylonien ayant vécu dix-sept siècles avant Jésus-Christ, la vengeance aveugle n'était plus permise et la réparation d'un dommage subi devait être proportionnée à la gravité du préjudice : terminées les vendettas meurtrières pour laver le moindre affront, pas plus d'un œil pour la perte d'un œil, d'une dent pour la perte d'une dent.

N'étant pas personnellement soumise à cette loi, un œil ou d'une dent d'Isabelle ne suffirait pas à me venger. Il ne s'agissait d'ailleurs pas de vengeance, si mon gardien de Zoo avait dit vrai sur les conséquences du fait que je l'aie touché, la riposte qui flottait au-dessus de la tête de ma femme telle une épée de Damoclès virtuelle serait totalement disproportionnée et réglerait une fois pour toutes l'ensemble de mes problèmes.

Si quelque chose devait se passer, ce serait aujourd'hui à quinze heures, en conséquence je crus plus prudent d'assurer mes arrières en invitant mes voisins à déjeuner, un solide alibi peut toujours servir.

VI

Le repas fut agréable, j'adorais René et Jeanine. Une petite angoisse me fit frissonner quand ils demandèrent :

— Vous avez entendu la détonation la nuit dernière ?

— Non, je n'ai rien entendu.

— Sans doute, le moteur d'une moto mal réglé ou des gosses qui balançaient des pétards ; avec tous ces nouveaux lotissements, on est moins tranquilles qu'avant.

Repas, dessert, café, digestif, gnole, tour de la propriété, photos de vacances je les gardai avec moi le plus longtemps possible et proposai à la nuit tombante de finir les restes.

Vers 23 h, un peu chauds, ils se préparaient « à prendre du souci » - vieille expression lyonnaise qui signifie : s'en aller ; prendre congé - pour rentrer chez eux quand la voiture bleue marquée « Gendarmerie » se gara devant mon portail, gyrophare allumé.

Deux gendarmes tristes, mines de circonstances,

m'apprirent que leurs collègues lyonnais venaient de les prévenir. La voiture d'Isabelle avait quitté la route pour une raison indéterminée et avait plongé dans la Saône près du restaurant « Paul Bocuse » à Collonges-au-Mont-d'Or. Les passagers, prisonniers de la voiture étaient morts noyés.

Bien entendu, je fondis en larmes et demandai entre deux sanglots :

— À quelle heure cela s'est-il passé ?

— Vers 15 h.

— Mon dieu, et les trois occupants de la voiture sont morts ?

— Pourquoi dites-vous trois.

— Isabelle ma femme, et ses parents…

— Ils étaient quatre, il y avait également dans le véhicule une jeune femme domiciliée à Saint-Paul-de-Vence.

Je n'avais maintenant plus aucun regret ni doute, Isabelle avait dignement fêté mon assassinat avec ma future remplaçante et ses parents, malchanceuses victimes collatérales. Je comprenais maintenant pourquoi elle était pressée de me voir disparaître, ma mort donc sa liberté méritait bien quelques agapes chez Paul Bocuse…

En guise de champagne, pour arroser dignement leur méchanceté Isabelle et la petite truie avaient trinqué avec l'eau froide et boueuse de la Saône.

Requiescat in pace. Reposez en paix.

Se posait maintenant pour moi cette question : étais-je responsable sans le vouloir de ce quadruple… je ne savais comment le qualifier : décès, accident, meurtre ou fallait-il voir là l'intervention de Charles-Henri qui m'avait dit il y a peu : « *Dans quelques jours, tu apprendras une mauvaise nouvelle qui te réjouira.* »

VII

Isabelle et ses parents furent inhumés dans leur chic caveau de famille du 6e arrondissement à l'issue d'une très belle messe célébrée par le cardinal lui-même en la basilique de Fourvière pleine à craquer.

Son Éminence, sortant d'une retraite librement consentie consécutive à sa condamnation (contre laquelle il avait « interjeté appel » comme disent les avocats) pour avoir couvert des prêtres pédophiles, braves gens affectueux souvent d'humeur caressante avec les petits enfants de chœur, prononça une très émouvante homélie à la gloire de mes chers et riches disparus, notables lyonnais parés désormais pour l'éternité de toutes les qualités possibles et imaginables.

Je me retenais pour ne pas rire. Les personnes assistant à la cérémonie, en général farouches opposantes au « mariage pour tous » et adhérentes de la première heure à « la Manif pour tous » me jetaient des regards furieux, particulièrement les femmes.

Pour certains et surtout certaines cathos, les homos sont une abomination, mais on pouvait lire dans les yeux des hommes que j'étais une belle et désirable abomination, le noir sied particulièrement aux blondes et le fantasme de la jeune veuve à consoler fait toujours recette. Plus d'un sans doute aurait aimé me rendre visite pour prendre en main mon avenir immédiat... Quel homme n'a pas rêvé de convertir une homo à des plaisirs plus conventionnels et lui faire regagner le troupeau des soumises aux mâles grâce à sa petite baguette qu'il croit, à tort, grosse et magique ?

Je pris la parole pour un dernier hommage hypocrite débité avec les sanglots réglementaires dans la voix.

Je m'amusais de plus en plus en pensant à la destinée de celle qui voulut me tuer pour me remplacer par une plus jeune que moi et ne réussit qu'à me faire riche. Espérons que le corps de la petite truie de Saint-Paul-de-Vence trouvera une digne sépulture près de ses semblables porcins et souhaitons que ceux-ci me pardonnent de les avoir comparés à elle ce qui n'est pas un compliment pour eux.

Je suis dure avec elle ? Vous trouvez ? Les homos sont doublement jaloux, alors les bi...

VIII

À mon retour dans le Sud, Charles-Henri resta introuvable.
Un mois plus tard, soit le 18 octobre je reçus :

- un chèque de 750 000 € de la compagnie d'assurances ;
- une nouvelle stupéfiante de mon notaire.

… et la visite des gendarmes.

IX

Recevoir le chèque de 750 000 € n'était pas une surprise, les compagnies d'assurances respectent généralement les termes de leurs contrats : le nôtre prévoyait effectivement le versement d'un capital de 250 000 € triplé en cas de décès dû à un accident de circulation.

En revanche, peu avant midi, le notaire m'apprit une nouvelle stupéfiante après les condoléances rituelles :

Les parents d'Isabelle étaient décédés sans autre héritier que leur fille. Leur unique héritière étant elle-même disparue, son épouse officielle, Moi, devenait par ricochet propriétaire de l'ensemble des biens de sa famille.

Je lui fis répéter, ce qu'il fit avec empressement :

— Félicitations, vous héritez de la totalité des biens de la famille de votre épouse, outre l'entière propriété de votre maison bien sûr.

Ce qui représentait, une fois déduits les droits de succession, une fortune considérable. Alléluia !

Je reposai mon téléphone, encore émerveillée de ce que je venais d'apprendre. Quelques semaines plus tôt, j'étais un petit oiseau sur sa branche, un agneau destiné à la boucherie, et aujourd'hui je me retrouvais dans la peau d'une riche et jeune veuve respectable, enceinte des œuvres de Hernán assisté de sa Malincha, ce qui l'est moins. Le vendredi 13 me réussissait assez bien.

Et toute cette réussite était due à Charles-Henri que j'aurais aimé avoir près de moi.

Je n'avais pas encore vu l'envers du décor.

C'est le moment que choisirent les gendarmes pour faire une arrivée très remarquée devant mon portail.

Je les accueillis dans le salon.

Le premier qui se prénommait Marcel aurait bien accepté mon invitation à boire un petit apéritif, mais l'autre, grand gaillard galonné à l'air sévère, d'une voix sonore demanda, sans décliner les salutations préliminaires d'usage et sans sommations :

— Où étiez-vous dans la nuit du 10 au 11 septembre ?

X

Avec un grand sourire, je lui répondis :

– Dans la nuit du 10 au 11 septembre, j'étais certainement chez moi comme tous les soirs, étant écrivaine j'écris toutes les nuits, pourquoi ?

– La police lyonnaise a actuellement en garde à vue dans ses locaux une suspecte qui aurait percuté et poussé la voiture de votre… épouse dans la Saône.

Le mot « épouse » semblait lui déchirer la gorge.

– Et … ?

– Et elle prétend que vous l'avez payée pour le faire ! Vous lui auriez promis 30 000 € au terme d'une rencontre qui aurait eu lieu dans cette nuit du 10 au 11.

– Je lui aurais parlé par téléphone ?

– Non, elle dit vous avoir rencontrée sur l'aire d'autoroute de Lançon de Provence.

– Comment l'aurais-je fait n'ayant pas bougé de chez

moi ? J'imagine que vous avez déjà vérifié les déplacements de mon téléphone portable et analysé chez Vinci les passages enregistrés par mon badge de télépéage.

— Bien sûr, justement comment expliquez-vous que votre portable ait été placé en mode avion une grande partie de cette nuit-là ?

— Je ne veux pas être dérangée lorsque j'écris.

— Donc si je comprends bien vous n'étiez pas à Lançon de Provence cette nuit-là.

— Non.

— La suspecte prétend pourtant vous y avoir rencontrée.

J'avais déjà une réponse toute prête, extraite de mes réflexions sur les mésaventures de Jean-Paul.

— Deux questions se posent donc : étais-je à Lançon ou n'y étais-je pas ? D'après votre suspecte, j'y étais et selon moi je n'y étais pas. Une conclusion s'impose : **j'y étais... et n'y étais pas !** Situation incompréhensible, non ? Shakespeare lui-même en aurait perdu son anglais. *To be or not to be* se serait donc transformé en *To be and not to be,* Être et ne pas être… à Lançon, *that is the question* ? Sauf à imaginer que deux univers parallèles se seraient croisés ce soir-là j'ai bien peur de ne pas pouvoir vous dire grand-chose de plus.

Qu'est-ce que je me marre ! L'ubiquité, même non intentionnelle, a tout de même de bons côtés.

— Inutile d'essayer de nous embrouiller, le problème est simple : à qui profite le crime ? Vous comprendrez que vous puissiez être dans notre collimateur, la mort accidentelle de votre femme et celle de ses parents font de vous une héritière richissime.

— Mon notaire vient de me l'apprendre. Maintenant s'il vous faut une preuve absolue de ce que j'avance je veux bien vous confier l'ordinateur sur lequel j'ai écrit toute la nuit, vous pourrez vérifier les dates et heures de saisie. Sauf à imaginer que je conduis en écrivant, vous devriez être convaincus de ma bonne foi.

« Sauf à imaginer », j'aime trop cette tournure littéraire alors pardonnez-moi de l'avoir placée deux fois de suite.

— Ce ne sera pas nécessaire. Excusez-moi de vous avoir poussée dans vos retranchements, mais j'essaie de bien faire mon métier.

— Ne vous excusez pas, mais maintenant que tout est clair vous me vexeriez de refuser : soda, jus de fruits, bière ou pastis ?

Après le troisième Ricard le gendarme Marcel, larme à l'œil, avoua son émotion d'être revenu dans la maison de son ancien ami Jean-Paul.

Je l'invitai à revenir pèleriner en ce lieu quand il voudrait, ce qui rendit jaloux son collègue, me sembla-t-il.

Je leur glissai dans l'oreille que les affaires de mes regrettés beaux-parents n'étant sans doute pas si clean qu'elles y paraissaient, il conviendrait peut-être de diligenter leurs investigations en direction du « milieu lyonnais » qui aurait bien pu vouloir se débarrasser d'eux et lancer la police sur une mauvaise piste en se défaussant sur moi, coupable idéale, de leur méchante action. (fichtre, quelle phrase !)

— C'est bien ce que je pensais, me dit le Galonné, mais il est tout de même bien curieux que vous ne soyez pas plus étonnée que ça d'apprendre que votre épouse ait pu être assassinée !

Il avait raison, je suis vraiment une grosse courge d'avoir si mal joué la surprise, il faudra que je me méfie de ce gars-là. Il est loin d'être bête et va sûrement poursuivre ses investigations. Je ne sais pas d'ailleurs où ses recherches le mèneraient, moi-même, je ne comprends rien à ce qui se passe.

Ils reçurent un appel qui hâta leur départ, une infirmière du canton venait de se suicider, laissant derrière elle un mari éploré et deux enfants en bas âge. Marcel insista pour me faire « péter la bise », son collègue, plus réservé, se contenta de me serrer la main avec ce qu'il me sembla être un soupçon de retenue.

Le lendemain 19 octobre, au petit *Casino* j'appris que l'infirmière suicidée par auto inoculation de chlorure de potassium était celle qui avait injecté le Décapeptyl à Jean-Paul.

Ce qui commençait à faire beaucoup de coïncidences, non ?

XI

Bien que n'ayant jamais rencontré Jean-Paul, l'épidémie de suicides qui semblait toucher ceux qui l'avaient approché de près ou de loin commençait à m'inquiéter. Pourquoi tous ces gens semblaient-ils être pressés de se détruire ? Pourquoi sa femme était-elle partie si gaiement à l'abattoir ?

Je me faisais surtout du souci en constatant que depuis plus de cinq semaines Charles-Henri n'avait donné aucun signe de vie, que se passait-il ?

Habituée à la présence rassurante de ce mentor aussi ange que gardien, son absence me laissait psychologiquement nue et physiquement sans protection.

En état de manque, tant intellectuel que sensuel, accro de lui et de ses métamorphoses, en début d'après-midi je courus jusqu'à sa maison dont je fis plusieurs fois le tour. Elle paraissait abandonnée et la porte et les volets semblaient clos. Je me souvins alors des derniers mots de Charles-

Henri : « *derrière les volets* ».

Effectivement, les volets de sa chambre étaient simplement poussés. Un cahier bleu d'écolier était posé sur la coudière, la page de couverture portait la mention : « Emmanuelle », écrite au marqueur.

De retour chez moi, je me fis un café très fort avec un filtre à l'ancienne, le café en dosettes alu me fait horreur. Assise face à l'Estérel et au Mont Vinaigre, en compagnie d'un pot de miel dans lequel je puisais largement pour adoucir le café, mes doigts un peu collants ouvrirent le cahier.

Vous commencez à me connaître, rien ne vous a été caché depuis le début, ni mes doutes, ni mes certitudes, ni mes petites cochonneries et grosses saloperies, mais là…

Ce que vous allez lire ne plaira pas, je le crains, aux cerveaux trop rationnels ni aux esprits impatients dénués d'imagination ou de curiosité !

Ne pensez pas que je fasse durer le suspense, mais un petit sas de décompression en forme de remise à niveau me semble indispensable pour que tout le monde suive.

Petit rappel de quelques notions de base :

- Âge de l'univers : environ 14 milliards d'années ;
- Âge de notre soleil : environ 4.57 milliards d'années ;
- Âge de notre planète : environ 4.5 milliards d'années ;
- Nombre de planètes extrasolaires découvertes à ce jour : 4 000 ;
- Nombre de planètes extrasolaires potentiellement existantes dans l'univers : plusieurs milliards de milliards de milliards ;

- Nombre de planètes extrasolaires pouvant abriter la vie : plusieurs milliards de milliards. Pour abriter une vie intelligente, une planète doit être rocheuse (tellurique), donc posséder un sol, et doit se situer dans une zone de son étoile appelée « zone habitable » ni trop près ni trop loin ;
- Vitesse de la lumière dans le vide : environ 300 000 km/s, soit environ un milliard de kilomètres par heure soit environ 9 467 milliards de kilomètres en une année. La lumière du soleil met à peu près 8 mn pour parcourir la distance qui nous sépare de lui ;
- Vitesse de l'objet le plus rapide construit par l'homme : la sonde New Horizons a atteint une vitesse initiale de 57 600 km/h. Grâce à un effet de fronde gravitationnelle la sonde Hélios 2 a acquis la vitesse de 252 292 km/h, soit 1/4 269 de la vitesse de la lumière ;
- Étoile la plus proche de nous : Proxima du Centaure située à 4.2 années-lumière environ, soit un voyage de 17 000 ans environ pour Hélios 2 et 75 000 ans pour New Horizons. Cette étoile, plus ancienne que notre soleil possède plusieurs planètes rocheuses dans sa zone habitable ;
- Âge du plus ancien hominidé connu : environ 7 millions d'années ;
- Âge des premiers homo sapiens sapiens (nous) : environ 200 000 ans ;
- Sommes-nous seuls dans l'Univers ? Probablement pas, mais personne n'en sait rien ;
- La vie a-t-elle pu coloniser d'autres planètes ? Sans

doute ;

- À quoi pourrait ressembler cette vie ? Mystère. Mais de mêmes conditions environnementales aboutissent souvent à créer des solutions identiques. Il n'est donc pas impossible que la forme de vie la plus évoluée d'une planète similaire à la nôtre nous ressemble ;
- Que se passerait-il si nous rencontrions des extraterrestres sous leur forme originale ? Tout est envisageable : épidémies dues à des microbes inconnus décimant la plus grande partie des humains rencontrés, mise en esclavage de nos populations par des êtres technologiquement plus avancés ou au contraire formidable coup de pouce pour régler nos problèmes de pollution, de guerres et d'idéologies meurtrières. ;
- Plus simplement, pourquoi ne pas admettre qu'ils nous regardent vivre et s'amusent à nous voir nous agiter et nous entre-tuer, souvent pour rien ?

Maintenant outillée culturellement pour lire, comprendre et apprécier les écrits de Charles-Henri, j'ai ouvert le cahier en tremblant, qu'allais-je encore découvrir ?

Cinquième partie : « *Du ciel viendra un grand roi d'effrayeur* » (Nostradamus)

Il est risqué de faire des prophéties… surtout quand elles concernent l'avenir.

I

Charles-Henri avait écrit …

Les pages étaient couvertes d'une écriture minuscule qui aurait été difficilement compréhensible pour quelqu'un ne jouissant pas comme moi d'une excellente vue. Sans aucune rature, le texte semblait écrit d'un jet comme si le rédacteur avait été sous l'emprise d'une inspiration soudaine. Après une première partie où, fidèle à son habitude, il m'écrasa de ses grandes connaissances ce qui commençait à me lasser, il fit une prédiction glaçante.

Vous ne croirez jamais à ce qu'il a prédit, vous ne le croirez jamais, car ce qu'il a prédit ne peut pas et surtout ne doit pas exister.

C'est impossible, absolument impossible, tous les gens équilibrés et raisonnables vous le diront !

Mais pour une fois faites comme moi, tournez le dos aux

gens équilibrés et raisonnables et ouvrez votre esprit à l'irrationnel. Vivre sans folie n'est pas très sage, alors soyons sages, donc fous aux yeux des coincés des neurones.

L'humanité a transcendé son animalité grâce à quelques ancêtres prétendument insensés qui descendirent de leur arbre, ne fuirent pas devant le feu, mais imaginèrent de le domestiquer pour s'en servir, enterrèrent leurs morts en espérant une hypothétique résurrection qui permettrait de les revoir ailleurs un jour, ne se soumirent pas aux superstitions et croyances liberticides, eurent le courage de lever la tête pour comprendre le monde et ne plus vivre dans la crainte.

Des fous à lier qui bravèrent les obligations et les interdits religieux ou coutumiers pour faire de notre race ce qu'elle essaie d'être sans vraiment y arriver, une assemblée de femmes et d'hommes libres toujours menacés par les traîtres à leur race.

Charles-Henri avait écrit :

« Emmanuelle, si tu lis ce cahier il est à craindre que je ne sois plus là pour te protéger et dès ce moment tu seras en danger. Des choses terribles vont se produire après l'épidémie de 2020 et l'assassinat de votre Président, mais provisoirement il ne s'agit pas de ça.

La menace mettant ta vie en danger ne viendra pas de l'extérieur, elle viendra de toi.

Les maîtres qui m'ont confié cette mission sont indifférents à ton sort, pour eux tu n'es rien, une insignifiante partie de mon sujet d'étude comme l'est une souris blanche pour un de vos scientifiques, tu ne risques donc aucune agression de leur part.

Ils savent que tu m'as vu sous mon véritable aspect et que tu portes un enfant de moi. Depuis des temps immémoriaux, mes pareils se sont accouplés sans problème avec des femmes terriennes, vous avez presque le même patrimoine génétique que nous, votre ADN est identique au nôtre à 99.91 %. L'Univers sème sans relâche les mêmes germes de la vie sur les planètes aptes à la recevoir.

Notre différence provient d'une petite glande supplémentaire dont l'évolution nous a dotés, du décalage entre la jeunesse de votre civilisation tout juste entrée dans une adolescence difficile comparée à la grande maturité de la nôtre beaucoup plus ancienne et des 0.09 % d'écart de nos génomes.

Cette différence peut paraître insignifiante, en réalité si la cause est minime la conséquence est énorme. Prenons un exemple qui l'illustrera : si j'écris une " Poche ", tout le monde sait qu'il s'agit d'un petit sac de toile situé à l'intérieur d'un vêtement, maintenant, imagine que je rajoute un petit trait descendant à 45 ° juste au-dessous de la boucle du " P ", il se transforme alors en " R " et le mot devient une " Roche ", bloc important de roche dure. La transformation mineure d'une lettre a abouti à l'existence de deux choses n'ayant aucune relation entre elles.

L'écart de 0.09 % de notre génome modifie une lettre de notre ADN et entraîne la même diversité de natures, toutefois si nous sommes suffisamment semblables pour vous féconder nous restons trop différents pour espérer pouvoir un jour nous mélanger.

Les enfants nés de nos accouplements ont été fameux dans votre histoire : Imhotep le constructeur de la pyramide à degrés de Saqqarah, Hémiounou architecte de la grande pyramide de Khéops, Moïse, Jésus, Mahomet et autres grands hommes créateurs de lumières ou des religions censées faire progresser votre humanité.

Récemment, des modifications dues sans doute à un caprice de l'évolution ont tout changé. Depuis quelques années, le fait qu'un humain nous touche lui procure pour quelques jours un de nos pouvoirs : l'ubiquité, cette possibilité d'être à plusieurs endroits à la fois que nous maîtrisons parfaitement, mais dont vous ne savez pas vous servir.

Je ne t'ai pas tout dit, malheureusement il y a une contrepartie apparue au fil des jours et contre laquelle nous ne pouvons rien, un bug biologique : désormais, ceux qui nous touchent ou ont touché ceux qui nous ont approchés ressentent **un besoin irrésistible de se détruire**. Jusqu'à ce jour, ce petit inconvénient ne m'avait pas dérangé, quelques humains en plus ou en moins n'étaient pour moi qu'un détail de l'histoire, des victimes collatérales comme il y en a tant, mais avec toi tout cela a changé, je ne supporterais pas qu'il t'arrive malheur par ma faute.

Maintenant que tu es prévenue tu devrais pouvoir surmonter facilement ce danger, je ne peux pas t'en dire plus, tu m'es aujourd'hui trop proche pour que je puisse discerner objectivement ton avenir. Si tu ressens une envie de suicide, pars quelques jours loin de ta maison et ne reste pas seule. Le besoin d'autodestruction disparaît définitivement trois jours après son apparition qui peut se manifester instantanément ou plusieurs mois après le premier contact physique.

Moi, je vais être rapatrié d'autorité sur ma planète et sans doute serai-je puni pour avoir violé notre règle absolue : ne jamais intervenir dans les affaires des hommes, je n'aurais pas dû m'interposer pour te sauver la vie, mais pouvais-je rester indifférent ? Je vais disparaître quelque temps, mais je reviendrai. Mon retour ne tardera pas, il n'est pas question que je manque un événement qui va compter dans votre histoire.

Après le grand confinement, je serai là pour assister au **grand affrontement** ou, si tu préfères, pour voir l'**Apocalypse** !

II

Après le traumatisme dû à une pandémie qui apparaîtra début 2020 et au confinement des deux tiers de l'humanité qui en résultera, tout commencera vraiment par l'assassinat de votre Président.

Les HUMAINS, « homo sapiens sapiens, hommes sages » comme ils se surnomment eux-mêmes fièrement et à tort, étant tout sauf sages, sont les seuls survivants de la grande famille du genre « homo » comportant l'homme de Néandertal, Homo erectus, Homo heidelbergensis, l'australopithèque, Homo habilis et bien d'autres.

Le genre Homo fait partie de la famille des hominidés, primates regroupant orangs-outangs, gorilles, chimpanzés, bonobos et homo.

Pourquoi êtes-vous les seuls survivants de votre genre ? Grâce à votre intelligence, votre créativité et, il faut bien le reconnaître, votre méchanceté.

Vous étudier a été pour moi fascinant.

Nous avions compris il y a bien longtemps que votre planète abritait la vie en analysant son atmosphère : carbone, oxygène et ozone attestaient de la présence évidente d'une vie biologique.

Notre planète, que vous appelez Proxima Centauri b, est située dans le système solaire de Proxima du Centaure, étoile naine rouge bien plus âgée que votre soleil.

Nos premiers explorateurs ont débarqué chez vous il y a environ dix mille ans pour étudier votre civilisation primitive qui allait nous permettre d'imaginer comment nos très lointains ancêtres ont peut-être évolué jusqu'à atteindre ce niveau extraordinaire de civilisation qui est le nôtre.

Le voyage de votre planète à la nôtre est inconcevable pour vous dans l'état actuel de vos connaissances puisque votre technologie se limite encore à vous déplacer dans l'espace. Nos scientifiques utilisent l'antimatière et l'antigravité pour contracter l'espace-temps devant nos vaisseaux qui avancent non pas dans l'espace, mais avec l'espace tout en étant immobiles en son sein.

Imagine une table de 10 m de long revêtue d'une toile cirée, une assiette étant placée à chaque bout de la table, un escargot aurait pour mission de faire la liaison entre chaque assiette en deux minutes. Considérant qu'un escargot se déplace à une vitesse moyenne de 6 cm à la minute il lui faudrait plus de cinq heures pour faire l'aller-retour entre les deux couverts.

Pourtant une solution existe pour faire le trajet en moins de deux minutes : il suffit de se placer à un bout de la table et tirer la toile cirée en la plissant, l'assiette la plus éloignée se rapprochera jusqu'à toucher l'autre, c'est ce que notre technologie permet.

Rassure-toi, je ne vais pas t'ennuyer avec des détails techniques.

Depuis des millénaires, nos archéologues, basés jusqu'en 1969 sur la face cachée de votre lune, vous observaient en secret et vous regardaient évoluer sans jamais intervenir dans vos affaires. Je suis le dernier scientifique chargé de vous étudier.

Nous vous observions en respectant une stricte discrétion, car nous savons depuis très longtemps que l'observateur peut modifier le comportement de la chose examinée.

Une particularité unique de votre race a été mise en évidence : **votre comportement est différent selon que vous êtes seuls ou plusieurs.**

Seul, un humain est un être raisonnable, souvent attachant, capable d'apprécier le beau, sensible à la souffrance de son prochain ou de son lointain.

L'humain redevient animal et se transforme totalement lorsqu'il fait partie intégrante d'une foule, d'un parti. Il devient disponible à toutes les manipulations et ouvert à toutes les folies selon un processus que nous comprenons de mieux en mieux.

Il suffit d'une combinaison simple : un leader charismatique, un signe vestimentaire distinctif, un geste de reconnaissance, un slogan très court et très bête ou une chanson simpliste, un ennemi désigné par le leader, un ou plusieurs martyrs à glorifier , une promesse de vie meilleure ici ou ailleurs… et l'être raisonnable, attachant, sensible à la souffrance, troque son intelligence individuelle contre l'irrationalité bestiale dictée par sa communauté, il perd instantanément tout sens critique et devient alors capable des pires monstruosités. L'islamisme en est le plus récent et le plus éclatant exemple.

Vous croyez assister actuellement à une guerre de religion appelée « le Djihad », initiée par Al-Qaïda ou Daech, rien n'est plus faux.

Ces deux organisations n'ont rien à voir avec la religion.

Le Coran parle souvent du djihad. À l'origine, il s'agissait d'une guerre sainte que les croyants devaient mener en leur cœur pour vaincre leurs mauvais instincts, les plus belles victoires sont celles que l'on remporte sur soi-même. Les humains étant ce qu'ils sont, très vite le terme " Djihad " a été mutilé, vidé de sa substance et trahi dans sa signification, ils n'en ont retenu que les termes « guerre sainte » puis « guerre » donc massacres, viols, malheur et tout cela prétendument au nom d'une religion magnifique, éclairée et tolérante qui produisit une des plus éclatantes civilisations de l'histoire engendrant nombre de mathématiciens, médecins, astronomes, chimistes, architectes, philosophes, artisans talentueux, et qui n'est plus aujourd'hui que l'ombre d'elle-même. Comme d'habitude, l'agonie d'une idéologie peut durer très longtemps, portée par les éléments les plus bornés qui ne voient plus que la forme et la lettre d'une pensée originellement magnifique, trahissant ainsi son fond et son esprit, la condamnant alors à une disparition progressive.

Chacune de vos générations enfante son lot d'assassins, meurtriers, violeurs, délinquants, trafiquants, traîtres à leur humanité. Cette génération n'a pas dérogé à la règle et le génie des dirigeants de ces organisations pseudos religieuses a été d'attirer à elles cette fraction inhumaine, vraie maladie honteuse de votre race, en insufflant l'idée à ces criminels que leurs exactions seraient sanctifiées par leur présumée adhésion à une supposée religion dont ils ne connaissent et ne comprennent rien.

Sans concevoir une seule seconde ce que cela devrait signifier, ces traîtres à l'humanité se disent " djihadistes ", puisque c'est la monstruosité à la mode, mais ils auraient été bourreaux et gardiens des goulags sous Staline, nazis membres des commandos de la mort, SS geôliers de camps d'extermination sous Hitler, fascistes sous Mussolini ou Franco, collabos miliciens et dénonciateurs d'enfants juifs sous Pétain, tortionnaires près des dictateurs chiliens et argentins, brûleurs de sorcières au XVIIe siècle, conquistadors génocidaires d'Aztèques et d'Incas au XVIe siècle. Bref, ils auraient répondu présents pour participer à toutes les saloperies possibles et imaginables au cours des siècles puisque c'est la seule façon pour eux d'exister et de se sentir grands.

Malheureusement, aussi triste que soit cette situation, elle ne concerne que quelques dizaines de milliers de salopards et tout ça n'est rien à côté de ce qui va arriver.

Vous n'imaginez même pas ce qui va se passer lorsque la vraie guerre de religion va commencer, car elle va commencer, mais elle ne viendra pas d'où vous l'attendez.

Bloc sunnite contre puissance chiite, musulmans modérés terrorisés par les extrémistes, absence d'un clergé centralisé capable d'émettre un mot d'ordre général, l'Islam est trop occupé à se faire la guerre à lui-même pour représenter un vrai danger à l'échelle planétaire. Le péril viendra d'ailleurs.

III

N'oublie pas, *je me souviens du futur !*

L'Apocalypse commencera donc début 2020 par l'émergence d'un virus inconnu venu de Chine et se poursuivra en France par l'assassinat du Président français en 2021.

Le virus fera quelques centaines de milliers de morts avant de disparaître, laissant votre société globalisée au bord du chaos puis lorsque vous croirez être tirés d'affaire l'événement décisif se produira.

Votre système judiciaire est naïf. Un Français bien de chez vous, ancien combattant de Daech revenu de Syrie après avoir perpétré des abominations, purgera rapidement une peine trop légère prononcée par manque de preuves et sera bientôt libéré. Son passage en prison aura renforcé sa radicalisation et sa haine pour votre civilisation.

Enragé comme un chien il saura se servir de vos faiblesses

et de votre besoin de médiatisation pour tendre un piège génial dans sa simplicité. Les bolcheviks disaient " *Les bourgeois sont tellement bêtes et cupides qu'ils nous vendront à crédit la corde qui servira à les pendre* ". Les islamistes n'ont plus besoin de vous acheter de corde, vous leur fournissez gratuitement la possibilité de faire leur propagande sur vos réseaux sociaux et ils savent parfaitement s'en servir.

Le 13 novembre 2021, sixième anniversaire de l'attentat du Bataclan (atroce formulation, cet attentat peut-il avoir un anniversaire ?), un premier « martyr armé jusqu'aux dents », jamais cette expression n'aura été aussi juste puisqu'il en viendra à mordre une de ses cibles, sèmera la mort aux terrasses des bars et restaurants des Champs-Élysées ; il fera des dizaines de victimes avant d'être abattu par les hommes de la BRI appuyés par le RAID.

Le surlendemain vers midi, le Président, de retour précipitamment des États-Unis se rendra près du *Fouquet's*, accompagné du Premier ministre, du ministre de l'Intérieur et du préfet de police, **folie inutile**, mais personne ne comprendrait que le Président ne se déplace pas pour prononcer quelques paroles fortes, mais vaines : " *Je condamne fermement de tels actes, les responsables seront pourchassés et punis avec la plus grande rigueur, le terrorisme ne gagnera jamais, etc.* ".

Le sniper posté à la fenêtre d'une chambre de bonne située dans l'immeuble en face, " *louée depuis plusieurs semaines à ce garçon si gentil, si serviable* " diront par la suite le propriétaire et les voisins, n'aura qu'à appuyer sur la gâchette de son fusil DAN.338 et le crâne du président s'ouvrira comme une pastèque trop mûre.

Les meurtres des Champs-Élysées et celui du Président seront immédiatement revendiqués par les islamistes, mais contrairement à ce qui s'était passé après les attentats de Charlie Hebdo où tes compatriotes s'étaient serré les coudes, la société se fragmentera et s'apprêtera à se déchirer. Les Français ne se comprennent plus et surtout ne s'aiment plus !

Depuis novembre 2018 la contestation de la rue est permanente : les gilets jaunes, conglomérat de tous les " petits blancs provinciaux " noyautés par les black blocs hyper violents veulent renverser le pouvoir parisien et même le pouvoir tout court et ce n'est pas le traumatisme de l'épidémie de 2020 qui améliorera son image.

Les théories du complot les plus débiles seront prises pour argent comptant, quand on veut tuer son chien on dit qu'il a la rage.

Accusé d'avoir réagi trop tard et même d'avoir entretenu l'épidémie, votre président, nouveau Louis XVI, et son épouse assimilée à Marie-Antoinette par quelques agité(e)s du bocal, seront haïs au-delà de toute mesure par ces gilets jaunes bientôt rejoints par des cheminots, étudiants, fonctionnaires, retraités pauvres, petits patrons, artisans, commerçants ruinés par le confinement au nom de la " convergence des luttes ". Surnommés " les gueux " par les bobos parisiens qui les détestent, dans un premier temps ils se réjouiront de son exécution, mais seront néanmoins jaloux de ne pas avoir abattu eux-mêmes comme ils l'escomptaient un président trop ambitieux qui prétendait, horrible idée, rééquilibrer les comptes de la Nation dont ils attendent tout !

La providence se rit des hommes qui déplorent les ***effets*** *dont ils chérissent les* ***causes****.*

Les Français ont encensé les présidents qui les ont menés gaiement à la faillite en les gâtant outrageusement, **cause** chérie, et haïssent ceux qui hériteront du soin de réparer les conséquences de cette débâcle financière, **effet** qu'ils déplorent.

Paradoxalement, après son assassinat, votre Président sera adoré à titre posthume, ceux qui le détestaient au point de souhaiter sa mort l'encenseront et ne lui reconnaîtront plus que des qualités. Pour se venger de ce drame ressenti comme un affront national, les mosquées seront incendiées, les musulmanes portant le foulard dans la rue seront tondues et souvent violées par des hordes de fachos abrutis néonazis qui sillonneront le pays en quête de victimes. Vêtus de chemises noires et crâne rasé ils feront régner la terreur, s'en prenant aux gilets jaunes tous assimilés à des extrémistes de gauche ou perpétrant des " ratonnades " qui auront lieu au vu et su de tous, faisant ainsi de nombreux morts. En réaction, des églises, des cimetières juifs seront profanés, des statues de Marie mutilées, des cars de pèlerins attaqués et des prêtres égorgés.

Alors, partout en Europe, se propagera la chasse aux musulmans ou supposés tels et dans les pays musulmans les chrétiens ou blancs supposés tels seront massacrés. Dans les pays asiatiques, les minorités musulmanes seront éradiquées au grand jour.

IV

La campagne électorale qui suivra sera sans surprise : trois candidats qui se méprisent brigueront le poste de Président au nom de " la droite la plus bête du monde ". Le leader de la France Insoumise, décrédibilisé par sa participation à une manifestation contre l'islamophobie le 10 novembre prochain, considéré comme complice des islamistes fera un nouveau flop ; François Hollande croira pouvoir ressusciter le parti socialiste et se représentera en son nom, ce qui amusera beaucoup les électeurs.

Marine Le Pen sera élue présidente au premier tour avec 60 pour cent des voix sur sa promesse de rendre la France aux Français, redonner sa souveraineté au pays et renvoyer les immigrés, tous assimilés à des terroristes, chez eux. Ce qui, entre nous, ne veut rien dire et surtout se révélera irréalisable et sans effet sur la menace ; généralement les terroristes sont de bons Français nés en France.

Les marchés financiers comprendront au quart de tour et à demi mots ce que « souveraineté du pays » veut dire. Redoutant un " Frexit ", mot formé de la contraction de France et exit (sortie en anglais) ce qui signifierait que la France quitterait l'Union européenne, craignant également une sortie surprise de la zone euro, ils augmenteront significativement le taux des prêts nécessaires au fonctionnement de votre État déjà tragiquement surendetté, le taux passera de 0,31 pour cent à 5 puis 7 pour cent.

Les intérêts annuels de la dette qui étaient de 36 milliards d'euros s'envoleront pour atteindre 175 milliards soit six fois le budget des armées ou deux fois et demie le montant de tous les impôts sur le revenu payés par les Français. Le gouvernement sera contraint d'emprunter encore, **uniquement pour payer les intérêts**, pratique désespérée, dangereuse et insoutenable à terme !

C'est le moment que choisiront « les gueux » pour bloquer le pays en réclamant toujours plus à un État providence en faillite !

Les nouveaux gouvernants qui avaient tant soufflé sur les braises de la contestation lorsqu'ils étaient dans l'opposition n'avaient pas pensé que le feu qu'ils avaient contribué à développer les brûlerait un jour.

Une organisation tentaculaire attend le moment de sa revanche, elle avale des couleuvres depuis trop longtemps. Dotée de tous les ingrédients propres à modifier le comportement de ses membres et à les mener à un affrontement dantesque, elle va alors profiter de la faiblesse de l'État pour réagir et imposer son pouvoir.

Cette société n'est pas secrète, elle possède :

- un milliard et demi d'adhérents dans le monde, 40 millions en France, dont 2 millions 700 000 pratiquants ;
- un leader charismatique : le pape ;
- un signe vestimentaire distinctif : la croix ;
- un geste de reconnaissance : le signe de croix ;
- un slogan très court : « Credo » ;
- des ennemis faciles à désigner et identifier : l'islamisme rebaptisé Islam, la laïcité, le dérèglement supposé des mœurs ;
- des centaines de martyrs à glorifier ;
- une promesse de vie éternelle et meilleure ;

donc tout peut commencer !

Depuis plus d'un siècle, les papes ont présenté peu ou prou un visage humaniste, tout va changer.

Le pape François, dans la lignée de ses prédécesseurs, face à l'assassinat de ses prêtres et l'incendie des églises ne saura que conseiller de suivre les paroles de l'Évangile : " *Si quelqu'un te frappe sur la joue droite, présente-lui aussi l'autre.*[11] ", mais il ne sera plus temps de cela.

Détesté par la majorité des cardinaux de la curie et par Benoît XVI, retraité, mais hostile, quelques semaines plus tard il succombera à une crise cardiaque opportune.

Et là, du ciel viendra celui que *Les Centuries* nomment « le grand roi d'effrayeur » ! Pour un contemporain de Nostradamus, " du ciel " signifiait " de la voûte céleste ", voûte céleste qui n'est autre pour un catholique que le dôme de la basilique Saint-Pierre du Vatican.

À moins qu'il n'ait voulu parler de moi ou de l'un de mes

semblables.

Un pape de combat, un Italien annoncé par « la prophétie des Papes » de Malachie (qui entre nous n'a pas été écrite par Malachie) sous le surnom de " Pierre le Romain " sera élu par un conclave de cardinaux résolument hostiles à toute cette modernité qui, d'après eux, menace l'existence même de leur religion deux fois millénaire depuis le concile Vatican II.

Il aura pour objectif de rétablir les rites fondamentaux, reconquérir les âmes et rendre à l'Église sa grandeur en Europe, maillon faible de la foi et nouvelle terre de mission.

Vous avez déjà eu un avant-goût de l'influence d'un leader charismatique dans le destin du monde : Jean-Paul II a contribué à la chute de l'URSS par la seule puissance de sa parole. Il a dit " *n'ayez pas peur*[12] " et les peuples se sont libérés.

Le nouveau pape déclenchera l'Apocalypse en appelant les fidèles à bloquer eux aussi le pays pour exiger :

- la mise hors la loi des musulmans et de l'Islam en Europe ;
- l'abrogation de la loi de 1905 instituant la séparation de l'Église et de l'État ;
- l'abrogation des lois instituant le mariage pour tous et celles autorisant la PMA et l'IVG ;
- le retour au catholicisme comme religion d'État ;
- le rétablissement du délit de blasphème ;
- l'inscription dans les traités de l'Union européenne de la notion de « racines chrétiennes » de l'Europe à laquelle la France s'était toujours opposée, laïcité oblige ;
- la mise à l'index de la théorie de l'évolution de Darwin

et le rétablissement de la primauté de la doctrine du créationnisme ;

- l'obligation d'enseigner le catéchisme à tous les enfants dès le cours préparatoire afin de façonner les jeunes consciences ;
- une amnistie générale pour tous les ecclésiastiques catholiques soupçonnés ou condamnés pour pédophilie, viol et agression sexuelle ;
- l'obligation de soins psychiatriques pour les LGBT (lesbiennes, gays, bisexuels, transsexuels) considérés comme déviants et malades, les membres du clergé n'étant bien sûr pas concernés par cette mesure ;

et enfin la création d'un « impôt religieux » pour lequel il sera prélevé aux contribuables environ 1 pour cent des revenus déclarés, comme cela se pratique déjà dans de nombreux pays : Allemagne, Autriche, Danemark, Finlande, Suisse et Italie, pour ne citer que l'Europe.

V

Plus d'un million de personnes, une marée humaine diront les journalistes jamais en veine de métaphores usées jusqu'à la corde, descendront dans les rues pour appuyer ces revendications. Ce jour-là, les islamistes sauront qu'ils ont gagné leur pari consistant à dresser les religions et les communautés les unes contre les autres. Comme je le disais, partout en Europe les mosquées seront incendiées et des ratonnades auront lieu dans les rues, au vu et su de tous, les femmes voilées seront tondues et souvent violées, les pillages des commerces halal par les gens d'extrême droite, le saccage des commerces et maisons cossues par les petits retraités seront quotidiens, une partie de la police se rangera au côté des gueux qui, toujours au nom de la convergence des luttes se joindront aux cathos.

La boîte de Pandore étant ouverte, un autre phénomène

gravissime, prélude à la guerre des générations, fera bientôt des ravages : le " *OK boomer !* " signe et slogan de reconnaissance de la nouvelle génération sacrifiée par leurs aînés.

Les jeunes cracheront au visage des anciens en disant " *OK boomer* ", moderne avatar de la gérontophobie qui signifiera « tais-toi le vieux », mais pas seulement.

" *OK boomer* ", ce sera aussi une mise en accusation de cette génération du baby-boom qui aura connu tous les bonheurs : le plein emploi, les trente glorieuses, la liberté sexuelle sans entraves ni sida, l'ascenseur social en parfait fonctionnement, des dirigeants prêts à satisfaire tous leurs caprices.

Une génération qui, pour son confort, aura endetté ses enfants, empoisonné la planète et entendra bien continuer, quitte à noyer dans le sang ceux qui voudront siffler la fin de la récréation.

" *OK boomer* " signifiera :

- " Quand on a passé son temps à détruire la planète, on n'a que le droit de la fermer. " ;

ou encore :

- " Quand on a accumulé de l'épargne et qu'en plus on se plaint du niveau de sa retraite alors que notre génération devra se serrer la ceinture pour rembourser vos dettes accumulées depuis tant d'années pour payer vos caprices, on ferme sa gueule. "

En réaction à ce mouvement " *OK boomer* ", les anciens baby-boomers créeront le parti " Le pouvoir aux Seniors " et organiseront des milices armées.

Les travailleurs actifs, étranglés par le niveau de leurs

cotisations retraite directement reversées à des retraités - trop nombreux, dotés d'une longévité irraisonnable - au titre du sacro-saint principe de " la répartition " exigeront que les vieux soient pris en charge par leurs enfants et leurs familles au-delà de l'âge limite d'espérance de vie, leur retraite n'étant plus payée après cet âge en punition de ne pas être morts à temps.

Au moindre écart de comportement, les femmes accuseront les hommes d'agression sexuelle souvent à raison, quelquefois à tort, les tribunaux crouleront sous les procédures. Constatant l'impuissance de l'État à défendre les femmes battues, certaines Femens couvriront leur poitrine et constitueront des brigades d'intervention qui n'hésiteront pas à faire justice elles-mêmes. Les deux sexes s'éviteront et se méfieront désormais l'un de l'autre.

Les pompiers, les policiers restés fidèles à l'État et même les médecins ne pourront plus pénétrer dans certains quartiers baptisés " no go zone " sans l'autorisation des caïds, mais cela n'est pas très nouveau.

Malgré la prise de conscience de l'urgence de réguler officiellement la consommation de drogue et de produits stupéfiants, le gouvernement ne pourra même pas légaliser et organiser la vente de ces saloperies comme a été organisée la vente du tabac. Trop de gens vivent grâce aux milliards générés par l'économie souterraine découlant du trafic de drogues, un retour en arrière ne sera pas possible.

Religions contre religions, jeunes contre anciens baby-boomers, pauvres contre riches, citadins " envillageoisés " intimant par voie de justice le silence aux coqs et à la nature contre agriculteurs épandeurs de glyphosate, hommes contre femmes, actifs contre retraités, voyous contre policiers, fondamentalistes catholiques contre laïcs forcenés, extrémistes de droite contre ultragauchistes, la violence ordinaire sera partout, la vie d'un homme ne vaudra pas plus que celle d'un poulet, on tuera son voisin pour un regard ou un mot de trop. Face au chaos généralisé, le chef d'état-major de l'armée de terre prendra le pouvoir et s'alliera aux catholiques. La force ainsi constituée décrétera l'état d'urgence, suspendra les libertés publiques et instituera le couvre-feu. Votre univers ne demande qu'à exploser, l'assassinat de votre Président devrait être l'étincelle qui déclenchera la déflagration.

Si les guerres des religions, des générations, des sexes, des classes sociales ne se propageaient pas au monde entier, il n'est pas impossible que le président américain soit également abattu le 4 juillet 2022, date de *l'Independence Day* ce qui devrait finir le boulot et régler définitivement le problème. Les Américains ont la riposte féroce...

Après une invasion de criquets et une sécheresse sans précédent, des incendies géants se déclencheront en Afrique de l'Est, des millions de migrants surnommés par les médias occidentaux " les damnés de la terre " erreront dans l'indifférence générale de pays en pays, rejetés de tous et mourront de soif, de faim, bloqués à la frontière égyptienne, noyés en tentant de rejoindre le Moyen-Orient ou carrément rejetés à la mer par les autochtones égoïstes.

Le virus de la variole qui en comparaison fera passer son collègue chinois de 2020 pour un aimable plaisantin sera de retour en 2022. Les terres glacées de Sibérie se réchauffant, les corps gelés d'humains morts de cette maladie depuis des millénaires entreront en putréfaction libérant des virus contre lesquels les hommes modernes ne savent plus se défendre. Se répandant comme une traînée de poudre cette maladie fera des millions de morts avant que les vaccins ne soient disponibles en quantité suffisante et vos réseaux sociaux toujours à la pointe de la bêtise laisseront des imbéciles autoproclamés " leaders d'opinion " conseiller aux gens de ne pas se faire vacciner. Aucun pays ne sera épargné par la pandémie malgré la fermeture des frontières.

Quand on évoque une pandémie, on pense immédiatement que ce virus aurait suffi à décimer la population, mais rien n'est moins sûr. Si la dangerosité d'un microbe est aléatoire, l'étendue de la barbarie humaine est infinie, il vaut mieux miser sur une valeur certaine comme la sauvagerie des hommes. La variole arrivera dans un monde déjà traumatisé par le virus de 2020 et dévasté par les guerres de religions, de générations, de sexes, de classes sociales et le cocktail sera ravageur : la population humaine mondiale chutera d'un tiers, comme avait diminué la population du monde connu pendant l'épidémie de peste noire au XIVe siècle. !

Bien sûr, à l'échelle de la planète la disparition d'un tiers de la population peut sembler énorme, mais si la perte d'un seul humain est toujours ressentie comme un drame pour ses proches et même pour moi, la mort de plusieurs milliards d'inconnus ne sera qu'un chiffre sans signification pour les survivants.

Un mort c'est une tragédie, deux milliards de morts c'est

une statistique et le plus stupéfiant sera que dans trois ou quatre générations vos descendants diront de l'Apocalypse ce que certains dégénérés actuels disent des camps de la mort nazis et de leurs chambres à gaz : " *Cela n'a jamais existé !* "

La Terre souffre terriblement, elle n'en peut plus d'avoir attrapé cette maladie qu'est l'humanité. Il n'y a pas d'alternative, **il faut** que la population humaine mondiale chute d'un tiers, c'est la seule manière de soulager votre planète et il est urgent d'intervenir. Si personne ne fait rien, le réchauffement climatique s'emballera et atteindra un point de non-retour, des gaz beaucoup plus dangereux que le CO2 se répandront dans l'atmosphère et l'effet de serre stérilisera la Terre qui deviendra une seconde Vénus, inhabitable à tout jamais.

Votre planète est un miracle, un bijou que vous ne méritez pas de posséder, comment pourrions-nous vous permettre de la détruire ?

En quelque sorte, l'Apocalypse vous sauvera.

Tu comprendras que pour rien au monde je ne voudrais manquer ce spectacle... »

Sixième partie : l'Abomination

Les seules victoires importantes sont celles que l'on remporte sur soi-même.

I

C'était tellement énorme que tout d'abord je crus à une mauvaise plaisanterie.

Le récit de Charles-Henri se terminait sur ces phrases sibyllines et terribles :

« ***Il faut que la population humaine chute d'un tiers.***

En quelque sorte l'Apocalypse vous sauvera. Pour rien au monde, je ne voudrais manquer ce spectacle… »

Que fallait-il en penser ? Il semblait se délecter à l'avance des malheurs qui allaient accabler l'humanité ; de plus, au début de son récit il m'annonçait calmement avoir introduit en moi les germes de l'autodestruction, simple dommage collatéral pour lui, et me conseillait gentiment de me débrouiller toute seule. Me serais-je trompé sur ses intentions ? Pourtant il avait toujours montré une grande affection à mon égard, m'avait sauvé la vie et témoignait même d'une sincère compassion pour les victimes de la méchanceté humaine ?

Comment pouvait-il connaître avec de telles précisions et certitudes ce qui allait se passer, qu'était ce grand confinement qu'il prédisait pour début 2020 ? ? Un horrible doute me vint : il voulait peut-être laisser croire qu'il se souvenait du futur comme il aimait à s'en vanter, mais on pouvait également imaginer autre chose, surtout à la lecture de cette autre phrase : « *L'effet de serre stérilisera la Terre qui deviendra une seconde Vénus, inhabitable à tout jamais. Votre planète est un miracle, un bijou que vous ne méritez pas de posséder,* ***comment pourrions-nous vous permettre de la détruire ?*** »

Je voulus en avoir le cœur net.

Souvenez-vous, à la fin de l'histoire écrite par Jean-Paul figurait un texte écrit dans une langue inconnue. Je me précipitai pour le revisualiser :

« *N'oubliez pas : méfiez-vous du vieux pervers qui porte une casquette à carreaux sur la tête !*

ανώτατο θηρευτή Παίζει να διαβάζει το μέλλον, αλλά στην πραγματικότητα το οργανώνει »

Jusqu'à ce jour, je n'avais jamais remis en cause l'interprétation d'Isabelle qui avait conclu au terme de notre lecture de sa clé USB :

« *…même sa dernière phrase : méfiez-vous du vieux pervers qui porte une casquette à carreaux sur la tête,* ***qu'il se croit obligé de répéter en grec ou je ne sais en quelle langue pour étaler sa culture*** *montre à quel point jusqu'au bout il aura été pathétique.* »

Et si ce texte n'était pas ce que l'on avait cru ? Je suis vraiment une grosse nulle de ne jamais avoir eu l'idée de le traduire. Malgré mes dizaines de relectures, je n'avais jamais cherché à éclaircir ce point, oubliant d'appliquer ma règle n°1 : ne jamais croire une information sans l'avoir vérifiée par moi-même.

J'entrai dans le traducteur Google la phrase écrite dans un langage inconnu par Jean-Paul. Après quelques hésitations de la détection automatique, le résultat s'afficha à l'écran, il s'agissait d'une maxime grecque mal rédigée que l'on pouvait traduire très approximativement par : « **Prédateur suprême, il prétend lire le futur, mais en réalité il l'organise.** »

La dernière phrase de Jean-Paul était donc : « *Méfiez-vous du vieux pervers qui porte une casquette à carreaux sur la tête, prédateur suprême, il prétend lire le futur, mais en réalité il l'organise.* »

Quelle pouvait être la signification concrète de l'expression : prédateur suprême ?

Un prédateur est un organisme vivant qui tue des proies pour s'en nourrir ou un être qui abuse de plus faibles que lui, tout le monde sait cela. La prédation est courante dans la nature où elle joue un rôle prépondérant dans le maintien des équilibres écologiques.

L'homme situé tout en haut de la chaîne alimentaire n'a pas de prédateur naturel, à part lui-même bien sûr, ce qui explique, entre autres raisons, que la population humaine soit en augmentation constante : 650 millions en 1700, un milliard d'habitants en 1800, 7,55 milliards en 2017, 10 milliards prévus en 2050, la population s'accroît de près de 90 millions d'habitants chaque année, posant ainsi le double problème de notre surpopulation et de la survie de la planète.

Après quelques minutes de réflexion, il me vint un petit souvenir que je vérifiai sur Internet : au début du XXe siècle, la totalité des loups du parc de Yellowstone avait été éradiquée ce qui déclencha la prolifération des herbivores et une catastrophe écologique. N'ayant plus de prédateurs pour les chasser et limiter leur prolifération, les cerfs et les autres cervidés avaient réduit à néant la végétation du parc en se nourrissant. Réintroduits en 1995, les loups régulèrent les populations d'herbivores et sauvèrent le parc.

Je commençais à comprendre le vrai rôle de Charles-Henri et ce que je croyais comprendre me faisait froid dans le dos. Contrairement à ce qu'il prétendait, il n'était peut-être pas seulement le gardien du Zoo, mais surtout le gardien de la planète, le prédateur ultime. À ce titre, il régulait la population humaine en déclenchant périodiquement des guerres et de grandes épidémies.

Lui et les siens avaient-ils planifié ce qu'il appelait « le grand confinement puis le grand affrontement ou l'Apocalypse » et élaboré une nouvelle version du virus de la variole pour remplir ce devoir de régulation ?

Avait-il organisé la mort d'Isabelle et ma prétendue agression ? Je me souvins qu'il ne me laissa pas lire les SMS échangés entre mon agresseur et mon épouse, mais qu'il me les commenta de vive voix.

Aurait-il arrangé le suicide de Jean-Paul, celui de tous ceux qui l'avaient côtoyé, prévu le mien, et tout cela juste pour jouer au « Predator », faire des expériences dans son « zoo humain » ou démontrer la justesse des conclusions de sa thèse ayant pour sujet : *De l'influence des superstitions, des religions et des idéologies totalitaires sur la capacité des peuples primitifs terriens à se détruire eux-mêmes* ? Lui qui proclamait urbi et orbi (à la ville et au monde) qu'il n'avait pas le droit d'intervenir dans les affaires des hommes.

Était-il vraiment d'une autre nature que celle qu'il m'avait laissée entrevoir ?

Je l'avais tout d'abord assimilé à un gentil extraterrestre ayant servi de référence pour la création du concept de la trinité des chrétiens, mais peut-être était-il le contraire de ce que j'imaginais, peut-être faisait-il partie du camp de « l'Ennemi » de notre race, le prédateur suprême indispensable à la bonne santé de notre planète et avait-il été à l'origine du mythe du diable au cours des siècles ?

J'ai fait des recherches sur Google. Plusieurs religions décrivent un être pouvant être identifié à lui. Dans la mystique juive et dans l'Islam, son nom est Azraël, l'ange de la mort. Ce démon est reconnu comme étant l'incarnation du mal. Se présentant aux humains sous de multiples formes il est à la fois homme et femme, tout comme Charles-Henri.

Vus sous ce nouvel angle, les prénoms Hernán et Malincha devenaient particulièrement révélateurs : Hernán Cortez et la Malincha avaient importé l'enfer chez les Aztèques et introduit des maladies européennes qui décimèrent la majorité des autochtones d'Amérique du Sud au XVIe siècle.

Leurs caresses étaient-elles vénéneuses également ? Ma grossesse qui n'était pas confirmée était-elle une fausse joie issue de sa perversité ?

Petite mouche sur la main de celui que j'aimais sous la

forme de Charles-Henri, je ne voulais pas croire à ce que je pressentais !

Je ne voulais pas croire à ce que je pressentais, car pour mon équilibre psychique j'avais besoin de garder foi en lui. La partie corticale, donc raisonnable de mon cerveau, hurlait à la mort et tentait de se faire entendre, mais les deux autres parties : la limbique, gardienne de mes émotions et la reptilienne, siège de mes besoins primaires ayant pris le pouvoir, aucune raison ne m'était plus accessible. Je me persuadais n'avoir rien à craindre de lui, « quoi qu'il arrive, je serai dans le camp des survivants et non dans celui des millions de sacrifiés qu'il considère comme une simple statistique », croyais-je !

« *Femme de peu de foi* », me disait-il parfois pour se moquer gentiment de moi. Pourtant en décidant de garder foi en lui tout en sachant que cela m'engageait à accepter comme authentiques certains faits sans les avoir vérifiés par moi-même, au mépris de toutes mes règles de vie, j'avais conscience d'être prise dans les filets d'un raisonnement quasi sectaire.

II

Le soir, couchée dans mon grand lit vide, ma belle maison déserte et silencieuse me parut hostile, semblable à un intestin prêt à me digérer.

Les yeux grands ouverts dans le noir il me paraissait urgent de résumer la situation, ne serait-ce que pour me rassurer, vous savez déjà que faire régulièrement le point est pour moi un rituel sécurisant.

Pourquoi me poser autant de questions idiotes et inutilement inquiétantes ? J'étais maintenant riche, jeune, belle, libre, vraisemblablement enceinte et en pleine santé, sans aucune envie de me détruire, aucun virus chinois ou variolique n'infectait qui que ce soit, chacun étant libre de sortir de chez lui aucun confinement ne pointait le bout de son nez, le Président français et le pape François étaient toujours en vie, nul émeutier ne parcourait les rues à part quelques gilets jaunes vindicatifs et désœuvrés que la télé repassait en boucle tous les samedis comme un feuilleton ennuyeux. Aucune mosquée, église ou synagogue n'était en feu, les femmes et les hommes qui souhaitaient se promener avec un foulard, une kippa ou un turban sur la tête ne me dérangeaient pas, l'avenir me souriait.

De toute façon si guerres de religions, de générations ou de sexes il y avait, étant agnostique, entre deux âges et nullement fâchée d'être sifflée ou draguée dans la rue ce qui me rassure plutôt, je ne serais pas touchée par ces folies, pourquoi devrais-je m'angoisser ? Raisonnement similaire, j'en étais consciente, à celui d'un jeune lapin qui ne se sentirait pas concerné par l'ouverture de la chasse puisque ne possédant ni fusil ni permis de chasse ou celui des femmes naïves qui vont en boîte « uniquement pour danser » disent-elles et se croient ainsi hors d'atteinte des grossières convoitises des hommes qui sont là pour toute autre chose.

Je m'endormis paisiblement sur ce constat faussement rassurant.

Le lendemain matin, 20 octobre, le soleil brillait, comme toujours dans cette région extraordinaire. Je fis le tour de « ma » propriété.

« Mes » oliviers, qui cette année n'avaient pas été ravagés par la mouche *Bactrocera olea*, étaient chargés d'olives qui mûrissaient lentement, certaines prématurées troquaient déjà leur belle robe verte contre un habit noir luisant. La récolte s'annonçait prometteuse, sans doute 250 kg de « cerises », comme on surnomme les fruits de l'olivier en Provence, que je porterai vers le 15 décembre au moulin communal. Broyées par deux antiques meules en pierre venues tout droit du Moyen-Âge, elles deviendront une pâte odorante qui sera étendue sur des tapis empilés. La première pression à froid de cette pâte me procurera une quarantaine de litres d'une huile extra vierge dorée qui fera l'admiration et le régal de mes futurs invités. Comment ne pas en avoir déjà l'eau à la bouche ?

Les tourterelles roucoulaient sur leur fil électrique, des pies grosses comme des poulets se chicanaient, je mangeai une grappe de raisin sucré comme du miel, cueillie à même « ma » vigne, au loin j'aperçus la baie de Saint-Raphaël, la vie était belle.

Mon Dieu, si vous existez, je vous en conjure, ne changez rien pour moi.

Ma naïveté était grande de ne pas me rendre compte que je vivais en réalité dans l'œil d'un cyclone, ce lieu faussement calme épargné provisoirement par la tempête extrême qui l'entoure et va bientôt l'engloutir.

Sur le coup des dix heures, j'allai quand même faire une prise de sang au labo *du Lac* pour confirmer ma grossesse ; pour le moment, je n'avais aucun signe physique lié à cet état, ni nausée, ni dégoût, ni fringale ou envie irrépressible.

L'après-midi, après avoir fumé un petit pétard j'entrepris de faire un peu de rangement extérieur en prévision de l'hiver.

Je descendis dans mon sous-sol toutes les chaises plastiques, les lits pliants gisant autour de la piscine. Lorsque j'arrivai à la balancelle cocooning en osier accrochée par une corde à une poutre de l'immense auvent protégeant la terrasse, une voix commanda :

— Tu décroches la balancelle, mais tu laisses la corde !

Je me retournai pour voir qui venait de parler. Ne voyant personne à l'entour, je crus avoir rêvé.

Revenant près de la balancelle pour la décrocher la voix répéta :

— Laisse la corde en place.

Voici que j'entendais des voix, sans doute la fatigue due à tous ces événements et à ma grossesse toute neuve ou peut-être le vent dans les branches du palmier planté près de l'entrée.

Je montai sur un escabeau pour délier le nœud de la corde qui se révéla trop serré pour que mes petits doigts puissent le dénouer. J'aurais pu le trancher, mais encore prisonnière de mes réflexes d'ancienne pauvre il me parut dommage d'abîmer une si belle corde qui pourrait resservir au printemps prochain. Je me contentai donc de décrocher la balancelle et de l'entreposer dans mon sous-sol, à l'abri des éléments hivernaux futurs.

La corde nue se balançait mollement au vent, ni hostile ni bienveillante : ordinaire. Sur l'instant, le nœud coulant fixé à son extrémité ne m'angoissa pas.

En début d'après-midi, le notaire lyonnais de la famille d'Isabelle m'appela pour me proposer un rendez-vous en son étude en vue de régulariser certains documents.

Ce petit voyage tombait à pic pour me changer les idées et me permettra de revoir certaines de mes amies d'enfance.

Le labo se manifesta également :

— Nous n'avons jamais vu ça, les résultats de votre analyse ne sont pas interprétables. Le test qui permet de déterminer d'une manière certaine qu'une patiente est enceinte révèle d'habitude la présence dans son sang d'une hormone bien identifiable : la bêta-HCG.

– Et alors ?

– Alors vous avez dans votre sang une hormone totalement inconnue, mais aucune bêta-HCG.

– Laissez tomber, je dois partir à Lyon, je ferai une nouvelle prise de sang là-bas.

Je coupai la communication, énervée par leur manque de professionnalisme et contrariée du doute qui subsistait.

III

Dans la soirée, je recopiai le contenu du cahier bleu et continuai à noter les détails de cette histoire, mon livre prenait forme.

La nuit fut calme, je commençai vraiment à penser que la voix entendue n'était qu'un effet de mon imagination.

Le lendemain matin, il me parut nécessaire d'apporter un peu de vie dans cette grande maison où je me sentais si seule.

À la SPA du Cannet, une petite femelle Jack Russel de trois ans, abandonnée par ses maîtres, craqua pour moi et m'adopta sur le champ. Au mépris de la tradition de la société centrale canine qui veut que le nom d'un chien commence par une lettre déterminée par son année de naissance, je la débaptisai et lui donnai le doux nom de « Vanille ».

La journée se passa à nous découvrir, nous apprivoiser et

manifester notre amour réciproque. Achat d'une panière, de quelques coussins douillets, des croquettes, d'un petit manteau pour l'hiver, d'un harnais et d'une laisse pour les futures promenades en bord de mer, visite de contrôle chez le vétérinaire qui me donna quelques conseils, les heures passèrent rapidement.

Le soir, Vanille délaissa le coin qui lui était dévolu dans le cellier et voulut absolument coucher dans ma chambre. Elle eut gain de cause, mais « *juste pour ce soir* », lui dis-je, en sachant parfaitement que ce serait pour toujours.

Je m'endormis en écoutant le bruit régulier de sa respiration entrecoupée de petits gémissements de bonheur.

Le lendemain je poursuivis mon nettoyage d'automne, Vanille ne me quittait pas d'un pas, elle était trop mignonne et réellement très intelligente. Comment avait-on pu abandonner une telle boule d'amour ? Comment avais-je pu vivre sans elle ?

Mon voisin René vint cueillir quelques grappes de mon raisin blanc qu'il affectionnait.

Certains ont la main verte, René avait manifestement « la main canine », car Vanille se colla à lui en remuant affectueusement sa petite queue.

La nuit suivante une barrière psychologique fut franchie, je l'autorisai (la chienne, pas le voisin) à s'allonger au pied du lit, au petit matin elle dormait blottie tout contre moi.

C'est au milieu de la troisième nuit que l'Abomination se manifesta.

Après deux ou trois chichons, j'avais sombré dans un épais sommeil. Les grondements et les aboiements de Vanille me réveillèrent en sursaut, mon portable indiquait quatre heures du matin.

Une voix furieuse et grave résonna dans la maison faisant se dresser mes cheveux sur ma tête, elle disait : « *Celle ou celui qui trouvera mon message et le lira jusqu'au bout aura démontré être doté d'une curiosité égale à la mienne et sera digne de laver mon honneur… Si elle ou il ne le fait pas, qu'elle ou il soit maudit à tout jamais !* »

Tremblante et claquant des dents je me levai d'un bond, bourrai quelques affaires dans une valise et, prenant dans mes bras Vanille qui ne cessait d'aboyer je m'engouffrai dans ma voiture et partis en catastrophe dans la nuit, direction Lyon, bien décidée à ne jamais remettre les pieds dans cette maison, la maison du malheur.

IV

J'arrivai à Lyon à 9h30 et me fis violence pour réserver une chambre à *La cour des loges*, hôtel 5 étoiles situé dans la vieille ville et non dans un quelconque *Formule 1* de la périphérie. Il fallait que j'apprenne à appliquer cette notion nouvelle pour moi, ancienne pauvre : « l'argent est un bon serviteur et un mauvais maître ». Après tout, la thune, le fric, le blé, quel que soit le nom qu'on donne au pognon, est là pour être dépensé et se faire plaisir. Ma récente richesse m'autorisant des caprices illimités, je finirai bien par m'habituer au luxe.

À 267 € la nuit, la chambre se devait d'être sublime, elle l'était et ma petite chienne fut, non seulement acceptée, mais l'objet de toutes les attentions du personnel, par contre lorsque je me regardai dans le miroir de la salle de bains mes yeux marqués de grands cernes me firent peur, il me sembla avoir vieilli de dix ans en un jour.

Le lendemain matin, je rencontrai le notaire qui me dévoila le montant de ma fortune, un chiffre suivi de six zéros, et me recommanda fortement de consulter un conseiller qui saurait m'assister dans la gestion de mon patrimoine.

Patrimoine, quel beau mot, jamais je n'aurais pensé avoir un jour des soucis de « gestion de mon patrimoine ».

Je pris alors la décision, irrévocable croyais-je, de vendre ma maison du Var dont la seule évocation maintenant m'horrifiait et d'en acheter une autre dans le secteur des Alpilles près du village des Baux-de-Provence que j'avais toujours adoré.

Le soir j'invitai Christine et Françoise, mes amies d'enfance, à dîner dans un petit bouchon lyonnais du quartier de la rue Mercière. Vanille fut gavée de caresses. Elles me trouvèrent mauvaise mine et mirent cela sur le compte du traumatisme de mon veuvage. Pour oublier « cet événement terrible » comme elles nommèrent l'accident d'Isabelle, nous avons bu du beaujolais et ri comme des folles en évoquant notre adolescence. Elles ont pleuré de joie lorsqu'elles ont appris que j'allais avoir un bébé. Ayant assisté à mon mariage homosexuel Christine prit un air malicieux pour demander qui était le père, j'ai répondu :

— Si je vous disais la vérité, vous ne me croiriez pas !

Elles n'ont pas insisté. Une bouteille de champagne nous aida à fêter l'événement, elle fut suivie de quelques pétards en sortant.

Je serais bien allée en boîte pour finir dignement la soirée, mais mes amies devaient rentrer pour s'occuper des maris et des enfants et de toute façon je ne pouvais pas laisser Vanille seule. Maintenant, comme mes copines j'avais charge d'âmes, des responsabilités, et j'adorais ça.

V

Vous ne croirez jamais à ce qui se passa ensuite, pourtant c'est la triste et stricte vérité comme toujours.

En sécurité dans ce bel hôtel, comblée de l'amour de ma petite chienne, dotée d'un compte en banque superlativement garni, j'aurais pu me considérer comme la personne la plus heureuse de la terre, en réalité je ne cessais de penser à la maison quittée en catastrophe.

Un esprit mauvais semblait s'être insinué dans mon esprit. Comme monsieur Seguin, le maître de la petite chèvre fugueuse, il me disait : « *Reviens, reviens !* »

Ma raison hurlait : tiens-toi loin de cette maison maudite qui ne t'apportera que le malheur !

Le diable glissé en moi se faisait séducteur, tentateur : tu n'as pas envie de revoir Charles-Henri et de grandir au contact de son intelligence, de ressentir à nouveau les caresses de Malincha, le sexe d'Hernán au plus profond de toi ? REVIENS et tu revivras ces moments inoubliables !

Vous ne me croirez pas, mais je suis repartie le lendemain matin, terrorisée telle une addicte qui court assouvir un besoin impérieux en sachant que ce sera sa perte.

L'idée selon laquelle les multiples addictions auxquelles j'étais sujette ne seraient qu'affaire de volonté est une imbécillité.

« *Les considérations morales n'ont rien à faire dans cette problématique, les effets neurophysiologiques du manque convergent tous vers le circuit de récompense ; c'est par ce canal du plaisir que s'engouffre la dépendance* », me disait le psychiatre que j'avais consulté au début de mon second mariage pour tenter en vain de décrocher. « *C'est une pathologie complexe, un trouble du comportement, y répondre c'est pénétrer un peu dans l'âme humaine* ». Beau discours qui me fit une belle jambe.

J'étais dépendante de la jouissance sexuelle inouïe procurée par Hernán et Malincha, du plaisir intellectuel trouvé près de Charles-Henri, même le goût de son jus de fruits très sucré me manquait terriblement. Quel humain aurait pu m'apporter de telles sensations ? En dépit de la prise de conscience que la fin de ma vie en serait peut-être l'effet, je ne pouvais lutter contre la cause que je chérissais.

Dieu pourrait bien rire de moi, pauvre femme qui redoutait des effets dont je recherchais et chérissais les causes, petite mouche posée sur la main d'un être trinitaire dont j'étais addicte comme on peut être dépendant d'une drogue irrésistible.

VI

Un arrêt café-pipi à l'aire de Mornas à 9 h et vers 13 h nous étions garées devant le portail fermé de ma propriété. Tout paraissait calme, mais une angoisse terrible tordait mon ventre. L'hésitation dura plusieurs minutes, il m'était impossible de trancher. La peur d'entrer et de me retrouver face à l'Abomination qui semblait rôder en ce lieu pesèrent finalement moins lourd que l'envie irrésistible de céder à la séduction du démon tentateur qui ne cessait de faire défiler dans mon cerveau les images sensuelles de Malincha et Hernán caressant mon corps et la présence rassurante de Charles-Henri mon mentor et père spirituel.

Après tout, que craignais-je ? Une voix sans doute rêvée ou fantasmée qui ne m'avait fait aucun mal ; j'étais quand même assez grande pour dominer mes propres fantômes, non ? Ce n'était tout de même pas un courant d'air qui allait faire la loi chez moi !

« *Les plus belles victoires sont celles que l'on remporte sur soi-même.* », avait écrit Charles-Henri dans sa prédiction. Cette dernière réflexion renforça ma décision, une pression sur la télécommande et le portail s'ouvrit, une seconde pression et ma voiture se rangea dans le sous-sol.

Vanille sauta du fauteuil du passager où elle dormait, grimpa l'escalier extérieur et se dirigea sans crainte vers la porte d'entrée en tortillant son mignon petit postérieur.

J'entrai en laissant la porte ouverte, prête à fuir en cas d'urgence. La maison était dans l'état où je l'avais laissée : accueillante. Elle sentait bon, seule ma chambre avait conservé les traces du désordre dues à ma fuite nocturne.

Les deux jours suivants s'écoulèrent paisiblement, j'étais heureuse d'avoir su lutter et vaincre ma peur de midinette, fière d'avoir pris la bonne décision. Quand on veut gérer convenablement son patrimoine il est indispensable de ne pas se laisser marcher sur les pieds et éviter de baisser les bras face au premier problème venu, d'autant plus quand il s'agit vraisemblablement d'un ectoplasme issu de son imagination.

Le troisième jour, Vanille et moi sommes allées nous promener à Cannes, j'adore cette ville toujours animée en toutes saisons. J'en profitai pour me réapprovisionner en substances récréatives ; mon intention n'étant pas de me bourrer le pif, mais simplement de fumer ou sniffer un peu. « Comme la majorité des gens de mon âge », me justifiai-je auprès de Vanille qui semblait fixer mes petits achats d'un œil réprobateur.

Anthropomorphisme idiot, la réprobation était dans l'œil

de celle qui se sentait merdeuse ! Moi !

VII

24 décembre 2019

Cette nuit sera nuit de Noël, douce et sainte nuit pour les veinards entourés de leur famille et d'enfants impatients d'ouvrir leurs cadeaux, cafard assuré pour ceux qui comme moi se retrouveront seuls.

La voix ne s'était plus manifestée, Charles-Henri non plus et mon ventre ne s'arrondissait pas.

Le matin même, j'avais appris aux informations la mort du gendarme Marcel et de son co-équipier. D'après les premiers éléments de l'enquête, leur estafette serait tombée en panne sur les voies d'un passage à niveau dangereux situé sur la commune du Luc juste quelques secondes avant l'arrivée du train, ils n'ont eu aucune chance.

J'étais la seule à savoir que leur mort n'était pas due à une panne de leur véhicule, mais à une volonté délibérée de se détruire, terrible détermination commune à tous ceux qui ont approché Jean-Paul ou Charles-Henri de près ou de loin.

Cette nouvelle renforça ma résolution. Depuis quelque temps, une insidieuse mélancolie me rongeait comme me rongeaient les doses de plus en plus fortes des substances récréatives qui m'aidaient à supporter le poids de mon existence et celui de mes culpabilités.

« Il pleure dans mon cœur
Comme il pleut sur la ville ;
Quelle est cette langueur
Qui pénètre mon cœur ?
[…]
C'est bien la pire peine
De ne savoir pourquoi
Sans amour et sans haine
Mon cœur a tant de peine ![13] »

Je sais bien pourquoi mon cœur a tant de peine, la responsabilité est trop lourde à porter, je me sens directement ou indirectement responsable des morts horribles d'Isabelle, de ses parents et de la jeune femme de Saint-Paul-de-Vence, coupable tout de même de n'avoir rien fait pour tenter de dissuader ou empêcher Charles-Henri de mettre en œuvre sa prédation régulatrice, mais comment aurais-je pu le dissuader puisque je ne l'avais pas revu et comment l'empêcher de mettre en œuvre sa prédation ? Qui aurais-je pu prévenir ? Qui m'aurait crue ? Et après tout à chacun ses problèmes.

Soudain un élément me revint en mémoire. Lorsqu'elle me dit que j'étais enceinte, voyant mon bonheur la créature extraordinaire que j'aimais tant avait paru être très malheureuse et n'avait prononcé qu'un seul mot : « *Hélas !* »

Savait-elle déjà que je me condamnerais moi-même ce jour ? Pourtant elle sait bien que la mort n'existe pas, non ?

Fatiguée de ma vie sans but sur cette terre, près de ces humains dont je ne supporte plus la médiocrité, sous prétexte d'un voyage lointain et urgent j'ai confié Vanille à mes voisins, Jeanine et René, en leur recommandant de bien s'occuper d'elle, je sais qu'elle sera heureuse avec eux.

Ils avaient l'air contents d'apprendre mon départ : « *Il n'est pas bon pour une jeune femme de rester cloîtrée chez elle, on se faisait du souci pour vous, vous avez mauvaise mine* », ont-ils dit.

Pourquoi se feraient-ils du souci pour moi ? Il ne faut pas être triste, finalement je suis heureuse de rejoindre Charles-Henri, Malincha et Hernán, j'espère qu'ils seront contents de me retrouver dans d'autres conditions et d'autres lieux. Je vais finir d'écrire mon histoire, l'enregistrer sur une clé USB et la déposer sous la dame-jeanne de la cave. Si quelqu'un la trouve un jour qu'il ne se moque pas et surtout qu'il ne me juge pas et ne me croit pas folle, je sais bien que tout cela semble incroyable, pourtant TOUT EST VRAI.

Certains penseront que je suis manipulée ; manipulée ou non, je n'ai plus envie de vivre sur cette Terre.

Je vais fumer un dernier pétard, sniffer un ultime rail de coke, monter sur une chaise, passer la corde de la balancelle autour de mon cou puis sauter de la chaise. Heureusement, je n'avais pas tranché le nœud de cette corde, elle pourra resservir au printemps.

Selon les enseignements de Charles-Henri, quelques secondes avant que mon corps ne me lâche, mon cerveau suscitera la vision d'un tunnel débouchant sur un monde lumineux et un être d'amour, une maman, m'accueillera ! Une fraction de seconde avant la fin, des précurseurs analyseront et me présenteront instantanément la multitude des nouveaux mondes pouvant m'accueillir pour une nouvelle vie. Tous les choix envisageables cohabiteront jusqu'à ce qu'une décision définitive soit prise et sélectionne le bon univers découlant de mon choix. Il deviendra alors mon nouveau présent, l'endroit où je renaîtrai instantanément, les autres univers survivront parallèlement quelque temps avant de disparaître.

Mon choix ? Vous vous en doutiez, la planète Proxima Centauri b. ! Je suis sûre que Charles-Henri, Malincha et Hernán m'y attendent.

Dernière partie : …et le crâne du président s'ouvrira telle une pastèque trop mûre.

On ne se méfie pas assez des vieux qui portent une casquette à carreaux sur la tête !

I

Cédric.

Nous sommes le soir du 15 novembre 2021.

Vous ne me croirez jamais lorsque vous lirez ce que je viens d'écrire… Vous penserez qu'il s'agit d'une fiction !

Le monde entier a assisté au drame en direct, nul ne peut douter de sa réalité, personne donc ne remettra en question la réalité de la tragédie, mais beaucoup remettront en cause ma santé mentale quand je révélerai le nom, la nature du responsable de ce drame et ses motivations. Pourtant je vous garantis ne jamais prendre de drogue et ne boire d'alcool que très rarement.

Comme tous les gens équilibrés et rationnels vous hausserez les épaules en disant : « C'est impossible, matériellement impossible, absolument impossible ! »

Malheureusement c'est arrivé.

C'est arrivé à cause de lui ! On ne se méfie pas assez des vieux qui ont une casquette à carreaux sur la tête…

Cette histoire commence pour moi en juillet de cette année 2021.

Né à Cannes il y a soixante-cinq ans, ma vie a été bien remplie, trépidante et laborieuse. À cinquante ans j'avais déjà fait fortune dans l'immobilier, ce qui me valut trois ou quatre ennemis intimes, de nombreux amis plus ou moins sincères, et suscita en moi l'envie irrésistible de profiter sagement de mon argent, récompense légitime de mon travail et des risques pris, sous des cieux plus cléments.

Après avoir sillonné certains déserts en 4 x 4, vogué en voilier sur toutes les mers du monde, gravi les plus hautes montagnes du globe, sauté en parachute, volé en wingsuit (combinaison ailée), rencontré quelques malfaisants dangereux qui me contraignirent à défendre ma vie en utilisant parfois une extrême violence, résidé brièvement au Mexique, puis m'être fixé à Marrakech ou j'étais resté confiné comme tout le monde en mars et avril 2020 (le confinement dans mon Riad de 200 m² en compagnie de la jolie Aïcha ne m'avait pas vraiment traumatisé), l'appel du pays se fit entendre, insistant.

Imitant Ulysse qui après plus de dix ans d'absence voulut retrouver son île d'Ithaque j'eus subitement envie de revoir ma douce France, sa belle Provence et la mirifique Côte d'Azur.

« Heureux qui, comme Ulysse, a fait un beau voyage,
Ou comme cestuy-là qui conquit la toison,
Et puis est retourné, plein d'usage et raison,
Vivre entre ses parents le reste de son âge !

Quand reverrai-je, hélas, de mon petit village
Fumer la cheminée, et en quelle saison
Reverrai-je le clos de ma pauvre maison,
Qui m'est une province, et beaucoup davantage ?[14] »

« Heureux qui comme Ulysse
A fait un beau voyage
Heureux qui comme Ulysse
A vu cent paysages
Et puis a retrouvé après
Maintes traversées
Le pays des vertes années.[15] »

Les vrais baroudeurs sont semblables aux saumons sauvages. Ils passent leurs belles années dans des océans lointains puis, arrivés aux portes de la vieillesse, ils pensent enfin à se reproduire avant de mourir et entament leur ultime voyage pour rejoindre le ruisseau où ils sont nés.

Ma nouvelle épouse Aïcha, jolie brune aux yeux verts âgée de vingt-neuf printemps étant maintenant enceinte de huit mois, le premier but de mon dernier voyage, me reproduire, se trouvait alors en passe d'être atteint. Il me resterait donc à mourir pour achever ma mission, mais cette activité ne revêtait aucun caractère d'urgence.

J'avais exactement 36 ans de plus qu'Aïcha, ce qui pourrait

paraître beaucoup, mais nous vivions bien cet écart important, enfin, il me semble.

M'interrogeant sur ma capacité à la rendre heureuse malgré cette différence d'âge, je lui reprochais parfois en plaisantant :

— Tout au long de la première partie de ma vie, je t'ai cherchée partout, mais tu n'étais pas à l'heure.

Aïcha, poétesse dans l'âme, répondait invariablement :

— Quand j'ai croisé ta route, nous avions la même heure ; l'horloge de nos cœurs rejoint celle du temps.

Amoureux, mais pas fou, conscient que les femmes les plus chères sont celles que l'on ne paie pas, notre mariage a été conclu sous le régime français de la séparation des biens. Pour un homme arrivé à l'automne de son existence, vivre avec une compagne beaucoup plus jeune est une bénédiction… qui peut rapidement se transformer en malédiction s'il n'y prend garde. Jouir de la jeunesse d'une femme est un cadeau inestimable qui peut coûter très cher, et pas seulement en termes financiers, aux messieurs d'âge mûr trop naïfs.

De mon Riad marocain j'avais confié à mon vieil ami Laurent, agent immobilier à Fayence, le soin de trouver dans un beau coin de l'arrière-pays cannois, non pas le « clos d'une pauvre maison » comme le réclamait Joachim du Bellay (talentueux auteur d'une partie des vers cités plus haut), mais une jolie propriété digne d'abriter ma famille et d'adoucir ces inéluctables vieux jours qui ne tarderaient pas à mettre ma pendule à l'heure d'hiver.

En juillet donc il m'avait appelé, très excité :

— Tu n'es pas superstitieux ?

— Non, pourquoi ?

— Je t'ai trouvé l'affaire du siècle près du vieux village de Montauroux : une maison de 240 m^2 habitables située à 300 m d'une salle de cinéma 3D. Murs et cheminée ronde en pierres, tuiles et poutres récupérées sur un authentique vieux mas provençal, évier taillé dans du marbre antique, quatre chambres et autant de salles de bains, plancher chauffant, immense sous-sol complet comprenant une vraie cave voûtée, mazet indépendant aménageable en maison d'amis ou de gardien, grand terrain d'un demi-hectare complanté d'oliviers centenaires, mimosas, grenadiers, amandiers, piscine en forme de haricot, vue sur l'Estérel, aperçu mer et tout ça pour… dis un prix ?

— Un million d'euros ?

— Non.

— Un million deux cent mille ?

— 500 000 €, plus le prix d'un bon nettoyage, quand je te dis que c'est l'affaire du siècle !

Si comme moi vous aviez beaucoup pratiqué l'immobilier, vous sauriez que l'affaire du siècle n'existe pas.

— Où est le piège, il y a un cadavre dans un placard ?

— Presque, il y a bien un cadavre, mais il n'est pas dans le placard, c'est pourquoi je t'ai d'abord demandé si tu étais superstitieux. L'ancienne propriétaire, homosexuelle, toxicomane, écrivaine ratée à moitié folle s'est pendue à une corde sous l'auvent fin décembre de l'an dernier. Bon assez parlé, tu prends le premier avion et tu ramènes tes fesses avant qu'un Lyonnais ou un Parisien ne nous pique l'affaire.

— Non, transmets-moi d'abord des photos par mail.

Un quart d'heure plus tard, les photos arrivaient,

Laurent n'avait pas exagéré, la maison était superbe, tout à fait ce que je recherchais.

Si je l'achète, il faudra que je pense à lui dire de ne jamais évoquer le suicide de l'ancienne propriétaire devant Aïcha. La superstition est une seconde nature chez elle, comme la jalousie. Dans certaines cultures, la religion n'est pas tentative de rapprochement du divin et exaltation de l'esprit, mais plus simplement une assurance tous risques ou une protection contre tout ce qui est inexplicable et semble dangereux dans le monde. Elle me parle souvent de sa crainte des djinns et des démons, surtout de celui que toutes les religions appellent l'Ange de la mort : *Azraël*.

En ce qui me concerne, les djinns et les démons ne m'ont jamais fait peur, ils me semblent beaucoup moins dangereux que certains humains, seuls ceux qui croient en leur existence les craignent !

Je pris le premier avion disponible à destination de Nice, sans Aïcha, le médecin lui ayant formellement déconseillé un tel voyage en raison de son état de grossesse avancée.

II

Je louai une voiture à l'aéroport et rejoignis Laurent.

La visite de la propriété, sublime, m'enthousiasma bien que l'intérieur soit dans un état de saleté repoussant et dégage une grande puanteur.

Le sol était couvert de mégots, filtres en papier remplis de marc de café malodorant, flaques d'urine séchée et crottes de chien. Je repérai également un grand nombre de sachets renfermant des résidus minuscules d'une poudre blanche n'étant vraisemblablement pas du sucre en poudre, quelques seringues, une dizaine de bouteilles de vin de bourgogne et de champagne vides, un cahier bleu d'écolier tout collé de confiture ou de miel et même un compte rendu de test de grossesse ayant pour finalité de déterminer si une certaine Emmanuelle, sans doute l'ancienne propriétaire, était ou non enceinte. Manifestement, ladite Emmanuelle avait une conception très élargie de l'homosexualité et n'hésitait pas à accueillir des représentants de tous les sexes dans son lit, ce qui me la rendit très sympathique.

Les premières pages du cahier dégoûtant que je pris du bout des doigts et feuilletais distraitement avant de le redéposer au sol étaient couvertes d'une écriture minuscule pratiquement illisible pour moi, ma vue sans lunettes n'étant plus ce qu'elle avait été.

En revanche, écrit en caractères gras, le résultat du test de grossesse que je parcourus machinalement me parut très étrange : n'étant ni négatif ni positif le laboratoire ne comprenait pas la conclusion à laquelle il était parvenu.

Après la visite complète, je pris Laurent par le col de sa chemise et lui demandai :

— Tu me prends pour un imbécile ?

— Pourquoi dis-tu ça ? bredouilla-t-il.

— Depuis quand cette maison est-elle en vente ?

— Depuis janvier 2020.

— Cette propriété sublime vendue à moins de la moitié de sa valeur aurait dû partir en quarante-huit heures et elle n'est toujours pas vendue un an et demi après sa mise sur le marché alors je répète : tu me prends pour un imbécile ! Je croyais que nous étions amis, que me caches-tu ?

Il a pris son air rusé, celui qui me fait toujours rire et a répondu :

— Bon d'accord. Il n'y a pas un cadavre dans le placard, il y en a trois. La dernière propriétaire s'est pendue comme je te l'ai déjà dit et son prédécesseur, un pédophile qui allait être arrêté pour avoir violé et étranglé une gamine s'était empoisonné avec sa femme. Tu sais comment sont les gens dans les petits villages, ils ont surnommé cette propriété « la maison du malheur » ce qui a fait fuir tous les acquéreurs faibles d'esprit. Voilà pourquoi tu vas faire l'affaire du siècle… Et lâche ma chemise, tu vas la froisser !

Les histoires de fantômes ou de mauvais œil ont toujours traversé mon cerveau sans laisser de traces sur mes neurones, les vivants sont bien plus à craindre que les morts. En réalité j'étais ravi, il y a bien longtemps que la pratique des affaires m'avait appris qu'avec un peu d'intelligence un inconvénient pouvait rapidement se transformer en avantage : le passé glauque de cette maison allait me permettre d'en discuter le prix.

Après une âpre négociation nous nous mîmes d'accord avec le notaire lyonnais chargé de la vente sur la base d'un prix de 430 000 € plus les honoraires de mon pote et néanmoins agent immobilier avant tout, s'élevant à 20 0000 € TTC, prix d'ami.

450 000 €, maintenant c'était bien l'affaire du siècle.

Le notaire fit « fissa » comme disent mes amis arabes, car les héritiers, des parents très lointains d'Emmanuelle, étaient pressés d'entrer en possession de leur héritage. Le compromis me parvint par mail le lendemain de mon retour à Marrakech. Je l'imprimai, le signai dans le bureau du consul général de France qui authentifia ma signature, puis je le scannai et le retransmis au notaire.

Le 24 août, jour de la Saint-Barthélemy, Aïcha mit au monde une belle petite fille qui fut prénommée Kahina. Dès sa naissance, je fus dingue de ce petit bout de chou.

L'acte authentique fut régularisé le lundi 25 octobre 2021

dans les bureaux du consulat en ce qui me concerne.

J'arrivai sur place le 10 novembre pour acheter et installer mobilier et électroménager neufs, après qu'une entreprise de nettoyage eut rendu l'endroit digne d'accueillir mes deux princesses et mis à la poubelle mégots, filtres et marc de café, crottes de chien, sachets de coke vides, seringues, bouteilles de vin, compte rendu d'analyse et… le cahier bleu d'écolier.

III

Aïcha allaitant encore le bébé et se sentant très fatiguée, il nous avait semblé plus raisonnable que les deux femmes de ma vie me rejoignent dès que tout serait en place.

Elle avait glissé dans ma valise le texte, incompréhensible pour moi, d'une invocation rédigée en arabe littéraire par un certain Cheikh Outheïmin, exorcisme indispensable pour purifier la maison et nous protéger d'Azraël, cet Ange de la mort qu'elle semblait craindre plus que tous les autres démons réunis.

L'incantation, pour être efficace, devait être enterrée sous le premier palmier situé à quelques mètres de la porte d'entrée, ce que je fis. Quand on aime, il faut respecter les croyances et coutumes de l'être aimé même lorsque l'on s'en amuse.

Installé sommairement, j'ai commencé à ouvrir des cartons, émerveillé par le charme de cette magnifique demeure : murs et cheminée ronde en pierres, vue sur l'Estérel, aperçu de la baie de Saint-Raphaël, piscine, un demi-hectare de terrain arboré de vieux oliviers, arbousiers, palmiers, mimosas, vigne accrochée aux murs extérieurs d'un petit mas indépendant pouvant servir de remise ou de maison d'amis. L'ancienne propriétaire était vraiment une grande malade mentale. Comment peut-on habiter un tel endroit et finir par se pendre ? Décidément, je ne comprendrai jamais les femmes.

La drogue était sans doute la principale responsable du désastre. Le comportement des camés a toujours été une énigme pour moi, si de nombreux vices réjouirent raisonnablement mon existence, par chance aucune addiction n'avait jamais pourri ma vie. Comme généralement on n'a pas d'empathie pour les faiblesses qui nous sont étrangères, j'avais beaucoup de peine à comprendre que l'on puisse ainsi démolir bêtement et gratuitement son existence, mais après tout chacun fait ce qu'il veut de ses fesses, de son cœur et de sa santé.

C'est en nettoyant la cave pour y déposer quelques bouteilles que j'ai découvert sous une dame-jeanne posée sur la terre, une petite boîte en plastique transparente dans laquelle se trouvait une clé USB entourée d'un morceau d'essuie-tout, vraisemblablement en protection contre l'humidité

Je l'ai enfouie dans ma poche jusqu'au soir où j'entrepris de la lire calmement en grossissant un peu le texte sur mon écran.

C'était le tapuscrit d'un projet de roman écrit par l'ancienne propriétaire (on parle de manuscrit pour un texte rédigé à la main et de tapuscrit lorsqu'il est tapé sur un ordinateur ou une machine à traitement de texte), daté du **24 décembre 2019.**

L'histoire était complètement folle, le contraire eût été étonnant, avec ce que l'auteure semblait *se mettre dans le pif…*

En résumé :

Le premier propriétaire et sa femme puis la romancière, tous trois suicidés, avaient côtoyé un très vieil homme coiffé d'une casquette à carreaux du nom de Charles-Henri qui proposait invariablement à ses invités un breuvage suspect très sucré que lui-même se gardait bien d'absorber. Le pépère se révéla être finalement un extraterrestre « trois en un » initiant Emmanuelle aux joies de la bisexualité et lui prédisant l'épidémie de 2020, puis suite à un massacre perpétré par un combattant de Daech, un grand affrontement mondial dressant religions contre religions, jeunes contre vieux, femmes contre hommes, pauvres contre riches, citadins « villageois du dimanche » contre agriculteurs traités d'empoisonneurs. Le tout sur fond de variole ressuscitée, suicides à répétition, assassinat du Président français et peut-être celui de son homologue américain, décès suspect du pape François et intervention d'un nouveau Souverain Pontife teigneux, grand roi d'effrayeur venu du ciel et nouveau héros de cette histoire de pape et d'épée (Emmanuelle aurait dit : « *mauvais jeu de mots peut-être, mais on n'a pas du talent tous les jours* »).

Ouf…

De plus au début de son livre elle affirmait avoir découvert et recopié le récit de l'histoire du premier propriétaire qui aurait été projeté dans le passé pour avoir touché le Vieillard puis vécu deux existences parallèles lui permettant d'être à la fois présent et absent sur les lieux du viol d'une adolescente.

Du grand n'importe quoi. À part la prédiction assez exacte de l'épidémie de 2020 (les écrivains tombent parfois juste dans leurs fictions), nous avions là un vrai délire de toxicomane offrant sur un plateau le catalogue de tout ce qui ne pourrait jamais arriver. Quelle imagination ! Si le vieux en question existait vraiment, ce dont je doutais quelque peu, son breuvage très sucré qu'il se gardait bien d'absorber lui-même n'était peut-être pas étranger aux hallucinations décrites !

Droguée ou non, son récit témoignait d'une grande culture et montrait à certains moments combien elle avait manqué de tendresse et eut besoin d'amour. Vous ne croirez jamais qu'un indécrottable baroudeur comme moi puisse être ému par sa détresse, pourtant j'avais presque les larmes aux yeux en prenant conscience que sa foi inébranlable envers les élucubrations du vieux l'avait amenée à se pendre sans crainte, imaginant rejoindre enfin un monde meilleur.

Faisant référence à Einstein, Schrödinger, Nostradamus, puis aux univers parallèles, ce texte fou me passionna et l'écriture très particulière de l'histoire aurait presque pu faire penser que l'auteure avait vraiment vécu ce qu'elle décrivait. À un certain moment, elle imaginait même un principe de voyage interstellaire extraordinaire consistant à plier l'espace pour rapprocher deux destinations très lointaines grâce à l'antimatière et l'antigravité, je n'ai pas souvenance que des ingénieurs aient déjà pensé à ce concept.

Mais c'est surtout le passage sur le tunnel précédant la mort qui me sidéra par son intelligence, je n'avais jamais lu une telle explication de ce phénomène récurrent décrit par des rescapés d'un état de mort imminente devenus de plus en plus nombreux grâce aux progrès fulgurants de la réanimation.

IV

Le **13 novembre**, après mon petit déjeuner je reçus un appel angoissé d'Aïcha, ma belle Kabyle restée provisoirement au Maroc :

– Tu regardes la télé ?

– Non pourquoi ?

– Allume vite ton poste, et regarde, je te rappelle dans un instant.

Toutes les chaînes nationales relayées par les chaînes internationales diffusaient en direct une scène terrifiante : un terroriste cagoulé tout de noir vêtu descendait tranquillement les Champs-Élysées en arrosant de balles les terrasses des bars et des restaurants, des dizaines de corps gisaient déjà à terre. Il s'arrêta au niveau du Fouquet's, on le vit distinctement se pencher sur un cadavre, lui déchirer l'oreille avec ses dents avant de la recracher, réenclencher calmement un chargeur neuf et se remettre à tirer.

Au bout de quelques minutes qui semblèrent une éternité, des hommes de la BRI appuyés par une unité du RAID vinrent s'interposer. Après une fusillade interminable, l'homme fut enfin abattu, en direct, juste devant le Fouquet's.

Je n'en croyais pas mes yeux. Je repris le texte de la clé USB à l'endroit de la prédiction du vieux. Datée de fin 2019, soit deux ans avant ce jour, elle décrivait très exactement ce qui venait de se passer… et annonçait ce qui devrait suivre !

Dix minutes plus tard, comme prédit, un journaliste annonça : « Le Président de la République viendra sur les lieux après-demain vers midi malgré l'opposition de son service de sécurité, il tient absolument à faire une déclaration pour redire au pays et réaffirmer au monde que jamais le terrorisme ne gagnera ! »

C'est alors que mon vidéophone carillonna. Je suis sorti jusqu'au portail sans l'ouvrir. Un vieillard attendait en se dandinant d'un pied sur l'autre, il m'a salué et a glissé entre les barreaux une pièce de 50 centimes qu'il laissa tomber dans ma main en évitant de me toucher. Il m'a demandé de lui rapporter son pain, une demi-baguette :

— J'habite à moins d'un kilomètre et demi de chez vous. Au numéro 666 vous prenez le chemin qui s'enfonce dans les bois, ma maison est au bout du chemin. Si vous pouviez venir vers 11 h, je vous en serais très reconnaissant.

Terriblement ridé, son visage était éclairé par un beau regard bleu clair. Il portait une vieille casquette à carreaux sur la tête, ce couvre-chef décrit et détesté par Emma !

Qu'il porte sa casquette à carreaux sur la tête, à la main, ou qu'il se la mette où je pense ne l'autorisait pas pour autant à me donner des ordres, même très poliment !

Permettez-moi un conseil…

Suivez cette règle de vie dictée par mon expérience professionnelle et les coups qu'elle m'a infligés, vous vous en trouverez bien : il ne faut jamais s'engager dans une affaire dont on ne comprend pas à cent pour cent les tenants et les aboutissants !

Être rationnel et cartésien n'exclut pas la méfiance envers l'inconnu, au contraire. Ce vieillard qui ressemblait furieusement à celui qui fut à l'origine, fantasmée ou non, des malheurs des anciens propriétaires d'après le récit d'Emma était mal tombé avec moi. La vie de mes deux princesses m'était bien trop précieuse pour que je prenne le moindre risque en introduisant chez nous un type étrange susceptible de nous nuire par quelque manœuvre ou pour quelque raison que ce soit.

Moqueur, je lui ai rendu sa pièce en faisant ostensiblement très attention à ne pas effleurer sa main :

— Il ne me sera pas possible de venir chez vous vers onze heures, le grand affrontement va commencer et pour rien au monde je ne voudrais manquer le spectacle.

Il me fusilla du regard et partit en me maudissant.

Il me sembla alors entendre une voix de femme chuchoter à mon oreille :

— Tu as eu raison, **on ne se méfie pas assez des vieux qui portent une casquette à carreaux sur la tête.**

V

Outre la description de l'épidémie de 2020 qui prenait maintenant un relief particulier ; la concordance entre les écrits d'Emmanuelle et la réalité des faits qui venaient de se dérouler sous mes yeux semblait trop éclatante pour n'être qu'une simple coïncidence ou le fruit du hasard. Il était bien regrettable que le cahier bleu d'écolier ait été détruit, il cachait peut-être d'autres informations.

En parfait homme d'affaires, ayant pris l'habitude de ne jamais conclure une transaction sans en avoir préalablement étudié et décortiqué le « pourquoi » puis le « comment », je me mis en tête de faire des recherches pour vérifier la véracité des autres faits relatés dans le texte de la clé USB.

Consultation d'archives de journaux sur Internet ou anciens fils d'actualité *Microsoft Edge*, replay de magazines d'informations télévisées, quelques coups de fil à des connaissances, interview soft de certains commerçants, voisins et employés de mairie, discussions animées l'après-midi avec quelques anciens du village autour d'un verre et le résultat était là, indiscutable.

TOUT ÉTAIT VRAI : viol et meurtre de la petite M… près du Mont Vinaigre, lynchage médiatique et public de Jean-Paul suivi de son suicide et de celui de sa femme, suicide du professeur S. et de trois jeunes femmes de son service de la Timone, de l'infirmière libérale du Pays de Fayence, les deux gendarmes broyés par un train, la voiture de l'épouse d'Emmanuelle tombant dans la Saône près du restaurant Paul Bocuse noyant dans sa chute ses quatre occupants, masse métallique découverte sous la face cachée de la lune, Vikram l'atterrisseur perdu de la mission Chandrayann-2, pinède varoise dévastée par un mystérieux phénomène en 1972, l'attentat terroriste perpétré en direct sous mes yeux, et même l'arrivée du vieillard à casquette demandant devant mon portail de lui amener son pain. Tout était vrai… ou presque !

Pourquoi « presque » ? Une seule partie de l'histoire restait sujette à caution : les « contacts rapprochés » avec Hernán et Malincha. Ayant résidé quelques mois au Mexique je connaissais parfaitement ces prénoms maudits. Bien que les faits se soient produits au XVIe siècle, Hernán Cortès et la Malincha sont encore aujourd'hui tenus pour responsables de la destruction apocalyptique du peuple aztèque en particulier et de toutes les ethnies d'Amérique centrale en général : génocide, meurtres de masse, tortures, viols, exactions en tout genre, travail forcé dans les mines, maladies introduites par les Européens, la prédation fut monstrueuse, 80 pour cent de la population indigène disparut en quelques années. Emmanuelle ne pouvait pas avoir inventé de tels prénoms, elle n'avait pas menti une seule fois ; pourquoi aurait-elle menti sur ce point ? Je voulais savoir ce qui se cachait là derrière.

Le lendemain 14 novembre, vers 11 h 30, je suis allé boire un coup au bar de l'hôtel *Belle Plage* à Cannes où Emmanuelle se serait convertie à la bisexualité entre les bras d'Hernán et de Malincha. Là, après avoir sympathisé rapidement, donc superficiellement, avec le barman, je l'ai interrogé :

— Depuis quand êtes-vous employé de l'hôtel ?

— Cinq ans, monsieur.

Je lui ai posé une question idiote :

— Vous souvenez-vous avoir eu comme clients en septembre 2019 un couple de jeunes Suisses très beaux se nommant Hernán et Malincha ?

Comme on pouvait s'y attendre, avec un petit sourire il a objecté :

— Monsieur comprendra qu'il m'est impossible de garder le souvenir de tous les gens qui passent ici.

En souriant à mon tour, je lui ai montré un billet de cent euros :

— Monsieur apprécierait que vous consultiez vos archives à ce sujet.

Il est revenu cinq minutes plus tard :

— J'ai trouvé la réponse à votre question, si vous pouvez

repasser dans une heure mon collègue José sera là, il saura mieux vous renseigner.

Il avait mérité ses cent euros.

Une heure plus tard, le José en question, motivé par un second billet, me raconta sa mésaventure sans se faire prier :

— Je me souviens très bien de cette histoire, vous allez comprendre pourquoi. Le couple dont vous me parlez avait fait une réservation pour deux jours par l'intermédiaire de l'application *Booking* au nom de Mr Hernán et Mme Malincha, citoyens suisses. Ils sont arrivés de la gare de Cannes en taxi et n'ont pas pu déposer une empreinte de carte de crédit, car ils se l'étaient fait dérober dans le train d'après leurs dires, mais ont déposé deux billets de 500 € à la réception en acompte sur leur séjour, le maximum légal pour un paiement en espèces. Ils ont pris possession d'une chambre avec vue sur mer et sont ressortis immédiatement pour aller déjeuner sur la plage. Vers 14 h 30, ils sont revenus avec une jolie blonde aux yeux clairs qui semblait quelque peu alcoolisée et ont commandé deux bouteilles de champagne de Cristal Roederer à 150 € la bouteille que je leur ai montées moi-même en chambre.

— À quoi ressemblaient-ils ?

— Ils étaient vraiment canon. La femme, métisse eurasienne, visage de poupée encadré de longs cheveux bruns et silhouette sublimissime, attirait tous les regards. L'homme, un blond athlétique avec des yeux bleus était très beau, le genre de type dont la vue suscite aux petits bruns un peu enveloppés l'envie de pleurer en se regardant dans la glace et vous inspire de courir boucher les yeux de votre femme ou de la cacher dans un coin jusqu'à ce qu'il soit parti. Ils semblaient avoir cinquante ans tout au plus à eux deux.

— J'ai cru comprendre qu'ils vous avaient laissé un souvenir marquant ?

— Oui. Lorsque je suis remonté à leur étage un peu plus tard pour répondre à l'appel d'un autre client, en passant devant leur porte pourtant bien isolée phoniquement, j'ai entendu des gémissements très suggestifs.

— Vous devez avoir l'habitude.

— Oui, mais il est tout de même peu commun que des clients partent à deux et reviennent à trois et la personne qui gémissait poussait par moment de tels cris qu'elle devait vraiment s'éclater. Je dois reconnaître que j'en fus troublé, ce qui ne manqua pas de réjouir ma femme qui devint dès mon retour en soirée l'heureuse bénéficiaire de mon excitation.

Je lui remis un autre billet de 100 €.

— José, vous racontez bien, mais il me semble deviner que leurs exploits sexuels ne sont pas la seule cause de la réminiscence impérissable qu'ils vous ont laissée.

— Non, monsieur, vous devinez juste. Vers 16 h 30, la jolie blonde est descendue et a quitté l'hôtel. Elle paraissait bien fatiguée.

Il a marqué un temps d'arrêt puis m'a regardé avec un sourire dans les yeux, sûr de l'effet qu'allait me faire sa révélation :

— J'ai bien entendu, vous m'avez demandé ce que sont devenus les deux Suisses, monsieur ?

Ce type était trop amusant !

— Vous avez bien entendu, José ! Que sont devenus les deux Suisses ?

— Vous ne me croirez jamais. Ce qui s'est produit ne peut pas se produire, c'est physiquement impossible, absolument impossible, tous les gens équilibrés et rationnels vous le diront, pourtant c'est arrivé.

— Qu'est-il arrivé ?

— Ils ont disparu.

— Comment ça : « ils ont disparu » ?

— Ils ne sont ressortis de leur chambre ni l'après-midi ni la soirée. Lorsque j'ai quitté mon service vers 22 h, j'ai bien recommandé au veilleur de nuit de surveiller leurs déplacements. Il ne les a pas vus réapparaître de la nuit. Le lendemain matin, la femme de ménage a toqué à leur porte puis l'a ouverte, la chambre était vide.

— Le veilleur de nuit a dû s'endormir

— Non, Monsieur, il commande électriquement toutes les entrées et sorties à partir de 22 h. De plus, j'ai visionné l'enregistrement de la caméra de surveillance du couloir de leur étage, je suis sûr qu'ils ne sont pas ressortis de la chambre.

— Ils ne sont jamais réapparus ? C'est impossible !

— Je partage votre opinion, c'est impossible, mais il y a plus extraordinaire.

— Il y a plus extraordinaire ?

— Oui, Monsieur, les caméras ont tout enregistré : vers minuit un vieillard est sorti de leur chambre, il a emprunté l'ascenseur, a demandé l'ouverture au veilleur de nuit. Comme celui-ci est là pour empêcher l'entrée d'indésirables, mais pas la sortie des clients, il lui a donc ouvert la porte et le vieux est parti.

– Je présume qu'il portait une casquette à carreaux sur la tête ?

– Croyez-en mon expérience Monsieur, tous les vieillards portent ce genre de casquette sur la tête.

– Vous avez raison, quelqu'un l'a-t-il touché ?

– Pas à ma connaissance, pourquoi ?

– Avez-vous parlé de tout cela à quelqu'un ?

– Sûrement pas, je tiens à ma place, d'ailleurs à qui aurais-je pu raconter une telle folie et qui m'aurait cru ? Les 1 000 € laissés en caution payaient largement la chambre et le champagne, j'ai donc enregistré leur sortie, soldé le compte et oublié toute cette histoire jusqu'à ce jour.

– Vous avez bien fait.

– Simple curiosité Monsieur, qui êtes-vous ? Comment avez-vous eu connaissance de cette histoire ? Et avez-vous une explication de ce qui s'est passé ?

– Mon nom ne vous dirait rien. La jolie blonde qui gémissait dans la chambre des deux Suisses était romancière et a relaté cette aventure avec moult détails dans un livre que j'ai lu par hasard et qui me semblait être une fiction. En revanche, je n'avais pas connaissance de ce qui s'est passé après qu'elle soit partie, il me faut bien avouer que cette histoire laisse dubitatif et nous dépasse…

– Pourquoi dites-vous : elle « était » romancière ?

– Elle s'est suicidée.

– C'est bien dommage, une si jolie fille.

Ce fut l'éloge funèbre le plus maladroitement machisme

que je n'aie jamais entendu, les moins jolies apprécieront, et ce fut malheureusement le seul qu'elle eut !

Que vouliez-vous que je dise de plus ? Les explications les plus simples étant souvent les plus vraisemblables, il ne me paraissait pas impossible que les deux Suisses aient quitté l'hôtel dans la journée sans être vus. José n'avait pas pu rester tout l'après-midi les yeux rivés sur l'ascenseur et le vieillard était peut-être sorti d'une chambre contiguë à la leur.

Venu chercher une solution à un problème, je partais avec plus de questions que de réponses, mais j'étais au moins sûr d'une chose : Emmanuelle avait dit la vérité sur ses relations rapprochées avec Hernán et Malincha.

VI

Après un repas express chez *Mac Do,* de retour à la maison je poursuivis mon enquête, recherchant l'explication d'une phrase qui avait marqué mon esprit.

La prédiction du vieux, citée par Emmanuelle, faisait référence à « un grand roi d'effrayeur » venant du ciel pour lequel il donnait une indication curieuse : « *À moins qu'il ne parle de moi ou de l'un de mes semblables.* » Il disait également « *le nouveau pape déclenchera l'Apocalypse* ».

Je me souvins avoir un jour parcouru distraitement le livre d'un auteur moderne. En tordant le texte dans tous les sens pour le faire coïncider à ses désirs, il tentait désespérément de donner des explications un tant soit peu compréhensibles aux élucubrations de Nostradamus, ce médecin du XVIe siècle souvent surnommé « le prophète de Salon-de-Provence ».

Ayant pour titre *Les Centuries,* cette œuvre littéraire vieille d'un demi-millénaire, constituée de quatrains obscurs, énigmatiques et indéchiffrables, applicables de ce fait à toutes les situations et à toutes les époques, était censée annoncer l'avenir.

Un seul de ces quatrains comportait une date précise et évoquait ce fameux « roi d'effrayeur » :

« L'an mil neuf cens nonante neuf sept mois,
Du ciel viendra un grand Roy d'effrayeur :
Resusciter le grand Roy d'Angolmois
Avant après Mars regner par Bon heur »

N'ayant pas souvenance qu'un quelconque roi effrayant soit venu du ciel en juillet 1999, pour m'éclairer et réactualiser mes connaissances sur Nostradamus et l'Apocalypse, j'appelai Marc mon ami d'enfance. Éditeur à Lyon, témoin lors de mon mariage avec Aïcha, c'était l'homme le plus moqueur et aussi le plus calé en écrits anciens que je connaisse.

Ce puits de science commença par beaucoup se gausser de moi, de mon ignorance, et manifesta lourdement son étonnement de me voir soudain m'intéresser à l'œuvre de Nostradamus.

— Que vaut au vieux prophète de Salon-de-Provence le plaisir qu'un éminent promoteur immobilier international s'intéresse à ses folles prédictions ? Un tel honneur l'aurait esbaudi et sûrement émerveillé !

— Si je te le racontais, tu ne me croirais pas. Que peux-tu me dire sur le seul quatrain des prophéties de Nostradamus qui indique une date, celle de juillet 1999 ?

Il me stupéfia par ses connaissances, comme toujours :

— *Les Centuries* ont fait l'objet de nombreuses éditions, variantes, rééditions dont certaines, suspectées d'être apocryphes furent écartées. Peu de gens le savent, mais dans le manuscrit laissé par Nostradamus à son fils César, on trouve une version différente de ce quatrain qui porte le numéro X.72.

Dès la première édition du texte complet, en 1555, **la date de novembre 2021 indiquée à l'origine** dans ce quatrain a été remplacée par celle de 1999 plus « vendeuse » et considérée par l'éditeur lyonnais de l'époque comme susceptible de mieux frapper les esprits par son évocation du passage fantasmé à l'an 2 000. Notre époque n'a rien inventé, au XVIe siècle le marketing faisait déjà des ravages. Il a remplacé également : « mal heur » par « bon heur » ; deux mots qui ne s'écrivaient pas comme aujourd'hui, formés de mal ou bon, suivis de « heur » qui à l'époque signifiait : « chance, bonne fortune ».

Cette date trafiquée fut reprise par la suite dans les variantes de l'édition antidatée de 1566 de Pierre Rigaud, fils de Benoît Rigaud, considérée comme texte de référence par Anatole Le Pelletier, spécialiste de Nostradamus qui écrivit *Les Oracles de Michel de Nostre Dame* au XIXe siècle, version qui fait autorité depuis sa sortie et la supercherie se perpétua jusqu'à nos jours.

— La date d'origine était novembre 2021 ?

— Oui Monseigneur. D'ailleurs, tu as pu constater par toi-même que juillet 1999 est passé sans qu'aucun roi d'effrayeur ne soit descendu du ciel.

— Oui, c'est la réflexion que je me faisais avant de t'appeler : aucun roi effrayant n'est venu du ciel en juillet 1999. Les auteurs modernes cherchent désespérément à donner un sens à ce texte obscur, mais aujourd'hui personne ne semble en mesure de donner une explication rationnelle à ces écrits. Tu saurais m'éclairer sur le sujet et m'expliquer la portée de ce quatrain ?

— Pour comprendre Nostradamus, il faut tout d'abord retrouver la signification qu'avaient les mots au XVIe siècle, signification bien souvent très éloignée de celle du XXIe siècle. Par exemple dans le quatrain dont nous parlons il est indiqué : « *resusciter le grand Roy d'Angolmois* » que tu traduirais sans doute comme tout le monde ou presque par « ramener à la vie le roi d'Angoulême » ?

— Oui, pourquoi ? Il ne faut pas ?

— Non. « *Angolmois* » fait bien référence à la région naturelle qui entoure Angoulême, mais si aujourd'hui « *ressusciter quelqu'un* » signifie « faire revenir un mort à la vie » au temps de Nostradamus il signifiait aussi « revivifier, revigorer ».

De la même manière : « *Roy* » indique bien sûr un « souverain », mais il désignait également « Jupiter ou Zeus, premier des dieux », celui qui du ciel punit par la foudre et le tonnerre.

Enfin, « *Effrayeur* », à ne pas confondre avec effrayant comme tu viens de le faire, erreur commune à la plupart des gens, avait plutôt le sens de « manipulateur » ou « agitateur », quant au mot « *Mars* » un enfant de dix ans reconnaîtrait qu'il faisait référence au dieu de la guerre chez les Romains.

Je commençais à comprendre. Mon pote était vraiment un génie. Il a poursuivi :

— Je vais t'envoyer par mail l'original du fameux quatrain X.72 et sa transcription d'après moi en langage actuel.

— Je veux bien. Tu peux me dire un mot sur « Apocalypse » ?

— Lorsque l'apôtre Jean au premier siècle de notre ère écrivit sa prédiction, ce terme avait le sens de « dévoilement, révélation », mais au XXIe siècle il est tout autre et suggère « la destruction totale de notre monde ». Tu trouveras facilement le texte intégral de *L'Apocalypse* sur Internet.

Bon, je te laisse, j'ai du boulot, MOI. Je ne suis pas à la retraite anticipée comme un certain multimillionnaire de ma connaissance ! Fais des bisous à la jolie Aïcha qui est trop belle pour toi, je n'ai d'ailleurs jamais compris ce qu'elle te trouvait, et un baiser au bébé. Je t'embrasse aussi, vieux frère.

— Merci, je baiserai Aïcha pour toi.

— Je préférerais la baiser moi-même.

Venant de lui cette réflexion ne me fâcha pas, sortant de la bouche d'un autre elle aurait sans doute été suivie de représailles immédiates !

VII

Le texte et son explication en français actuel (selon Marc) me parvinrent dans le quart d'heure :

« L'an mil et mil et vingt et un onze mois,
Du ciel viendra un grand Roy d'effrayeur
Resusciter le grand Roy d'Angolmois
Avant après Mars regner par Mal heur. »

« En novembre deux mille vingt et un,
Du ciel viendra un grand manipulateur qui déclenchera la foudre et le tonnerre.
D'Angoulême il viendra se revivifier
À cause de lui la guerre fera bien des malheurs. »

Dans le texte rédigé par Emmanuelle, un être extraterrestre venu du ciel avait pris l'aspect d'un vieillard qui vécut précédemment à Angoulême. Il vint dans le Pays de Fayence en 1972 pour se revivifier régulièrement dans le mazet d'une propriété abritant un phénomène physique rarissime indétectable par le commun des mortels, vital pour lui, et il se trouva que ce prodige naturel était situé juste sur **ma** nouvelle propriété !

« *Après tout le dommage n'est pas énorme* », me direz-vous. À première vue effectivement le préjudice paraît mineur à un gigantesque détail près : dans le sillage de l'être en question, les suicides et les morts accidentelles semblent proliférer ! Vous voyez mieux maintenant où se situe le problème ?

Un de ces jours, j'étriperai Laurent pour m'avoir attiré dans ce piège. Je savais pourtant que l'affaire du siècle n'existe pas en immobilier et malgré ça je me suis quand même fait avoir, d'un autre côté il ne pouvait pas le savoir, mais je l'étriperai quand même, pour le principe et me calmer les nerfs.

Bref, le vieillard venu du ciel se réjouissait donc et même se félicitait du déclenchement de l'Apocalypse, mot devant être compris dans sa signification moderne, guerre totale entre les humains, destruction de notre monde, spectacle agréable pour lui et nécessité pour la planète.

Naturellement, je lus alors *L'Apocalypse* de Jean.

Parmi un fatras de prédictions nébuleuses dignes d'un consommateur assidu de « substances récréatives », deux phrases attirèrent mon attention :

« *Ce jour-là vint quelqu'un qui ressemblait à un fils d'homme, sa tête et ses cheveux étaient blancs comme de la laine blanche, comme de la neige.* »

Définition non équivoque d'un vieillard ressemblant à un humain, mais ne faisant pas partie de l'humanité.

« *Que celui qui a de l'intelligence calcule le nombre du nom de la bête, car c'est un nombre d'homme, et ce nombre est* ***six cent soixante-six (666)***. »

La maison de Charles-Henri se situait exactement au numéro 666 !

Que dire de plus ? Pour la première fois depuis longtemps mon esprit de grand bourgeois occidental, rationnel et cartésien fut déstabilisé. On se moque toujours des prédictions, on pense qu'elles ne nous concernent pas, mais le moment de l'accomplissement de toutes ces prophéties était-il venu, en notre temps, chez moi ? Les accidents arrivent toujours aux gens qui se trouvent malgré eux au mauvais endroit au mauvais moment !

Les grands bouleversements humains ne démarrent presque jamais chez les grands hommes, mais sont souvent déclenchés par un événement tout à fait insignifiant se produisant chez d'obscurs anonymes.

La crucifixion de Jésus, petit homme sans importance au regard des Romains maîtres du monde antique, passa tout-à-fait inaperçue aux yeux des gens de son époque, n'occupant qu'une ligne minuscule dans toute l'œuvre littéraire de l'historien Flavius Josèphe. Événement banal, dérisoire et mineur pour ses contemporains, cette mort changea pourtant à tout jamais la face du monde.

Dernier exemple en date : personne ne connaissait

Mohamed Bouazizi, mais en dépit de son insignifiance cet illustre inconnu fut, bien malgré lui, à l'origine d'un enchaînement d'événements incroyables.

En 2010, la police tunisienne ayant confisqué la charrette de ce pauvre Mohamed Bouazizi réduit à vendre des fruits à la sauvette pour survivre, désespéré il s'était immolé par le feu. Son geste déclencha les « printemps arabes » qui entraînèrent l'écroulement des régimes tunisien, égyptien, libyen, la chute de Ben Ali, celle de Moubarak, la mort de Kadhafi, la guerre civile en Syrie, l'avènement du monstre Daech, l'embrasement de tout le Moyen-Orient avec intervention des Occidentaux, des Russes et des Iraniens puis contagion aux pays du Sahel et implication en Afrique de l'armée française sous le nom de code : opération Barkhane.

Cause minuscule, conséquences immenses et dévastatrices.

Là, pour une fois la cause viendrait « d'en haut » ; les conséquences en seraient-elles multipliées ?

Lorsqu'on se souvient de l'enchaînement des catastrophes découlant du meurtre de l'archiduc François-Ferdinand et de sa femme, le 28 juin 1914 à Sarajevo : déclenchement de la Première Guerre mondiale et ses 19 millions de morts (sans compter les 50 millions de décès dus à la grippe espagnole), suivi d'un second conflit faisant 60 millions de morts ; on ne peut que redouter ce qui se passerait si les causes décrites par Charles-Henri : l'assassinat du Président français par un islamiste et la résurgence du virus de la variole étaient conformes à ses prédictions.

Avec les guerres de toutes natures et surtout les conflits

entre religions qui suivraient, les conséquences apocalyptiques qu'il décrivait étaient non seulement tout à fait crédibles, mais sûrement bien au-dessous de la réalité prévisible… et il annonçait la mort de près d'un tiers de la population humaine !

VIII

Ce qui est excessif devient insignifiant. Sans doute perturbé par toute cette agitation qui me forçait à sortir intellectuellement de ma zone habituelle de confort, je ressentais le besoin de retrouver un peu de rationalité.

En fin d'après-midi me souvenant de cette phrase de La Bruyère : « *L'on me dit tant de mal de cet homme que je commence à soupçonner qu'il n'ait un mérite importun qui éteigne celui des autres* », je changeai d'avis, et décidai d'aller voir de plus près ce vieillard décrit comme infernal et qui, après réflexion et avec un peu de recul, paraissait bien inoffensif. En premier lieu peut-être n'était-ce pas *le* Charles-Henri ? Et même, dans le cas contraire on pouvait imaginer qu'il se retrouvait malgré lui et sans le savoir le personnage principal d'une romancière en veine d'inspiration ayant écrit un thriller fantastique coïncidant avec une actualité malheureuse ?

Pourquoi pas ? Ce ne serait pas la première fois qu'une

réalité rejoindrait ou même dépasserait la fiction !

Infernal ou inoffensif, j'avais mille questions à lui poser.

Prenant mon pain chez *Lou Pan d'Aqui*, j'achetai également une demi-baguette pour lui. Étant d'un naturel aimable et sociable, je m'en voulais un peu de l'avoir rabroué et affamé en le privant de son pain quotidien.

À 18 h précises, j'arrivai chez lui.

Assis sur un antique banc en pierre sous la tonnelle de sa vieille maison, il semblait m'attendre. En le voyant ainsi, je fus rassuré. Qui pourrait croire que ce vieillard paisible tenant à peine sur ses jambes puisse être ce démon assoiffé de sang prédateur de l'humanité décrit par Emmanuelle ?

Toutefois, me gardant bien de lui tendre la main, en lui remettant sa demi-baguette je l'ai salué en prêchant le vrai pour savoir le faux :

— Bonjour Charles-Henri.

Il joua assez mal le gars surpris.

— Tu me connais ?

C'était bien lui. Il me tutoyait, par respect pour son grand âge j'ai continué à le vouvoyer.

— Non, mais je vous reconnais. Emmanuelle vous a parfaitement décrit.

— Ah bon !

— Vous savez qu'elle est morte ?

— La mort n'existe pas.

Ça commençait bien.

— Si vous le dites ! En tout cas, elle ne fait plus partie du monde des vivants. Dans une « bouteille à la mer » ou plutôt bouteille à la cave, elle a laissé un message qui parle beaucoup de vous.

– Elle dit du bien de moi, j'espère.

– D'après ses écrits, on peut conclure qu'elle était amoureuse de vous.

Je ne lui ai pas révélé le fond de ma pensée : comment une jeune femme de 33 ans avait-elle pu tomber amoureuse d'un vieillard si âgé et croire une seule seconde qu'elle put être enceinte de lui ? Ses doses de coke devaient être sacrément corsées !

Manifestement ravi il m'a questionné :

– Comment t'appelles-tu ?

– Cédric.

– Cédric a eu des remords d'avoir refusé d'apporter le pain à son voisin dans le besoin ?

– Non, je n'ai jamais ni remords ni regrets, je voulais simplement mieux vous connaître.

Son visage terriblement ridé éclairé par un beau regard bleu paraissait vraiment très vieux.

Il m'a demandé mon âge.

– 65 ans.

– Tu es encore un gamin. Pourquoi avoir cherché le bonheur dans tous les pays du monde alors que le malheur est ici, à portée de mains ?

Personne avant lui ne m'avait jamais fait cette réflexion qui me mit immédiatement en alerte, comment pouvait-il connaître mon passé de grand voyageur ?

Puisque nous abordions le sujet de l'état de décrépitude de chacun, sur mes gardes, mais tout de même amusé d'entrer dans son jeu, je lui ai demandé son propre degré de vétusté et attendu ses réactions.

En soulevant un peu sa casquette à carreaux toujours vissée sur sa tête, sans doute pour aérer son cuir chevelu, il m'a dit :

— J'ai 120 ans… ou peut-être 150, je ne sais plus trop, et chaque année je crains de voir fleurir mon ultime printemps.

Il ne se renouvelait pas beaucoup.

Après un long moment de silence, il a soulevé une nouvelle fois sa casquette pour se gratter le crâne et m'a posé la question que j'attendais :

— Crois-tu que le destin de chacun de vous soit déjà écrit à sa naissance ?

— Ne vous fatiguez pas, je suis un autodidacte pur et dur, de la race de ceux qui savent que l'avenir ne se prédit pas, mais se construit.

- Félicitations.

Malheureusement, débutée dans la joie et la bonne humeur, la discussion allait rapidement tourner court et je n'eus pas le loisir de lui poser mes questions.

Se levant péniblement il s'est traîné jusqu'à sa cuisine, a rapporté deux verres emplis de ce qui me sembla être du jus de pomme puis, se rasseyant, il m'a tendu un verre.

— Bois, c'est du bon, je l'ai préparé moi-même.

Pas fou, je n'ai pas pris le verre, ce qui parut beaucoup le vexer, et lui ai demandé :

— Qui êtes-vous vraiment ?

— Ta femme Aïcha sait qui nous sommes, toi tu n'es qu'un ignorant qui se croit savant.

J'eus l'impression qu'une main de glace me broyait le ventre. Comment savait-il le nom de ma femme ? Comment celle-ci pourrait-elle connaître un vieillard dont elle ne soupçonnait même pas l'existence ? Et pourquoi disait-il « *qui NOUS sommes* » ?

Son regard méchant ressemblait maintenant à celui de la gamine possédée du diable dans le film *L'Exorciste* et il me sembla entendre des ricanements provenant de l'intérieur de sa maison. Vous n'allez pas me croire, subitement j'eus la trouille. Comme je me levai pour partir, il dit :

— Je ne t'aime pas, on ne pourra jamais s'entendre, tu me ressembles trop.

Peut-être avait-il compris qu'il lui serait impossible de me manipuler ? Je lui ai répondu :

— Moi non plus je ne vous aime pas et Dieu me garde de ne jamais ressembler à un vieux singe comme vous. Un conseil, tenez-vous désormais loin de ma maison et de ma famille ou je vous casse la tête.

Il a ri pendant une longue minute le corps secoué de soubresauts, comme riait Philippe Bouvard dans *Les Grosses Têtes* :

— Dieu n'a rien à faire de toi, tu es déjà mort et tu ne le sais pas. Ta famille va te tourner le dos, tu mourras seul comme un chien.

— La mort n'existe pas, disiez-vous.

— Pour toi la faucheuse fera une exception, ton agonie sera longue et douloureuse.

— En attendant, vous me devez 50 centimes pour le pain.

— Je n'ai pas besoin de ton pain, tu peux le remporter.

— Je sais que vous avez besoin de vous régénérer dans mon mazet, à partir d'aujourd'hui son accès vous sera interdit.

— J'attendrai le prochain propriétaire qui ne tardera pas. Toi tu n'existes plus, à mes yeux tu es déjà mort !

Une envie irrésistible de serrer son cou maigre et ridé entre mes mains me démangea, il valait mieux que je parte vite pour ne pas me jeter sur lui et l'étrangler.

IX

15 novembre

Mon réveil fut difficile, j'avais mal dormi cette nuit. Perturbé par les paroles du vieux, je pris pour la première fois depuis longtemps conscience de l'éventualité de ma mort et de son incidence sur le bien-être de ma famille. Je m'étais toujours cru immortel, sans moi que deviendraient mes deux princesses ?

Après avoir avalé un bon petit déjeuner, assis face à l'Estérel et au Mont Vinaigre, je communiquai par *Skype* avec Aïcha.

Qu'elle était belle ! Les femmes kabyles sont magnifiques. Un discret voile transparent recouvrait et sublimait ses beaux cheveux noirs très longs et bouclés.

J'aime beaucoup cette tradition du voile qui contrairement

à une légende tenace n'est ni arabe, ni religieuse, ni islamique, mais orientale et vraisemblablement mésopotamienne.

Hammurabi, le roi éclairé qui promulgua la loi du talion : « *œil pour œil, dent pour dent* », relatée par Emmanuelle dans ses écrits, avait déjà préconisé cette pièce d'habillement vingt-trois siècles avant la naissance de Mahomet. Réservé aux femmes et filles d'hommes libres, interdit aux esclaves et aux prostituées, ce prétendu symbole de servitude tant décrié par les laïcs forcenés était tout au contraire un emblème, un étendard brandi en signe de liberté.

Si vous voulez comprendre la culture des autres, il faut vivre avec les autres, c'est ce que j'avais fait toutes ces années et cela m'a permis de me forger sur ce sujet éminemment sensible en France, un avis uniquement esthétique loin de tout esprit de polémique religieuse. Pour moi, dès le moment où ce voile, n'ayant bien sûr rien de commun avec le triste niqab ou la hideuse burqa, est librement porté il souligne et met en valeur plutôt qu'il ne dissimule ou contraint ce qu'il recouvre, cheveux ou corps féminin. J'ai toujours pensé que la beauté suggérée est beaucoup plus excitante qu'un nu brutal.

Aïcha n'était pas dans son état normal, elle paraissait préoccupée et pressée, peut-être s'apprêtait-elle à partir faire ses courses ? Kahina gazouillait dans son landau.

Leur arrivée en France était programmée pour fin de semaine prochaine. J'avais hâte de les serrer dans mes bras et pour ne rien vous cacher j'étais un peu inquiet d'avoir laissé seule une si jeune et jolie femme. Sans souffrir de jalousie excessive, je me demandais tout de même si elle ne finirait pas un jour par succomber aux attraits d'un homme de son âge, charmes avec lesquels il me serait difficile de rivaliser. Mon ami Marc avait raison quand il disait pour me taquiner « *Que te trouve-t-elle ?* » Est-ce que je méritais vraiment une si belle épouse ?

Je lui dis :

– Vous me manquez.

Elle n'a pas répondu et a détourné les yeux. J'ai rajouté :

– Vous me manquez, mais bientôt nous serons réunis.

Je la sentais fuyante et percevais comme un malaise, mes tripes se nouèrent. Vous ne me croirez jamais, elle m'a répondu :

– Non.

– Non quoi ?

– Nous ne serons pas bientôt réunis, je ne viendrai pas.

– Tu ne viens pas. Pourquoi ?

– *Il* m'a envoyé un rêve cette nuit.

– Qui t'a envoyé un rêve ?

– C'était *le troisième rêve, le shaitani,* celui qui est envoyé par le diable. Je sais maintenant qu'Azraël, l'ange de la mort est dans ta maison.

La grand-mère maternelle d'Aïcha l'avait perturbée depuis sa plus tendre enfance en lui faisant croire que les rêves étaient des messages venus d'ailleurs. Forcément prémonitoires dans son imaginaire, ils se classaient en trois niveaux :

- 1er niveau, le *rahmani,* message bénéfique provenant de Dieu ;

- 2e niveau, le *nafsanti* qui met au jour un désir enfoui ;
- 3e niveau, le *shaitani*, directement envoyé par le diable lui-même.

Les idées inculquées dans un jeune cerveau ne s'oublient jamais et ont force de loi. Si elle était persuadée avoir reçu un rêve du troisième niveau, la discussion était close. La faire changer d'avis serait sans doute une mission bien plus difficile que tout ce que j'avais connu jusqu'à ce jour, mais cela ne coûtait rien d'essayer :

— Tu peux venir en toute sécurité, Azraël n'existe que dans tes fantasmes ; il n'y a personne d'autre que moi dans la maison.

— C'est ce que tu crois, mais il rôde autour de toi. Il ne te lâchera plus, il va te tuer, il va tous nous tuer si je viens !

Je savais qu'il était inutile d'essayer de la convaincre.

D'autant qu'elle n'avait peut-être pas totalement tort pour une fois.

Les larmes aux yeux, j'ai coupé la communication. Je venais de réaliser que nous ne nous reverrions peut-être jamais. Le vieux avait vu juste, ma famille me tournait le dos.

De plus, si les prédictions de Charles-Henri rapportées par Emmanuelle et enregistrées sur la clé USB trouvée dans la cave se concrétisaient vraiment, les horreurs des guerres de religion nous sépareraient à tout jamais. Une femme maghrébine revêtue ou non d'un voile ou d'un foulard ne pourrait pas mettre un pied dehors en France sans être agressée par quelques fachos abrutis, de la même manière un occidental risquerait sa vie à tout instant dans un pays musulman. Nous allions nous retrouver chacun dans un camp ennemi sans rien avoir demandé. Les hommes sont ainsi faits, ils tolèrent apparemment leurs différences de couleur de peau, de faciès, de religion ou d'opinion politique, mais s'égorgent à la première occasion pour ces mêmes motifs.

Pour me changer les idées, le reste de la matinée j'ai réalisé quelques travaux de finition et installé sur la façade extérieure des lustres marocains en fer forgé ayant la forme de torches, mais le cœur n'y était plus.

À midi moins dix, malgré mes doutes d'homme farouchement cartésien, mais toutefois ébranlé dans ma rationalité par mes recherches précédentes qui laissaient présager un futur terrifiant, j'ai allumé la télé en priant le ciel que les prédictions de Charles-Henri rapportées par Emmanuelle et enregistrées sur la clé USB trouvée dans la cave ne se réalisent pas et que je puisse ainsi persuader Aïcha de venir vivre avec moi en France.

X

Les Champs-Élysées étaient bouclés, interdits à la circulation.

Les chaînes de télé d'info en continu montraient les tireurs d'élite de la gendarmerie nationale disséminés sur les toits face au principal établissement visé par le terroriste qui s'était surtout acharné sur la terrasse du *Fouquet's*, symbole du luxe à la française, déjà dévasté par les gilets jaunes quelques années auparavant. Les policiers étaient partout, mais contenaient difficilement les black blocs présents depuis le matin, attirés comme des mouches par l'odeur du malheur et l'opportunité de casser du flic, du bourgeois et incidemment de se servir gratuitement dans les vitrines brisées de quelques boutiques de luxe.

De la fumée s'échappait déjà de certains magasins pillés par ceux qui, au nom d'une prétendue lutte sociale, ne respectaient même pas ce moment de deuil de leur propre nation.

Plus rien ne pouvait étonner venant d'eux : leurs précédents exploits avaient consisté à dégrader pour la seconde fois l'Arc de Triomphe et souiller la tombe du Soldat inconnu, figure héroïque représentant tous les hommes qui avaient donné leur jeune vie pour que leurs descendants, c'est-à-dire eux, soient libres. Ces infortunés soldats morts dans la boue au temps d'aimer, malheureux gamins à peine sortis de l'adolescence qui avaient tourné sans la lire la page où l'on aime pour arriver directement à celle où l'on meurt, n'imaginaient pas que certains salopards indignes de leur sacrifice pisseraient sur leur tombe, abusant odieusement de cette liberté qu'ils n'avaient pas méritée.

Les journalistes, ravis de couvrir un tel événement, interviewaient des responsables de la police qui malgré l'ampleur de leur dispositif montraient une grande inquiétude et répétaient à qui voulait l'entendre :

— Le risque zéro n'existe pas. Nous n'avons pas eu le temps de vraiment sécuriser la zone, le Président ne devrait pas s'exposer ainsi.

Comme un vol de corbeaux près d'un charnier fatal, la mort planait au-dessus de la plus belle avenue du monde. Hier, vingt-quatre personnes avaient été tuées et plus d'une centaine, blessée, sans distinction de religion, âge, sexe, classe sociale ou origine ethnique par le « loup solitaire » comme le nommaient les médias, ce traître à l'humanité.

Solitaire, le loup ? Quelle ignorance, les canidés chassent toujours en meute ! J'ai relu la prédiction du vieux, son avertissement tournait en boucle dans ma tête :

« Le surlendemain vers midi, le Président de retour des États-Unis se rendra près du Fouquet's, accompagné du Premier ministre, du ministre de l'Intérieur et du préfet de police, ***folie inutile****, mais personne ne comprendrait que le Président ne se déplace pas pour prononcer quelques paroles fortes, mais vaines : je suis ici avec vous pour dire aux terroristes que je condamne fermement de tels actes, les responsables seront pourchassés et punis avec la plus grande rigueur, le terrorisme ne gagnera jamais, etc. Le sniper posté à la fenêtre d'une chambre de bonne située dans un immeuble proche, louée depuis plusieurs semaines à ce garçon si gentil, si serviable, diront par la suite le propriétaire et les voisins, n'aura qu'à appuyer sur la gâchette de son fusil DAN.338 et le crâne du président s'ouvrira comme une pastèque trop mûre. »*

Tétanisé et impuissant devant mon écran de télévision que pouvais-je faire ? Téléphoner à l'Élysée pour que le Président reste sagement cloîtré ce qui amuserait beaucoup les standardistes, prier une divinité en qui je ne croyais pas pour que tout cela n'arrive pas ?

Comme beaucoup de gens, j'avais avec Dieu une relation ambiguë. Semblable à un mafieux de bas étage qui se soumet au Parrain pour bénéficier de sa protection, j'étais toujours prêt à reconnaître son existence et sa domination en échange d'une assistance lors de mes moments de désespoir, mais très vite je redevenais moqueur, niant sa réalité, irrespectueux même quand tout allait bien.

Sur l'instant, je compris le désarroi qui obsède sans doute les authentiques médiums conscients de la vanité et l'inanité de leurs visions :

- soit, ils perçoivent réellement le futur déjà écrit, et quoi qu'ils fassent, ce qu'ils ont prédit arrivera ;

- soit, leurs prédictions modifient l'avenir et, aux yeux du monde ordinaire, leurs visions se révèlent donc fausses.

Impuissants ou faux prophètes, bourreaux ou victimes, quoiqu'il arrive, ils sont ridicules ou inutiles…

Peut-être unique dépositaire d'une connaissance vaine du futur, je me sentais inutile et ridicule.

XI

Étonnamment pour un mois de novembre à Paris, le ciel était bleu, sans aucun nuage, et il faisait anormalement chaud, le réchauffement climatique modifiait la météo à toute vitesse. La voiture du Président arriva vers midi vingt et se gara près du numéro 99 de l'avenue des Champs-Élysées, près du *Fouquet's*. Son service de sécurité rapprochée l'entourait, prêt à intervenir au moindre signe de danger. Il était accompagné du « gratin » de l'exécutif : Premier ministre, ministre de l'Intérieur, préfet de police, plus quelques inconnus qui prenaient un air important.

Ce Président qui depuis quatre ans essayait vainement de réformer un pays ingouvernable en faillite et au bord de la guerre civile semblait épuisé. Le gilet pare-balles que ses gardes du corps lui avaient imposé déformait sa veste, son épouse lui tenait la main.

Un rictus triste et amer déformait sa bouche. Malgré sa jeunesse, aujourd'hui il avait cent ans et paraissait porter toute la misère du monde sur ses épaules. Il monta les quelques marches de la petite estrade dressée en hâte pour la circonstance et se rapprocha de la forêt de micros tendus pour faire sa déclaration.

Les caméras zoomèrent sur lui, balayant au passage le premier rang des spectateurs et s'attardant sur un visage que je reconnus avec effroi.

Parmi les curieux, assis comme au théâtre sur un siège pliant en toile de type « metteur en scène » ou « acteur », se tenait le vieillard tout de blanc vêtu. Comment pouvait-il être là ? Sa chevelure semblable à de la laine, une laine blanche comme neige, débordait de la casquette à carreaux vissée sur sa tête, son regard malin pétillait et fixait la caméra. Je ne sais si ce fut un effet de mon imagination, mais il me sembla qu'il faisait un clin d'œil complice aux téléspectateurs.

Tout se mettait malheureusement en place et toutes les conditions étaient réunies pour que ses prédictions se réalisent :

- Ce jour était le 15 du mois de novembre 2021. Novembre 2021 date initiale et cachée de l'intervention du grand roi d'effrayeur, agitateur et manipulateur venu du ciel, déclencheur de tonnerre et de foudre prophétisé par Nostradamus ;
- Un vieillard aux cheveux blancs comme neige qui « ressemblait à un fils d'homme », mais n'était pas humain d'après Emmanuelle, annoncé par Jean dans son Apocalypse et habitant au n° **666** de ma rue était

présent au premier rang ;

- Ce vieillard avait prophétisé exactement ce qui s'était et allait se passer, il s'en réjouissait et était assis là pour assister au spectacle et peut-être pour contrôler que tout se déroulerait comme prévu.

Mon esprit essayait encore de museler mon angoisse et de négocier avec elle : il s'agissait peut-être de coïncidences ? À part mon ami Marc, qui pouvait encore croire en ce XXIe siècle aux écrits incompréhensibles de Nostradamus ou aux délires psychédéliques et grotesques de l'apôtre Jean ? Le Président allait sûrement faire tranquillement son discours, repartir comme il était venu et la vie continuerait comme avant. Aïcha et notre fille pourraient me rejoindre, nous allions vivre longtemps ensemble, heureux dans cette belle France tolérante et laïque garante de la liberté de conscience de chacun.

Rien n'y faisait, je n'arrivais pas à me rassurer. J'avais la certitude qu'un cataclysme allait se produire sous mes yeux dans quelques minutes, et la conviction absolue que le vieux ou ce qui se cachait sous cette apparence, grand manipulateur d'humains peuplant le Zoo dont il se disait le « gardien », avait d'autant plus facilement prédit ces événements terribles qu'il les avait organisés pour se divertir ou remplir son devoir de prédateur et se glorifier aux yeux de ses maîtres ; leur montrant ainsi la pertinence des conclusions de sa thèse traitant *De l'influence des superstitions, des religions et des idéologies totalitaires sur la capacité des peuples primitifs terriens à se détruire eux-mêmes.*

Notre capacité à nous détruire nous-mêmes facilitait sa mission de prédation pour réguler notre population d'humains nuisibles à la Terre, il n'avait eu qu'à organiser les préliminaires. Les préliminaires sont les allumettes qui mettent le feu à nos désirs, qu'ils soient sexuels, envie irrésistible de détruire celui qui est différent, attirance perverse pour la mort… D'après lui, l'incendie, parti de France, allait se propager tout autour du globe, mais mon cerveau refusait le concept !

Se posa alors à moi cette question : aurais-je pu être le grain de sable désorganisant la mécanique du vieillard diabolique, le dernier rempart contre sa perversité si je l'avais étranglé lorsqu'il s'était présenté devant mon portail ou assis sur son banc en pierre ? Dans ma vie j'avais déjà tué plusieurs fois de mes propres mains pour me défendre, recommencer ne me faisait pas peur.

Mon existence insignifiante aurait alors été aussi indispensable à notre monde que l'est un pion dans une partie d'échecs, une ligne dans un programme informatique, la plus petite partie du code source d'un algorithme.

Grâce à moi, petit pion, minuscule ligne informatique, plus petite partie d'un code source, le monde qu'il avait prévu de créer n'aurait jamais existé, une autre version du présent se serait imposée.

L'univers aurait-il vraiment été différent si j'avais pris la décision de serrer son cou maigre de poulet, ou ce destin de l'humanité était-il écrit et inexorable ? Qui le sait ?

Pourquoi ne l'avais-je pas étranglé quand il était à ma portée ? Jamais un tel regret et une telle haine envers une créature n'avaient fait ainsi cogner mon cœur, mais cette chose qui allait me séparer de la femme et l'enfant que j'aimais était-elle seulement vulnérable à une agression humaine ? Même si je l'avais tuée, ses sbires meurtriers n'étaient-ils pas déjà prêts à agir ?

Je me répétais : l'univers aurait-il vraiment été différent si j'avais pris la décision de le massacrer ou ce destin de l'humanité était-il écrit et inexorable ? Qui le sait ?

Quoi qu'il arrive, dès ce soir, pour informer mes contemporains de son existence et de sa perversité, j'écrirai mon histoire à la suite du texte d'Emmanuelle au risque de passer pour un mythomane paranoïaque, histoire qui pourrait se résumer en une phrase :

« ***Méfiez-vous du vieux qui porte une casquette à carreaux sur la tête.*** »

Je remettrai l'original de la clé USB sous la dame-jeanne de la cave et demain j'en déposerai une copie à la poste de l'aéroport à destination de la rédaction de ***Nice-Matin*** et une à destination du commissariat de Cannes. Un journaliste ou un policier me prendra peut-être au sérieux et fera son boulot d'investigation en décidant d'enquêter ? Peut-être pourrait-on empêcher ce monstre de poursuivre son œuvre de prédation et réaliser son plan B consistant à faire abattre le Président américain le 4 juillet prochain, car il ne va sûrement pas s'arrêter en si bon chemin ? J'en doute fort, mais ça ne coûte rien d'essayer.

Ensuite ? Ensuite, je prendrai le premier avion à destination de Marrakech, mes deux princesses me manquent trop.

Après ? On verra bien…

Vous croirez forcément à ce qui est arrivé ensuite.

Vous le croirez forcément puisque comme tous les téléspectateurs du monde entier vous avez vécu le drame en direct ce 15 novembre 2021, mais vous ne me croirez jamais lorsque vous apprendrez que c'est arrivé à cause de lui.

Pourtant c'est arrivé, mais personne ne peut imaginer que ce soit à cause de lui !

On ne se méfie pas assez des vieux qui ont une casquette à carreaux sur la tête.

Face à un péril imminent, on se raccroche parfois à des chimères. Un des hémisphères de mon cerveau, je ne saurais dire lequel, était dans le déni et tentait encore de me rassurer en me certifiant bêtement : il est impossible, absolument impossible de déclencher le tonnerre et la foudre dans un ciel bleu sans nuages, tous les gens équilibrés et rationnels le savent.

L'autre hémisphère regardait les choses en face et affirmait : il y a bien longtemps que les hommes savent déclencher la foudre et faire gronder le tonnerre ailleurs que dans le ciel.

Et c'est arrivé. À cause de lui, le prédateur suprême !

XII

Le Président se racla la gorge, esquissa un sourire triste en forme de rictus puis commença son discours : « *Je suis ici aujourd'hui, à vos côtés, pour dire aux terroristes que jamais la France ne céd…* »

À ce moment précis, comme *frappé par la foudre* son crâne s'ouvrit telle une pastèque trop mûre.

Dans la fraction de seconde qui suivit, *le tonnerre* d'une détonation me parvint puis le hurlement de la première dame me glaça.

La caméra s'affola, cherchant en vain d'où pouvait provenir la détonation, puis en désespoir de cause elle se fixa, je ne sais pourquoi, sur le vieux tout de blanc vêtu.

Assis sur son pliant, il paraissait très à l'aise bien que sa casquette soit couverte de sang.

Pendant un court instant, le temps sembla suspendre son vol. Comme anesthésiés, les spectateurs massés devant le

Fouquet's ne réagirent pas immédiatement puis la panique gagna les premiers rangs et se propagea comme une vague. Les gens se mirent à courir en tous sens pour fuir un danger éventuel.

Bousculé, le vieux se leva. Sur la toile servant de dossier à son siège « metteur en scène » qu'il entreprit de plier et mettre sous son bras, un nom que j'aperçus fugitivement était inscrit.

Je n'en suis pas absolument certain, mais il me sembla que le nom entrevu était : Azraël !

Je ne sais si ce fut l'effet d'une mythomanie naissante, un délire de mon imagination ou un éclair de lucidité, mais il me vint à l'esprit l'idée étrange que le doigt d'honneur provocateur et triomphant qu'il adressa à la caméra m'était destiné !

Le grand affrontement ou si vous préférez, l'Apocalypse, venait de commencer !

Fin

Que la force soit avec vous. Vous en aurez besoin !

Épilogue

Serge.

2 juillet 2022

Ma femme et moi avons acheté une belle maison provençale dans un joli village du Pays de Fayence nommé Montauroux.

Le prix de cette propriété était bien en dessous de sa valeur. Le lendemain du jour où notre Président a été assassiné, l'ancien propriétaire, percuté par la voiture d'un alcoolique qui avait pris l'autoroute à contresens, a brûlé vif, piégé dans son auto près de la sortie menant à l'aéroport de Nice, fin horrible due à un accident bête. Sa femme marocaine, ne souhaitant pas venir habiter seule avec un bébé en bas âge en France où elle ne connaissait personne, voulait vendre vite et à n'importe quel prix cette maison dont elle voulait se débarrasser et qu'elle nommait, paraît-il, « la maison du malheur ».

« *Superstition idiote, ce n'est pas la maison qui a pris l'autoroute à contresens* », nous a dit Laurent, l'agent immobilier moqueur, « *vous seriez bien bête de ne pas en profiter* ».

Nous en avons profité. Faire une bonne affaire en spéculant sur le malheur des autres nous procura un sentiment ambigu, mais délicieux mêlé de culpabilité et de satisfaction.

Pour nous, elle sera « la maison du bonheur ». Nous cherchions pour notre retraite un endroit calme, éloigné de cette folie qui a envahi la France puis le monde après l'épidémie du Corona virus, le massacre des Champs-Élysées et l'assassinat du Président perpétrés par des islamistes en novembre dernier.

Le président du Sénat avait assuré l'intérim jusqu'à l'élection présidentielle anticipée qui eut lieu le 35e jour suivant la mort du Président, date ultime prévue par la Constitution. Marine Le Pen fut élue dès le premier tour de scrutin sur sa promesse de rétablir la souveraineté de la France, maîtriser ses frontières et renvoyer les immigrés chez eux.

Tout le monde espère qu'elle pourra rétablir le calme dans notre beau pays, le climat social est catastrophique et se dégrade de jour en jour.

Pour venger l'assassinat du Président, drame ressenti après coup comme un affront national, les mosquées sont incendiées, les musulmanes portant le foulard dans la rue sont tondues et souvent violées par les hordes de fachos abrutis néonazis qui sillonnent le pays en quête de victimes. Vêtus de chemises noires, ils font régner la terreur, agressant les gilets jaunes tous assimilés à des extrémistes de gauche ou perpétrant des ratonnades qui ont lieu au vu et au su de tous, faisant ainsi de nombreux morts.

En réaction, partout en Europe des églises, des cimetières ont été profanés, des statues de Marie mutilées, des cars de pèlerins attaqués, de nombreux prêtres égorgés, alors s'est développée la chasse aux musulmans ou supposés tels, ceux qui le peuvent encore partent pour rejoindre des cieux plus cléments. À certains endroits dans le monde, en vertu du principe de précaution certaines minorités religieuses considérées comme potentiellement dangereuses subissent un « traitement spécial » : les Ouïgours en Chine, les Rohingyas en Birmanie sont en cours d'éradication, en Inde, les musulmans sont assassinés en plein jour avec la bénédiction de la police !

Dans les pays islamiques, la traque et le massacre des chrétiens se généralisent également, dans certains pays de l'ouest de l'Afrique des blancs ont été découpés en morceaux à la machette ; toute cette violence aveugle a déclenché un « sauve qui peut » général, les armées occidentales sont mobilisées pour organiser un rapatriement en catastrophe de leurs ressortissants, ressemblant à celui des pieds-noirs en 1962.

Chez nous, les caïds font leur loi dans les quartiers, décidant de qui peut entrer ou non sur leur territoire, certains élus demandent l'intervention des militaires pour protéger les habitants.

Pris en étau entre les chemises noires, les gilets jaunes et les black blocs, les policiers, agressés sauvagement lors des manifestations qui se succèdent vague après vague, excédés d'être mis en danger physiquement en tentant de faire leur boulot et comptant déjà des dizaines de morts dans leurs rangs ont prévenu qu'ils tireraient désormais à balles réelles sur leurs assaillants… après les sommations réglementaires bien sûr. Force doit rester à la loi, mais dans un pays civilisé la violence légitime doit respecter certaines formes.

Les parlementaires et leur famille risquent maintenant leur vie à tout moment, assaillis jusqu'à leur domicile par des groupes hyper violents qui veulent abolir toute forme d'organisation légitime de la société.

Les Femens se sont rhabillées, ce qui est bien dommage, et ont créé des commandos pour défendre les femmes battues, venger celles qui succombent sous les coups de leur compagnon et souvent faire justice elles-mêmes. Leur devise est imprimée sur les tee-shirts portés fièrement par nos douces compagnes :

Femme battue ?
Homme abattu !

Hier, au bistrot de la place où je discutais de la situation avec le patron, un jeune gars très agressif m'a dit : « *OK boomer, quand on a endetté ses enfants et détruit la planète, on ferme sa gueule !* ». Que voulait-il dire ?

Déjà placée dans une situation financière catastrophique suite au confinement de la population pour lutter contre la Covid-19 et les marchés financiers craignant un « Frexit » ou une sortie surprise de la zone euro, le taux des emprunts nécessaires au financement des dépenses de fonctionnement de la France a bondi, passant de 0,31 pour cent à 5 puis 7 pour cent. Cette charge supplémentaire arrive juste au moment où les syndicats de l'Éducation nationale, de la SNCF, de la RATP, des hôpitaux publics, des personnels pénitentiaires ont entamé une énième grève illimitée pour demander une revalorisation des moyens, des salaires et des retraites. En solidarité, les ports sont fermés, des coupures de courant sauvages ont lieu chaque jour. Un spécialiste de Bercy a expliqué hier à la télé que la France avait encore emprunté de l'argent uniquement pour payer les intérêts de la dette. Il n'est pas besoin d'être grand économiste pour sentir que tout ça va très mal finir.

Ce matin, aux infos j'ai appris que le pape François était mort d'une crise cardiaque que beaucoup qualifient déjà de « suspecte ». Les gens voient des complots partout… L'élection du nouveau Souverain Pontife devrait se faire très rapidement, les commentateurs spécialisés prédisent l'arrivée d'un « pape de combat » ! J'espère que son combat restera spirituel et qu'il ne mettra pas d'huile sur le feu qui court, ce serait la fin de tout, l'Apocalypse.

Après-demain, l'Amérique fêtera son *Independence Day*. Les télés montrent les précautions exceptionnelles prises pour la protection du Président qui doit faire un discours en plein air. Je présume que son service de sécurité est sur les charbons ardents… On n'est jamais à l'abri d'un kamikaze. Souhaitons que rien de grave ne lui arrive, les Ricains ont la riposte facile et féroce. En cas d'attentat visant leur Président, ils seraient bien capables de vitrifier l'Iran, l'Afghanistan ou le Pakistan à tout hasard… ou les trois.

Les catastrophes et les emmerdements volent en escadrilles : après l'Australie en 2019, l'Afrique de l'Est déjà ravagée l'an dernier par une invasion de criquets et victime depuis plusieurs années d'une sécheresse sans précédent est en feu. Kenya, Tanzanie, Ouganda, Soudan, Éthiopie, des millions d'hectares et des milliards d'animaux sont partis en fumée ; fumée qui a atteint l'ensemble du continent où les mesures de qualité de l'air indiquent un taux de pollution vingt et une fois supérieur au niveau considéré comme le plus dangereux. Des millions de sans-abri tentent de gagner l'Égypte, l'Europe ou le Moyen-Orient, à pied ou sur des embarcations pourries. Rejetés de tous, ils errent de pays en pays et meurent de faim, de soif, de maladies ou se noient dans l'indifférence générale, chacun pour soi !

Depuis quelques semaines, une information terrifiante circule : la variole est de retour. Les terres glacées de Sibérie s'étant réchauffées, les corps gelés depuis des millénaires d'humains morts de cette maladie sont entrés en putréfaction, libérant des virus contre lesquels les hommes modernes ne savent plus se défendre. Se répandant à la vitesse d'un tsunami, cette maladie a déjà fait des millions de morts. Chez nous, les premiers cas d'infections ont été détectés, les hôpitaux saturés et désorganisés par l'épidémie de 2020 et les grèves du personnel soignant sont pris d'assaut, mais provisoirement impuissants. Combien de gens seront morts avant que des stocks de vaccins soient disponibles et les campagnes de vaccination efficaces ?

D'autant que les télés disent que certains blogueurs leaders d'opinion sur les réseaux sociaux conseillent aux gens de ne pas se vacciner.

« Blogueurs, leaders d'opinion » ? Pour moi, ces mots sont du chinois.

Un scientifique aurait fait la preuve que ce virus de la variole ne proviendrait pas de Sibérie, mais serait une souche inconnue sans doute réintroduite par un meurtrier de masse. Info ou intox ? Cette hypothèse me paraît complètement délirante et impossible à envisager, qui voudrait réactiver un virus susceptible de le tuer lui-même ? Un fou, une religion fanatique, une secte millénariste souhaitant hâter la fin du monde, un extraterrestre immunisé contre la bête ? Non, là je m'égare, tout le monde sait que les extraterrestres n'existent pas …

Heureusement pour le moment le Pays de Fayence n'est que peu touché par ces maux qui accablent notre belle France. Ouf ! Ici on est bien, on se sent à l'abri des méchancetés du monde.

Ou peut-être sommes-nous seulement dans *l'œil du cyclone* ?

C'est en nettoyant la cave pour y déposer quelques bouteilles pendant que ma femme faisait ses courses que j'ai découvert sous une dame-jeanne posée sur la terre, une petite boîte en plastique transparente dans laquelle se trouvait une clé USB entourée d'un morceau d'essuie-tout, vraisemblablement en protection contre l'humidité. Je l'ai enfouie dans ma poche. Je sais que c'est une clé USB, car mes petits-enfants m'en ont déjà montré une, par contre je ne sais pas m'en servir. Si elle n'est pas perdue d'ici là, quand ils viendront me voir dans une quinzaine de jours pour les vacances, ils m'expliqueront comment on lit cette clé sur un ordinateur, moi je ne sais pas, j'ai toujours eu beaucoup de peine à me servir de ces technologies qui me paraissent nouvelles bien qu'en usage depuis plus de vingt ans.

« *Papy, il faut que tu t'y mettes, avec un ordinateur tu pourrais t'inscrire sur les réseaux sociaux et parler avec des gens du monde entier* », me disent-ils pour m'inciter à m'y intéresser.

Parler au monde entier, moi je m'en fous, je parle déjà très peu à mes nouveaux voisins, tous des jeunes cons prétentieux d'après ce que j'ai pu en juger… mais un jour ou l'autre, je m'y attellerai, c'est promis.

Soudain mes chiens hurlèrent à la mort, alors je suis sorti du sous-sol en courant pour voir ce qui se passait.

Devant mon portail, un vieillard attendait en se dandinant d'un pied sur l'autre, il m'a salué et a glissé entre les barreaux une pièce de 50 centimes qu'il laissa tomber dans ma main et m'a demandé de lui ramener son pain, une demi-baguette :

— J'habite à moins d'un kilomètre et demi de chez vous. Au numéro 666, vous prenez le chemin qui s'enfonce dans les bois, ma maison est au bout du chemin. Je vis seul, si vous pouviez venir vers onze heures, je vous en serais très reconnaissant.

Son visage terriblement ridé était éclairé par un beau regard bleu. Il portait une casquette à carreaux, pratiquement la jumelle de celle que j'ai achetée avant-hier à Cannes pour couvrir la calvitie qui se développe sur le sommet de ma tête. Manifestement nous faisions partie du même clan, celui des vétérans périmés qui portent le cheveu long sur les côtés, mais ont froid au crâne.

J'ai entrouvert le portail et lui ai répondu en serrant affectueusement ses mains entre les miennes, ce qui occasionna de sa part un pas de recul et parut le contrarier :

— Vous pouvez compter sur moi, il faut bien se rendre quelques services entre voisins.

Il semblait si vieux et abandonné, manifester un minimum de chaleur humaine et rompre un peu la solitude de nos Anciens est la moindre des choses. J'irai discuter de temps en temps avec lui pour lui tenir compagnie.

Bizarrement, malgré mes efforts pour faire taire les chiens, ils continuèrent à hurler à la mort, leurs hululements ressemblaient à une marche funèbre qui faisait froid dans le dos !

Quelquefois les animaux ont des réactions que nous trouvons très bêtes alors qu'ils ont simplement conscience de dangers que nous n'imaginons pas. Peut-être avaient-ils senti l'odeur d'un renard en maraude ? La forêt qui jouxte notre propriété pullule de renards, sangliers, chevreuils et écureuils, paraît-il.

La seule chose dont on pouvait être sûr à cet instant était que la réaction inhabituelle des chiens ne devait certainement rien à la présence du vieux, il avait l'air très gentil, excessivement poli et parfaitement sociable.

Quand ils le connaîtront, mes petits-enfants diront sûrement de lui : « Il est trop cool ».

Dieu sait pourquoi, subitement j'ai le blues, un gros cafard, je me sens tout bizarre. Sans doute la fatigue du déménagement.

Depuis cinq minutes, je me demande si la vie vaut vraiment la peine d'être vécue.

La jolie corde qui pend paresseusement à la poutre de l'auvent semble m'appeler…

Table des matières

Bibliographie

[1] Citation extraite de l'œuvre *Les Pensées* de Pascal.

[2] Citation de Neil Armstrong (né en 1930), premier homme à avoir posé le pied sur la Lune le 21 juillet 1969. Il a déclaré : « *That's one small step for [a] man, one giant leap for mankind.*»

[3] Extrait du poème de Tristan Bernard *Les stances de Corneille,* repris et légèrement modifié par G. Brassens :

« Peut-être que je serai vieille
Répond Marquise, cependant
J'ai vingt-six ans mon vieux Corneille
Et je t'emmerde en attendant »

[4] Première ligne de la huitième strophe de la chanson *Notre Dame De Paris* de Luc Plamondon.

[5] Dernière strophe du poème *Hymne au soleil* d'Edmond Rostand.

[6] Première strophe du poème *Mon rêve familier* de Paul Verlaine.

[7] Les quatre premières phrases constituent la dix-neuvième strophe et le dernier mot du poème *Liberté* de Paul Éluard.

[8] Deuxième strophe du *Sonnet d'Arvers* d'Alexis-Félix Arvers.

[9] Extrait d'un vers du poème *Il n'y a pas d'amour heureux*

de Louis Aragon.

10 Troisième strophe du poème *Il n'y a pas d'amour heureux* de Louis Aragon.

11 Évangile selon Matthieu 5:39

12 Le 22 octobre 1978, place Saint-Pierre, cette injonction a été prononcée par le tout nouveau pape Jean-Paul II pour inaugurer son pontificat.

13 Première et dernière strophe du poème *Il pleure dans mon cœur* de Paul Verlaine.

14 Les deux premières strophes du poème *Heureux qui, comme Ulysse, a fait un beau voyage* de Joachim du Bellay.

15 Première strophe de la chanson *Heureux Qui Comme Ulysse* de G. Brassens.

Imprimé sur papier **Clairefontaine** fabriqué dans les Vosges.

Achevé d'imprimer sur les presses de l'imprimerie
Centre Littéraire d'Impression Provençal
www.imprimerieclip.fr
contact@imprimerieclip.fr

IMPRIM'VERT

FABRIQUÉ EN FRANCE